A Faint Cold Fear Thrills Through My Veins · William Shakespeare

Zu diesem Buch

«Nur noch siebzehn Tage. Die Todesstrafe wird mittels einer Explosion vollzogen werden. Die Gerechtigkeit wird ihren Lauf nehmen.»

So lautet die anonyme Botschaft auf dem Zettel, die der zweiundachtzigjährige pensionierte Richter Sir Asif Ibrahim in seiner Bibliothek vorgefunden hat. Sir Asifs Tochter, Begum Roshan, hat darauf gedrängt, daß ihr Vater Polizeischutz erhält, und schließlich ist dann Inspector Ghote vom CID Bombay in Marsch gesetzt worden – zunächst per Flugzeug und Bahn und die letzte Strecke schließlich mit einem Ochsenkarren, bis er auf dem einsam gelegenen Landsitz des alten Richters eintrifft.

Vor seiner Abreise hat sich Ghote noch über ihn informiert. Und dabei ist er auf ein interessantes Datum gestoßen: In zwei Wochen jährt sich zum dreißigstenmal der Tag, an dem Asif Ibrahim – damals noch nicht Sir – eine Gruppe von Verschwörern zum Tode verurteilt hat, die geplant hatte, den Gouverneur von Madras «mittels einer Explosion» umzubringen. Der Fall, der als die «Madurai-Verschwörung» bekannt geworden war, hatte damals viel Staub aufgewirbelt, weil die Beendigung der britischen Herrschaft in Indien unmittelbar bevorstand und viele meinten, daß der Richter nicht die ganze Strenge des Gesetzes hätte walten lassen müssen.

Es deutet also vieles daraufhin, daß der Schreiber des Drohbriefs in irgendeiner Beziehung zu den ehemaligen Madurai-Verschwörern steht. Und da die Briefe – es sind mittlerweile schon mehrere geworden – nicht mit der Post eintreffen, sondern irgendwo in den Zimmern des Richters hinterlegt werden, liegt der Verdacht nahe, daß sich der Schreiber unter den wenigen Hausgenossen von Sir Asif befinden muß.

Ärgerlicherweise zeigt sich Sir Asif aber wenig kooperativ. Er hat sich damit einverstanden erklärt, daß der Inspector in seinem Haus als Dr. Ghote auftritt, als Wissenschaftler, der ihm bei der Abfassung seiner Memoiren helfen soll. Aber er denkt nicht daran, Ghote Näheres über seine Gäste und Familienangehörigen mitzuteilen.

Keine leichte Aufgabe für Inspector Ghote. Und die Zeit wird knapp. Es scheint, als sei die Uhr des alten Richters in wenigen Tagen abgelaufen.

Von H. R. F. Keating liegt in der Reihe der rororo-thriller außerdem noch vor: Inspector Ghote geht zum Film (Nr. 2460). Weitere Bücher des Autors sollen hier folgen.

H. R. F. Keating

Inspector Ghote unter falscher Flagge

Kriminalroman

Deutsch von
Peter Pawlik

rororo

Rowohlt

rororo thriller
Herausgegeben von Richard K. Flesch

Deutsche Erstausgabe
Veröffentlicht im Rowohlt Taschenbuch Verlag GmbH,
Reinbek bei Hamburg, Dezember 1980
Die Originalausgabe erschien bei William Collins Sons & Co Ltd, London,
unter dem Titel «Inspector Ghote Draws a Line»
Redaktion Brigitte Fock
Umschlagentwurf Ulrich Mack
Umschlagtypographie Manfred Waller

Satz Aldus (Linotron 404)
Gesamtherstellung Clausen & Bosse, Leck
Printed in Germany
480-ISBN 3 499 42543 2

Die Hauptpersonen

Sir Asif Ibrahim	hat Prinzipien, die er auch um den Preis seines Lebens nicht aufzugeben bereit ist.
Begum Roshan Ibrahim	hat noch nie etwas von Emanzipation gehört.
Sikander Ibrahim	lebt in der Vergangenheit.
Anand Baba	lächelt und schweigt.
Father Mord Adam	hat für einen Priester reichlich radikale Ansichten.
P. N. Dhebar	greift nach den Sternen.
Raman	verdankt Sir Asif das Leben.
Inspector Ghote	macht eine Erfahrung, die sehr wesentlich für ihn ist.

1

Ein halbes Ei. Inspector Ghote lag auf dem hochbeinigen, harten Bett und schwitzte sanft aber stetig vor sich hin, trotz des Ventilators an der Decke. Erst nach einer ganzen Weile wurde ihm bewußt, daß sein Hirn diese drei Worte wieder und wieder reproduzierte und daß sie jedesmal noch absurder klangen.

Ein halbes Ei.

Sir Asifs Worte. Der Richter hatte sie gestern abend gebraucht, unten in der Bibliothek, wo es so intensiv nach Büchern roch. Ein halbes Ei. Irgend etwas wie «Wenn der König ...» Wenn der König irgend etwas zugestand, das ein halbes Ei war. Genau. Wenn der König den völlig unzulässigen Forderungen nach einem halben Ei nachgab ...

Das waren die Worte des Richters gewesen, in diesem Englisch, das klang, als spreche ein geborener Engländer. Wenn der König der unzulässigen Forderung nach einem halben Ei nachgibt – was dann?

Der betagte, breitblättrige Ventilator über ihm hatte wieder einmal beinahe eine Umdrehung geschafft. Er schien jedesmal an der gleichen Stelle beinahe zum Erliegen kommen zu wollen. Er wurde dann noch langsamer, blieb fast stehen und wuchtete sich dann mühsam über irgendein Hindernis, vielleicht ein rotes Staubkorn oder ein Stück Mörtel. Dann machte es «bock» und der Ventilator sich schläfrig an die nächste Umdrehung.

Das Geräusch konnte einen verrückt machen. Rrrr-bock. Pause. Lange Pause. Dann erneut: rrr-bock.

Die stumpfweißen Blätter drehten sich so träge, daß die stehende Luft kaum in Bewegung geriet. Das Thermometer stand wahrscheinlich bei hundert Grad Fahrenheit. Mindestens. Und nirgends auf dem weiten Land ringsherum gab es irgend etwas, das einen vor der erbarmungslosen Sonne hätte retten können.

Ein halbes Ei. Wenn der König der unzulässigen Forderung nach einem halben Ei nachgibt, werden ihn seine Soldaten zwingen, ihnen auch noch tausend Kapaune zu geben. Tausend Kapaune, hatte sie gesagt, diese exakt artikulierende, trockene Stimme. Kapaun. Das Wort war längst aus der Mode. Ein Kapaun war ein Hahn, den man kastriert hatte, damit er fetter wurde. Das hatte er irgendwo einmal gelernt.

Tausend Kapaune also. Und was weiter?

Ach ja, jetzt hatte er es: «... und sie am Spieß rösten.» Der alte Mann mit der ledrigen Gesichtshaut und den tief eingesunkenen Augen links und rechts von seiner seltsam flachen, schnabelartigen Nase hatte zwar englisch gesprochen, aber die Worte stammten von einem islamischen

Dichter. Natürlich, das war es. Die Regale in dem langgestreckten, hohen Raum waren überfüllt mit alten Lederbänden in Urdu, fast ausschließlich schöngeistige Literatur, wie ihm der Richter erklärt hatte. Aber daneben enthielt die Bibliothek auch juristische Literatur in englischer Sprache.

«Gedichte sind der Trost meiner einsamen Tage, Inspector.»

Was bedeutete in diesem Zusammenhang «Trost»? Wenn Ghote nur hätte sicher sein können, daß er alles, was der Alte sagte, auch richtig verstand. Dann gäbe es wenigstens ein Hindernis weniger bei seinem Vorhaben, den Alten zu schützen. Denn zu nichts anderem war er hier. Aber diese sorgsam gesetzten englischen Vokabeln – sie dienten allem Anschein nach nicht dem Zweck, ihm diese Aufgabe leichter zu machen. Es war evident, daß der Richter kein Interesse daran hatte, ihm zu helfen.

«Ich fürchte, ich verstehe Sie nicht, Inspector –, oder soll ich lieber ‹Doktor› sagen? Sie sind doch wissenschaftlicher Assistent, Dr. Ghote, nicht? Ich weiß allerdings wirklich nicht, wieso Ihre Anwesenheit hier vonnöten sein sollte.»

«Sir, immerhin haben Sie ein paar Morddrohungen erhalten.»

«Doktor!» Warum hatte der Deputy Commissioner darauf bestanden, daß er als Doktor auftrat? Es war zu lächerlich. Gothe hatte keine Ahnung, wie man sich als Doktor der Philosophie benahm. Der Deputy Commissioner war entschieden zu weit gegangen, ohne jede Frage. Es ging noch an, daß er so tat, als sei er ein anderer. Denn offensichtlich hatte der Richter darauf bestanden, daß, wenn schon ein Polizist ins Haus kam, niemand erfuhr, daß es sich um einen solchen handelte. Also hatte man Ghote zu einem wissenschaftlichen Assistenten gemacht, der hergekommen war, um dem Alten bei seinen Memoiren zur Hand zu gehen. Die Verkleidung war nicht schlechter als irgendeine andere. Aber Doktor der Philosophie – das war wirklich des Guten zu viel.

«Morddrohungen, Doktor? Wissen Sie eigentlich, wie alt ich bin? Zweiundachtzig Jahre. Allah selber trachtet mir allmählich nach dem Leben.»

«Trotzdem. Wer einen anderen mit dem Tode bedroht, vergeht sich gegen das Gesetz.»

Daraufhin hatte es kurz aufgeblitzt in den Augen links und rechts der schnabelförmigen Nase.

«Um etwas über Gesetze zu erfahren, brauche ich keinen Inspector vom CID in Bombay. Darf ich Sie daran erinnern, daß ich vor meiner erzwungenen Pensionierung fünf Jahre lang Vorsitzender Richter am Bundesgericht in Madras war, und davor ebenfalls Richter, und davor Gerichtsreferendar?»

«Selbstverständlich, Sir. Ich meinte auch nicht ...»

Es war schwierig genug, jemanden zu beschützen, der jede Art von

Schutz unmißverständlich zurückwies. Noch schwieriger war es, diesen Schutz zu gewährleisten, wenn man dauernd vorgeben mußte, eine Person zu sein, die dem zu Schützenden beim Memoirenschreiben helfen sollte, wo von solchen bis jetzt noch nicht einmal in Andeutungen die Rede gewesen war. Doppelt und dreifach lästig aber wurde der Job, wenn er gegen den entschiedenen Vorsatz der zu beschützenden Person durchzusetzen war, einem das Leben so sauer wie möglich zu machen.

Rrrr-bock. Pause. Lange Pause. Dann endlich wieder: rrrr-bock.

Und dabei tat dieser verdammte Ventilator so gut wie nichts gegen die Hitze. Wirklich erstklassige Klimaanlagen gab es zwar auch in Bombay nur selten. Aber dort drehten sich die Ventilatoren wenigstens mit einer akzeptablen Geschwindigkeit. Hier dagegen war tiefste Provinz. Der Generator, draußen in dem Blechschuppen unter der Tamarinde, bei den Ruinen des alten Forts am anderen Ende der Gärten, stammte vermutlich noch aus den Kindertagen der Elektrizität. Der Strom, den er von sich gab, kam in so langsamen Pulsschlägen wie das Blut in den Adern des alten Richters.

Die Hitze war so ungeheuer, daß einem selbst das Denken verging.

Rrrr-bock.

Und was hatte er erreicht, seitdem er hier war in diesem alten Haus? Nichts. Nichts außer einem einzigen Gespräch mit dem Richter. Und dabei war wahrhaftig eine ganze Menge herausgesprungen: eine glatte Abfuhr. Der Richter dachte nicht daran, ihm zu helfen.

«Nein, Doktor – ich soll Sie doch Doktor nennen, nicht? – nein, Doktor. Ich glaube nicht, daß es zu meinen Pflichten gehört, Ihr Gehirn mit irgendwelchen sinnlosen Mutmaßungen zu füttern.»

Er hatte Ghote nicht nur einmal gefragt, ob er ihn Doktor nennen solle: er hatte ihn in dieser außergewöhnlich unangenehmen halben Stunde mindestens ein dutzendmal danach gefragt.

Und fast jede dieser dreißig Minuten war pure Verschwendung gewesen. Er hatte nichts Neues erfahren.

«Oh, ich weiß, Insp..., ich weiß, Doktor, Sie hatten gar keine Wahl, als unter diesem absurden Vorwand hierher zu kommen. Der Vetter in Bombay ist Parlamentsmitglied, und ein angesehenes dazu. Solche Leute, besonders wenn sie früher einmal Minister waren, können altergedienten Polizeibeamten das Leben ganz schön sauer machen, wenn nicht alles so läuft, wie sie es sich vorstellen. Ja, und meine Tochter war nun einmal töricht genug, Vetter Iftikhar von diesen lächerlichen Zetteln zu erzählen, die wir hier im Haus gefunden haben und auf denen man mir angeblich nach dem Leben trachtet. Aber alles das bedeutet noch lange nicht, daß ich Ihnen, wie Sie das offenbar annehmen, bei Ihren Nachforschungen zu helfen hätte. Davon kann überhaupt keine Rede sein.»

Ghote hatte, als er so dasaß in dem langgestreckten, düsteren Raum, der durchdrungen war von dem schwachen, brackigen Geruch alter Lederbände, die von vielen Monsunen stockfleckig geworden waren, ein paar mürrische Augenblicke daran gedacht, daß er sehr wohl das Recht hatte, Antwort auf seine Fragen zu bekommen. Schließlich gab es da noch den Paragraphen 179 des Indischen Strafgesetzbuchs, und er war als Beamter berechtigt, Fragen zu stellen. Aber er hatte nur zu bald davon Abstand genommen und statt dessen lediglich geseufzt. Richter Asif Ibrahim hätte sich zweifellos endlos mit geradezu lächerlicher Gelassenheit über den Fall verbreitet und ihn mit Leichtigkeit für sich entschieden. Nein, seine einzige Chance bestand darin, etwas wie «wenn Sie meinen, Sir» zu murmeln und trotzdem nicht aufzugeben, also noch einmal ganz Ohr zu sein für die totale Ablehnung, die in dem perfekten Englisch des gelernten Engländers erteilt wurde.

«Sir, könnte ich dann wenigstens ein paar dieser Drohbriefe überprüfen?»

«Auf keinen Fall, Doktor. Das sind rein private Mitteilungen, die an mich gerichtet sind und an sonst niemanden.»

«Aber man könnte vielleicht aus der Handschrift auf die Herkunft des Schreibers schließen.»

«Kaum. Er schreibt Maschine.»

«Schreibmaschine? Dann ... Wir sind hier so weit weg von jeder Zivilisation, da können doch nur ...»

«Von der Zivilisation, Inspector?»

Der alte Mann ließ seinen Blick durch den langen, dunklen, vornehm gegliederten Raum schweifen, über die Regale voller Lederrücken. Da und dort lagen auch Bücher sorgfältig gestapelt auf einem Tischchen oder auf einem der schönen, geschnitzten Sessel. An der Tür standen zwei edelgeformte blaue Vasen. Und schließlich ruhten seine Augen auf dem schönen Buchara-Vorleger, der den etwas rissigen, quadratisch gemusterten Marmorfußboden bedeckte.

Ghote merkte, wie er rot wurde, als der Richter sein gedankenloses Gerede so scharf unterbrach. Er wurde, ohne daß er es verhindern konnte, über und über rot.

«An einem so abgelegenen Ort, meinte ich natürlich, Sir.»

Er hatte den letzten Teil seiner Reise hierher im Ochsenkarren zurückgelegt. Im 20. Jahrhundert und an einem Tag wie diesem. Den ersten Teil der Strecke war er geflogen. Dann hatte er bis zur nächstgelegenen Stadt den Zug genommen. Dort hatte er sich beim District Superintendent vergewissert, ob irgendwelche verdächtigen Subjekte in der Nachbarschaft aufgetaucht waren. Danach die Fahrt in einem ziemlich zerbeulten Mietauto, die vor der Landwirtschaftlichen Produktionsgenossenschaft im Dorf, eine Meile von hier, zu Ende gegangen war. «Umsteigen, Sahib», hatte der Fahrer ausgerufen – was den Ochsenkarren bedeutete. Bis zu dem fast ausgetrockneten Fluß, der die Grenze zu dem Grundstück des Richters bildete, hatte er unter der sengenden Hitze geächzt und gestöhnt. Und während ihn der Wagen durch das Flußbett schaukelte, wobei das Tier heftig mit dem dicken Schwanz schlug, war er zudem total durchgebeutelt und durchgerüttelt worden. So hatte er schließlich, nach glücklicher Durchquerung des Flußbetts, das Anwesen selbst erreicht, das tief unter der erbarmungslosen Sonne zu schlafen schien – was es allem Anschein nach immer noch tat.

Und dann hatte es eine Ewigkeit gedauert, bis er jemanden wachgerüttelt hatte. Er war in der dicken, hitzeflimmernden Luft gestanden und hatte kläglich geschrien, und damit endlich Raman, den Diener des Richters, geweckt. Der arme Raman war später von Sir Asif übel gezaust worden, weil er nicht wachgeblieben war und auf Ghote gewartet hatte. Der alte Mann war so ausdauernd verärgert gewesen, daß sich Ghote verpflichtet fühlte, einzugreifen.

Worauf eisiges Schweigen an die Stelle des Ärgers getreten war: für Ghote ein erster Hinweis auf die Art der Beziehung zwischen ihm und dem Mann, den zu beschützen er ausgesandt worden war.

Ein neues Faktum zumindest war offenkundig geworden bei dem Gespräch in der Bibliothek: daß die Drohbriefe maschinengeschrieben waren. Das konnte unter Umständen wichtig werden. Sie waren hier meilenweit entfernt von der Zivilisation: von einer vernünftigen Klimaanlage, von Ventilatoren, die so etwas wie Luftbewegung zustandebrachten! Da sollte es immerhin möglich sein, alle des Schreibmaschinenschreibens kundigen Leute ausfindig zu machen. Wenn das, was der Vetter Sir Asifs, der einflußreiche Abgeordnete, dem Deputy Commissioner erzählt hatte, korrekt war, dann waren die Zettel nicht mit der Post gekommen, sondern auf mysteriöse Weise an irgendwelchen Stellen im Haus aufgetaucht, wo sie der Richter mit Sicherheit sehen mußte. Wo zumindest die Tochter des Richters einen gesehen hatte.

Oder?

Oder wo Begum Roshan den Zettel nach reiflicher Überlegung so placiert hatte, daß sie dann vorgeben konnte, ihn gefunden zu haben; woraufhin sie die Polizei unter Druck setzen und ihren Vater dazu überreden konnte, irgend etwas dagegen zu tun. Aber was? Warum sollte er ausgerechnet jetzt etwas tun, da die bisher abgelieferten Zettel ihn nicht hatten dazu bewegen können!

Aber nein! Die Hitze setzte ihm offenbar doch zu sehr zu. Begum Roshan hatte doch sicher keine Verbindung zu den Leuten gehabt, die ihr Vater damals im Zusammenhang mit der berühmt-berüchtigten Madurai-Verschwörung zum Tod verurteilt hatte. Aus dem Wortlaut der Botschaften, den man ihnen mitgeteilt hatte – warum hatte Begum Roshan wohl vergessen, daß sie maschinengeschrieben waren? –, ging klar hervor, daß nichts anderes als diese Geschichte dahintersteckte.

Nur noch siebzehn Tage. Die Todesstrafe wird im Einklang mit den Gesetzen mittels einer Explosion vollzogen werden. Die Gerechtigkeit wird ihren Lauf nehmen.

So hatte, falls sich Begum Roshan richtig erinnerte und der einflußreiche Vetter den Wortlaut richtig wiedergegeben hatte, die Botschaft des Zettels gelautet. Es schien ganz klar. Siebzehn Tage – gerechnet von dem Tag, an dem der erste Zettel aufgetaucht war – waren es noch bis zur dreißigsten Wiederkehr des Tages, an dem Richter Asif Ibrahim die Todesstrafe über eine Gruppe von Patrioten, bekannt überall als die Madurai-Verschwörer, verhängt hatte. Der Urteilsspruch stand in voller Übereinstimmung mit den Buchstaben des Gesetzes. Aber damals stand das Ende der britischen Herrschaft in Indien unmittelbar bevor. Das Urteil war als ein Beispiel extremer juristischer Halsstarrigkeit aufgefaßt worden; der Richter war mit wütenden Schmähungen eingedeckt worden, was unmittelbar nach Erlangung der Unabhängigkeit zu seiner vorzeitigen Pensionierung geführt hatte.

Was aber die Botschaft, die Begum Roshan gefunden hatte, über jeden Zweifel hinaus mit der Madurai-Verschwörung in Zusammenhang brachte, war der Passus von der Explosion. Ghote, der in Bombay in aller Eile die vergilbten Akten des Falles studiert hatte, war dort auf die gleiche Formulierung gestoßen. Sie zog sich durch alle Aussagen: «mittels einer Explosion» hatten die Verschwörer den Gouverneur von Madras töten wollen, und Richter Asif Ibrahim hatte die Verschwörer wegen eben dieses Passus verurteilt. Sie waren festgenommen worden, noch bevor sie sich an die Ausführung ihres Vorhabens hatten machen können.

Von den siebzehn Tagen waren inzwischen nur noch zwölf übrig.

Der Alte hatte sich rundheraus geweigert, die örtliche Polizei einzuschalten, obwohl die, auf Grund eines Ersuchens aus Bombay, inzwischen diskret alle Besucher des Ortes observierte. Und auch nachdem sich Begum Roshan endlich entschlossen hatte, sich an ihren einflußreichen Vetter, den Abgeordneten zu wenden und dieser daraufhin Kontakt mit dem Deputy Commissioner aufgenommen hatte, waren noch viele wertvolle Stunden ungenutzt verstrichen.

Nicht daß Ghote selbst irgendwelche horrenden Fortschritte gemacht hätte, nachdem seine Reise im schwankenden Ochsenkarren in glühender Mittagshitze sich vollendet hatte.

Er kratzte ärgerlich auf der harten, leinenüberzogenen Matratze. Irgend etwas würde er schon unternehmen müssen. Es galt ganz entschieden, Schritte einzuleiten, die zu einigermaßen geheimgehaltenen Unterhaltungen mit den übrigen Bewohnern des langsam vor sich hinbröckelnden Hauses führten und dabei dem sowohl sarkastischen als auch eisigen Blick des Richters aus dem Weg zu gehen.

Gleichzeitig galt es, diese lächerliche Rolle weiterzuspielen: Doktor Ghote, der Sir Asif bei dessen Memoiren, die plötzlich aus dem Nichts ans Licht getreten waren, zur Hand ging. Als ob irgendwer irgendwo in Indien es hätte riskieren wollen, selbst jetzt noch, nach so langer Zeit, die Erinnerungen des Mannes zu veröffentlichen, der die Madurai-Verschwörer verurteilt hatte.

Wenigstens waren die Leute, die er in dieser überaus mißlichen Angelegenheit unter die Lupe zu nehmen hatte, gering an Zahl. Die Tatsache, daß die Drohbriefe in einem einwandfreien Englisch und außerdem mit der Maschine geschrieben waren, hatte mit einem Schlag die ganze Dienerschaft aus seinen Überlegungen ausgeklammert. Er durfte zweifellos auch einige Dorfbewohner, die Zutritt zum Haus hatten, aus dem Kreis der Verdächtigen streichen. Individuen wie etwa den Milchmann, der kurz nach der Dämmerung samt Kuh und Kalb erschien, wobei das Kalb, das blökte, um die Milch leichter aus dem schweren Euter fließen zu machen, einen Maulkorb aus Musselin trug, damit es an dieses Euter nicht herankam. Oder den Postboten, der mit seinem Fahrrad von etwas weiter her gefahren kam und der, bedeckt mit einem Congress-Schiffchen, das kaum Schutz gegen die sengende Sonne bot, seine raren Besuche machte.

Es gab also nur drei Möglichkeiten – und eine wahrhaft kuriose Sammlung von Verdächtigen. Die Wahrscheinlichkeit der Täterschaft war in allen drei Fällen gleich klein, wenn auch auf sehr verschiedene Weise.

Da war zunächst Begum Roshan selbst: die unwahrscheinlichste aller Möglichkeiten, wenn auch nicht völlig auszuschließen. So viel war klar: mit den Verschwörern hatte sie nicht in Verbindung gestanden. Andererseits spielte sie – so viel hatte Ghote schon herausgekriegt – in diesen fernen Tagen nicht tief in der Provinz die Haushälterin ihres Vaters, sondern sie hielt sich draußen in der Welt auf, war also zumindest in der Lage zu sehen, was um sie herum vorging.

Dann war da dieser Heilige. Durfte man eine solche Figur überhaupt ernsthaft verdächtigen, einen Mann, der es als seine Aufgabe ansah, Indien der Länge und Breite nach zu durchwandern und alle Menschen zu Brüdern zu machen? Nichtsdestoweniger war es wohlbekannt, daß er damals, in den Tagen des Freiheitskampfes, in vorderster Linie gestanden hatte. Doch war das lange her. Ohne Zweifel hatte er seitdem, wie man sagte, «sein Gewand gewechselt». Er hatte das safrangelbe Kleid des Heiligen angezogen und den Namen Anand Baba angenommen, Vater der Seligen. Er mochte unnahbar sein – bis jetzt hatte sich allerdings auch noch keine Möglichkeit ergeben, mit ihm zu sprechen –, doch man verdächtigte ihn nicht. Nie.

Doch was tat er hier, im Haus einer bekannten islamischen Grundbesitzersfamilie? Offenbar wohnte er immer hier, wenn ihn seine Wanderschaft durch den Distrikt führte. Und doch schienen der Richter und er nichts gemeinsam zu haben. Damals, als der eine Führer der Indischen Vergeltungspartei war und der andere ein unnachgiebiger Vertreter der Gesetze der britischen Herren, mochten sie wild entschlossene Gegner gewesen sein. Aber auch jetzt noch waren sie himmelweit verschieden voneinander. Der Hindu-Asket und der Liebhaber schöner Bücher, der Prediger allumfassender Liebe und der Liebhaber grausamer Gesetze.

Sehr rätselhaft, in der Tat.

Aber kaum rätselhafter als bei der dritten englisch sprechenden, möglicherweise schreibmaschineschreibenden Person im Haus: dem Amerikaner. Dem Priester, wenn es sich denn um einen Priester handelte. Father Adam.

Als der Richter ihn ihm am Ankunftstag vorstellte, glaubte Ghote zunächst, er habe sich verhört. Als ob das bei dem Englisch des Alten überhaupt möglich wäre. Aber «Father Adam»? Der schmale, blasse junge Amerikaner mit den tief in den Höhlen liegenden brennenden Augen und den üppigen Augenbrauen trug nicht etwa eine dieser weiten weißen Kutten, wie sie, mit einem weißen Strick um die Taille gegürtet, dem christlichen Priester wohl anstehen, sondern ein kühnes, rotblau kariertes Hemd und ziemlich formlose Khakihosen, dazu lediglich, als Konzession an des Richters Vorstellungen von der Kleiderordnung beim Essen, eine locker gebundene schwarze Krawatte.

Als Ghote ihn vorsichtig mit «Father» angeredet hatte, war ihm entgegnet worden: «Mort. Nennen Sie mich einfach Mort.» Was seine Unsicherheit nicht hatte zerstreuen können. Und was des Fathers Konversation während des Abends betraf, so hätte man ihn eher für einen Kommunisten halten können, vielleicht für einen Journalisten, der dabei war, für das in Bombay erscheinende Extremistenblatt *Blitz*, eine wahre Dreckschleuder, einen vernichtenden Leitartikel zu verfassen, und nicht für einen Mann der Religion.

Zwar war der Bursche offensichtlich zu jung, als daß er irgend etwas mit der Madurai-Verschwörung hätte zu tun haben können. Doch warum sollte er sich deshalb nicht als Anwalt der Unterdrückten fühlen? Aber wieso war ein so gefährlicher Brandstifter dann hier zu Gast?

Der Versuch, das in einer mit Geduld geführten Unterhaltung herauszufinden, war hinweggeschwemmt worden, als «Mort» hörte, daß Ghote aus Bombay kam. Da nämlich war es über den Inspector hereingebrochen: ein Katarakt von Erkenntnissen über die ungleichen Lebensbedingungen, die zu Lasten der kleinen Leute in ihren Wellblechhütten im Schatten der ewig gedeihenden Bürobunker und Appartmenthochhäuser gingen.

Vielleicht sollte Ghote heute abend noch einmal einen Versuch starten. Die Frage, ob «Mort» vielleicht eine Schreibmaschine besitze, konnte, listig genug placiert, einen wunden Punkt treffen und zum Erfolg führen.

Viel Zeit blieb übrigens nicht mehr. Ghote mußte da unter dem völlig nutzlosen Ventilator fast drei Stunden vor sich hin gedampft haben. Nicht mehr lange, und man würde sich erheben können, beflügelt von dem Versprechen abendlicher Kühle.

Sein Beweismaterial betreffs des Priesters – wenn er einer war – war kaum solider als die dürftigen Umstände, in denen er die beiden anderen in Frage kommenden Schreibmaschinenbenützer angetroffen hatte: des Richters Tochter, die schon seit Jahren den Haushalt versah, und die Güte verstrahlende Gestalt Anand Babas, des Heiligen. Und doch drohte jemand, den Richter umzubringen, drohte, ihn «mittels einer Explosion» umzubringen – in genau zwölf Tagen.

Seine Pflicht wiederum war es, da einen Riegel vorzuschieben. Er war Polizeioffizier. Und er war hier, um ein höchst verwerfliches Verbrechen zu verhindern und ein nicht weniger verwerfliches aufzudecken. Dieser Pflicht würde er genügen.

Rrrr-bock. Pause. Und dann erneut: rrr-bock – nachdem das verdammte Ding zum tausendstenmal so getan hatte, als wolle es nun endlich stehen bleiben.

Nein, nein, der Deputy Commissioner hatte in seinen Instruktionen, die er ihm auf den Weg gab, alles völlig klar gemacht.

«Wer uns da im Genick sitzt, das ist nicht einfach ein Abgeordneter. Der Bursche hat fast so viel Einfluß wie der Polizeiminister persönlich. Wenn der sich für etwas interessiert, dann ist das so gut wie ein Befehl. Ich muß also, obwohl ich vor Arbeit nicht ein noch aus weiß, jemanden finden, der da hinreist und dieses Britenschwein, das damals die armen Kerle verurteilt hat, beschützt.»

«Sir», hatte Ghote eingeworfen, denn er hatte die vergilbten Akten des Falles noch ganz frisch im Gedächtnis, «Sir, ich glaube nicht, daß Richter Asif Ibrahim damals aus purer Liebedienerei so gehandelt hat. So, wie er damals sich geäußert hat, sah er sich lediglich als treuen Diener des Gesetzes.»

«Unsinn, Mann. Der wußte genau, daß es nicht mehr weit war bis zur Unabhängigkeit. Er hätte ihnen ja eine längere Gefängnisstrafe aufbrummen können, und später hätte man sie dann begnadigt. Jeder Richter mit einem Funken Vernunft hätte so gehandelt. Er hat mit seinem Urteil sogar die Briten in Verlegenheit gebracht. Nein, nein, ich möchte eigentlich nicht, daß man diesem Schwein in irgendeiner Weise hilft.»

«Nein, Sir.»

«Aber hinschicken muß ich jemanden. Und dieser Jemand sind Sie, Ghote.»

«Ja, Sir.»

«Aber glauben Sie nur nicht, dieser Bursche wird Ihnen dafür danken. Der Vetter hat unmißverständlich klar gemacht, daß unsere Hilfe nicht gefragt ist. Aber Sie müssen ihn einfach überzeugen, Ghote. Ich muß einfach danach sehen, daß der Bursche in Sicherheit ist, und Sie werden dafür sorgen, Ghote. Fürs erste.»

«Ja, Sir.»

«Also los, Mann, fahren Sie!»

«Ja, Sir.»

2

Wie das so kommt: Inspector Ghote verließ dann das Bett mit den schweren Schnitzereien am Kopfende doch noch, ehe der brütende Nachmittag sich dem Ende zugeneigt hatte. Da war nämlich plötzlich ein Geräusch, und als er das hörte, hatte er sich abrupt auf der harten Matratze aufgesetzt.

Zuerst hatte er gedacht, es stamme von dem alten Ventilator. Vielleicht, daß der, zusätzlich zu dem nervenaufreibenden rrr-bock nun auch noch zu stöhnen begonnen hatte. Aber nach kurzer Zeit war klar, daß das Geräusch von draußen kam. Irgendwo in dieser hitzeflimmernden Lautlosigkeit, die auch noch den winzigsten Vogel verstummen ließ, summte etwas dünn und gleichmäßig.

Also saß Ghote auf seinem Bett und spitzte die Ohren. War das der Generator in seinem Blechschuppen, dort hinten in den völlig überwucherten Gärten? Aber von Raman, von dem großäugigen, scheu lächelnden, schreckhaften Raman wußte er, daß der Generator nur dann lief, wenn man Licht brauchte. Tagsüber kam der Strom von einem Satz alter Batterien, was auch vollauf genügte. Vielleicht hatte man den Generator heute aus irgendeinem Grund früher angeworfen? Aber nein. Er hatte dieses Pochen von gestern abend her noch allzu gut in Erinnerung, dieses tiefe, zögernde Pochen, so ähnlich dem Pulsschlag in des Richters Blut: schwach, aber erschreckend obstinat.

Außerdem wurde das Summen immer lauter.

Plötzlich wußte er, was das war, Er glitt von dem hochbeinigen Bett herunter, ging zum Fenster hinüber und stieß die schweren, von der Zeit fast farblos gewordenen Läden auf. Die Hitze traf ihn wie ein Keulenschlag. Er mußte kurz die Augen schließen. Aber dann sah er jenseits des fast ausgetrockneten Flußbetts, was er zu sehen erwartet hatte. Da bewegte sich, wie ein unbeirrbarer Käfer, im Sonnenglast ein kleiner Motorroller mit zwei segelähnlichen weißen Schwingen darüber zielstrebig vorwärts, doch waren diese Schwingen ein Mann, der am Oberkörper eine weiße Kurta und darunter einen sackartigen, ebenfalls weißen Dhoti trug, dessen Enden in der sanften Brise, von der nicht übermäßigen Geschwindigkeit des Gefährts verursacht, verwehten.

Ein Besucher.

Etwas anderes konnte es nicht sein. Es gab, wenn man einmal aus dem Gewirr der Hütten drüben im Dorf heraus und auf der staubigen, holprigen Straße war, kein anderes Ziel als dieses Haus hier.

Aber der Fluß? Wie wollte der Rollerfahrer, der stetig näher kam, mit dem steinigen Flußbett fertig werden?

Ghote stand am Fenster, kniff die Augen in der grellen Sonne zusammen und wartete, was der Ankömmling unternehmen würde.

Wer konnte das sein? Wenn man mit dem Roller hier eintrifft, kommt man nicht von weit her. Allenfalls aus der Stadt. Ein städtischer Beamter? Vielleicht. Aber der Richter hatte gestern abend nicht erwähnt, daß er einen Besucher erwartete. Und wenn man jemand hier herausschickte, dann würde man ihn, bei dem Ansehen, das der Richter genoß, höchstwahrscheinlich vorher brieflich ankündigen. Vielleicht hatte der Richter den Besuch auch absichtlich verschwiegen, doch dann hätte zumindest Begum Roshan das Thema gestreift. Die Konversation beim Essen hatte einige bedrohliche Löcher aufgewiesen, und sie hatte viel Mühe aufgewandt, sie zu stopfen. Sie hätte einen so dankbaren Gegenstand kaum unerwähnt gelassen.

Wer also war diese weiße Gestalt auf dem summenden Motorroller, die so zielstrebig näherkam?

War es vielleicht jemand, der einen maschinengeschriebenen Zettel mit sich trug? Einen Zettel, auf dem unter anderem die Worte «nur noch zwölf Tage» standen?

Wer also, nochmals, war das? Und weshalb kam er hierher?

Der Roller wurde endlich langsamer und erreichte den flachen Abhang zum Flußbett. Der Fahrer kurvte vorsichtig hinunter, bis er die Sohle des Flußbetts erreichte. Hier erstarb der Lärm abrupt; der Fahrer saß ab. Ghote konnte sehen, daß nicht nur Kurta und Dhoti weiß waren, sondern auch das Congress-Käppi. Die Person schien über das mittlere Alter hinaus zu sein; sie wirkte in ihren Bewegungen gewichtig und bedächtig. Das Gesicht konnte Ghote allerdings noch nicht erkennen, dafür war die Entfernung noch zu groß.

Er konnte sehen, wie der Mann die sich auflösenden Falten des Dhoti mit der Linken zu einem Bündel zusammenraffte und dann umständlich das Lenkrad packte. Dann machte er sich auf den Weg durch das Flußbett, wobei er das kleine Fahrzeug entschlossen vorwärtstrieb. Er schien mit dem steinigen Terrain gut vertraut zu sein. Er wechselte hin und wieder die Richtung und brachte es fertig, kaum jemals tiefer als bis zu den Knöcheln ins Wasser zu geraten.

In fünf Minuten mußte er hier sein. Aber wer war er?

Ghote faßte urplötzlich den Entschluß, hinunterzugehen und die

Ankunft zu beobachten. Wer den Weg zum Haus des Richters so gut kannte, konnte durchaus als Lieferant von Morddrohungen in Frage kommen. Er konnte sogar einer sein, der innerhalb von zwölf Tagen selbst versuchen würde, Sir Asif «mittels einer Explosion» ums Leben zu bringen.

Er fuhr eilends in seine Hosen, zog Hemd, Socken und Schuhe an und schob dabei den Gedanken beiseite, daß er, wenn er bei Tafel so gekleidet sein wollte, wie es der Richter offenbar erwartete, für weitere zwölf Tage nicht genügend Sachen bei sich hatte. Er besaß nur eine einzige Krawatte und die war bereits entschieden zerknittert. Aber vielleicht mußte er gar nicht so lange hierbleiben. Vielleicht entpuppte sich der Neuankömmling – durch das offene Fenster klang jetzt wieder das fröhliche Rattern des Motorrollers – schon viel früher auf irgendeine Weise als der Verfasser der Botschaften. Und dann ...

Er öffnete vorsichtig die Zimmertür – das Zimmer wurde selten benützt, daher quietschten die Türangeln protestierend, wenn man die Tür zu rasch aufriß. Dann trat er auf den weitläufigen Korridor hinaus, der in das mit üppigen Schnitzereien verzierte Treppenhaus führte. Dort konnte er sich, so hoffte er, über das Geländer beugen und hören, vielleicht auch beobachten, was unten in der Eingangshalle vorging.

Vielleicht kam Raman zu der schweren Eingangstür, Raman mit seinem scheuen Lächeln, das er im selben Augenblick an- und auch wieder ausknipsen konnte. Wenn er den Ankömmling kannte, würde er ihn mit seinem Namen begrüßen. Wenn nicht, so fragte er ihn zumindest nach seinem Begehr.

Der Korridor mit seinen fleckigen Wänden lag weit und hoch vor ihm. Seine Schritte hallten auf dem Marmorfußboden wider, obwohl er versuchte, leise zu gehen. Er passierte, so rasch er konnte, die lange Reihe der dunklen, polierten Holztüren. Wie viele Schlafzimmer es wohl in diesem riesigen Haus gab? Waren da vielleicht, versteckt in einem dieser Zimmer, noch andere Bewohner, von denen man ihm nichts erzählt hatte? Unter ihnen einer, der Englisch sprach und die Fähigkeit besaß, Schreibmaschine zu schreiben?

Phantastereien. Ghote schüttelte ärgerlich den Kopf.

Aber eine baldige unauffällige Hausdurchsuchung war sicher angebracht. Er würde sie vornehmen, sobald sich eine Gelegenheit bot.

Er wechselte jetzt auf die andere Seite des Gangs, und tatsächlich: da lag das dunkle Treppenhaus mit seinen schweren Schnitzereien. Eilends rückte er vor, wobei er fast ausgerutscht wäre. Von unten war noch nichts zu hören, aber als er oben an der Treppe ankam, hörte er, wie die große Doppeltür ächzend aufging.

Gerade noch rechtzeitig.

«Guten Morgen, Mr. Dhebar. Sir.» Das war Ramans singender, südindischer Dialekt.

Ghote wußte bereits, daß der Diener sich von der Tageszeit nicht beeinflussen ließ und jedermann mit «Guten Morgen» begrüßte.

Aber «Mr. Dhebar»? Bei diesem Namen schrillte eine Glocke in Ghotes Kopf. Noch bevor der Ankömmling Ramans Gruß hatte erwidern können, war alles klar. Einer der Teilnehmer an der Madurai-Verschwörung hatte Dhebar geheißen. Und dieser Mr. Dhebar war ein ganz spezieller Verschwörer gewesen. Als die Polizei das Haus gestürmt hatte, in dem das Dynamit für die geplante «Explosion» versteckt war, war er als einziger der Gefangennahme entgangen. Der Mann war auch später nie erwischt worden. «Der entkommene Verschwörer» war er während des Prozesses genannt worden, «ein Mann namens Dhebar».

War es der? War diese gedrungene, gewichtige, bedächtige Gestalt, die da, gebeugt über einen summenden Motorroller, beim Haus eingetroffen war identisch mit dem Mann, den Sir Asif vor dreißig Jahren zum Tod verurteilt hatte, auch wenn er nicht mit seinen Genossen vor den Schranken des Gerichts gestanden hatte? Vor dreißig Jahren – minus zwölf Tagen?

Ghote brauchte jetzt nur noch einen Schritt vorwärts zu machen. Dann lehnte er sich über das Geländer.

Er sah ihnen jetzt direkt auf die Köpfe: auf Ramans schwarze Locken, die da, wo das Haarfärbemittel nachgelassen hatte, ringförmig graue Flecken aufwiesen, und ein, zwei Schritte davor das Congress-Schiffchen, unter diesem die straff über den dicklichen Brustkasten gespannte Kurta.

Ja, der Mann stand in seinen mittleren Jahren. Ghote kramte in seinem Gedächtnis nach dem genauen Alter des entkommenen Verschwörers. Irgendwo in diesen staubigen, zerfledderten Gerichtsakten, die er in Bombay gelesen hatte, war es erwähnt. Aber er konnte sich nicht mehr daran erinnern. Nicht genau. Er war jedoch sicher, daß es sich um einen jungen Mann gehandelt hatte. Einen Mann in den Zwanzigern. Auf heute übertragen: einen Mann in den Fünfzigern. Und die gedrungene Gestalt, die da unten auf dem geäderten Marmorfußboden der Eingangshalle stand, sah ganz so aus, als sei sie in den Fünfzigern.

Und er hieß Dhebar.

Sollte sich der Job, den er hier zu erledigen hatte, als so einfach erweisen?

«Mein lieber Mr. Dhebar. Schön, Sie zu sehen.»

Das Engländer-Englisch Sir Asifs. Eine freundliche Begrüßung. Sogar bemerkenswert freundlich.

Offenbar hatte der Alte heute seinen schwarzpolierten Stock mit dem Silberknauf nicht bei sich, dessen charakteristisches Tack-tack auf dem Marmorfußboden sonst immer zu hören war.

Jetzt trat er in Ghotes Gesichtsfeld, den Kopf mit einer üppig gefalteten weißen Pagri drapiert.

Die freundliche Begrüßung hatte die ganze Situation augenblicklich auf den Kopf gestellt. Wenn jemand sich an die Namen der Verschwörer erinnerte, so war das der Richter. Er mußte wissen, daß der Vermißte Dhebar geheißen hatte und nun etwa fünfzig Jahre alt war. Aber wie es schien, stand er mit dem Gast auf freundschaftlichem Fuß.

Oder?

Mr. Dhebar schien nämlich ausgesprochen überrascht, ja verwirrt zu sein.

«Ja», sagte er, «ja, Richter. Ja, wirklich. Ich ... schön, Sie wiederzusehen. Wahrhaftig.»

In welcher Beziehung standen die beiden zueinander? Wer war dieser Mr. Dhebar, dem der gewöhnlich so reservierte Richter so freundlich entgegenkam?

Ghote schlich langsam die Treppe hinunter, getrieben von der Neugier auf das Gesicht des Gastes.

«Ich hoffe, mein Lieber», fuhr Sir Asif fort, «Sie trinken mit uns Tee und gehen nicht gleich wieder. Besonders meine Tochter würde sich sehr freuen.»

«Begum Roshan ist sehr freundlich, Sahib. Begum Roshan ist wirklich immer die Liebenswürdigkeit in Person.»

Ghote war jetzt weit genug. Von hier aus konnte er den Fremden ziemlich genau sehen, wenn auch aus etwas spitzem Winkel.

Ein schweres, birnenförmiges Kinn. Darüber ein winziger Mund. Und über diesem eine überhängende Nase und große, braune Augen, die, soweit Ghote das beurteilen konnte, verzweifelt nach irgendeiner Erklärung suchten.

Aber auch die nächste Bemerkung des Richters, so unschuldig sie klang, war nicht geeignet, diese unsicheren Augen zu beruhigen.

«Mein lieber Mr. Dhebar, Sie wissen ganz genau, daß wir Ihre wöchentlichen Besuche sehr begrüßen. Sie sind eine Art Höhepunkt in unserem eintönigen Leben. Wirklich: ein Höhepunkt.»

«Falls sie für Begum Roshan ein wenig Abwechslung bedeuten, würde ich mich sehr geehrt fühlen. Und für Sie natürlich auch. Für Sie ganz besonders, Sahib.»

Ghote wurde ganz wirr im Kopf. Wenn dieser Mr. Dhebar gewohnheitsmäßig jede Woche hier Besuch machte und damit die Gastgeber auch noch vergnügte – warum hatte dann weder der Richter noch seine Tochter ihn erwähnt, als man gestern beim Abendessen über die Einsamkeit, ja Isoliertheit hier draußen gesprochen hatte? Weil diese Besuche eben – Ghote war sich dessen plötzlich ganz sicher – alles andere als vergnüglich waren. Des Richters Stimme hatte einen erkennbar ironischen Unterton gehabt, das konnte Ghote jetzt schon ganz gut beurteilen. Wer immer Mr. Dhebar war – in seinem sozialen Status rangierte er jedenfalls weit unter Sir Asif Ibrahim –: sicher war bis jetzt nur, daß diese seine wöchentlichen Besuche tatsächlich stattfanden. Was konnten sie bezwecken? Jedenfalls brachten sie die Gelegenheit mit sich, Zettel im Haus zu hinterlegen. War er also derjenige, den es festzunehmen galt? Aber wenn er es war: was hatte er für ein Motiv? Warum wollte er Sir Asifs Tod? Und warum schickte er diese Warnungen voraus? Konnte er überhaupt der entkommene Verschwörer sein?

Eines war klar: Ghote mußte so schnell wie möglich herausfinden, wie der Mensch mit vollem Namen hieß und was es sonst noch mit ihm auf sich hatte. Und dann mußte er alles gründlich prüfen.

Aber es gab ein fast unüberwindbares Hindernis: wie sollte er mit Bombay Verbindung aufnehmen? Im Haus gab es kein Telefon, und das nächste war meilenweit weg. Er konnte ja in die Stadt fahren. Aber womit? Sir Asif besaß ein Auto, so viel hatte er gestern abend schon mitgekriegt. Der Wagen stand auf der anderen Seite des Flusses und wurde nur selten benützt. Ob ihn der Richter ihm auslieh? Er konnte ja schlecht sagen: «Sir, ich muß mal mit Bombay telefonieren, ich muß da einen Ihrer regelmäßigen Besucher überprüfen, eine Person, die sich Ihrer Gastfreundschaft erfreut.» Selbst wenn es für den Inspector Ghote einen Vorwand gäbe, in die Stadt zu fahren: für den Doktor Ghote wären wohl noch ein paar Gründe mehr nötig gewesen für einen Ausflug in die Stadt so bald nach seiner Ankunft hier. Was brauchten Doktoren der Philosophie plötzlich dermaßen dringend, daß sie zwanzig Meilen weit wegfahren mußten? Vielleicht ein paar Notizblöcke? Oder Ersatzbleistifte?

«Mein lieber Dhebar, Sie müssen unbedingt unseren zweiten Gast kennenlernen, Dr. Ghote, der mir bei meinen Memoiren behilflich ist. Dr. Ghote, kommen Sie doch herunter!»

Der Alte hatte ihn also gesehen. Er hatte wahrscheinlich die ganze Zeit über gewußt, daß er da oben lauschte. Das war typisch für ihn. Wahrscheinlich war Mr. Dhebar ausschließlich zu dem Zweck so warm begrüßt worden, ihn zu irritieren.

Ghote brannte vor Zorn: Und bemühte sich, es nicht merken zu lassen.

Die letzte Bemerkung des Richters hatte Mr. Dhebar offenbar noch weit mehr verstört als die mysteriöse Innigkeit seiner Begrüßung. Ghote konnte sich nicht bremsen. Er flog die Treppe geradezu hinunter. Mr. Dhebar befand sich, als er unten ankam, in erheblicher Erregung, ja, er war vorübergehend sprachlos geworden.

Aber nur vorübergehend.

«Richter. Sir Asif. Richter Sahib, wieso ... Memoiren? Sie schreiben doch gar keine Memoiren. Sie haben nie etwas davon gesagt. Das stimmt doch gar nicht.»

Es war nicht als Frage gemeint, auch nicht als eine extrem unhöfliche. Mr. Dhebar gab eine Erklärung ab. Er erklärte leidenschaftlich, daß etwas nicht der Fall war.

Sir Asif lächelte – ein flüchtiges, ironisches Lächeln, das seine seltsam platte Nase noch platter erscheinen ließ.

«Aber natürlich schreibe ich an meinen Memoiren, mein Lieber. Schon seit Jahren. Sind Sie sicher, daß ich nie davon gesprochen habe?»

«Nie», sagte Mr. Dhebar, «nie, nie, nie.» Seine Augen glühten vor wütender Ablehnung.

«Also wenn Sie es sagen, mein Lieber. Aber ich arbeite ununterbrochen daran, und das schon eine ganze Reihe von Jahren. Sie werden, wage ich zu prophezeihen, nicht ganz ohne Interesse sein, nicht einmal in einer Zeit so beklagenswerten Sittenverfalls wie heute.»

Damit drehte sich der Alte um und tat ein paar Schritte. Der Spazierstock mit dem Silberknauf schlug auf dem harten Marmorfußboden den impertinenten Takt dazu.

«Wenn Sie mich jetzt bitte entschuldigen wollen», murmelte er, «ich bin ein wenig müde. Die Strafe des Alters. Ich muß mich noch etwas hinlegen vor dem Tee. Meine Tochter ist drüben im Gesellschaftszimmer. Sie kennen ja beide den Weg.»

Damit verschwand er in einem der von der Halle wegführenden Korridore.

Ghote und Mr. Dhebar starrten einander an wie zwei Schiffsbrüchige, die sich plötzlich auf einer winzigen Insel im Ozean gegenüberstehen.

3

Ghote gelang es erst nach mehreren Sekunden, den Blick von dieser schweren, gedrungenen Gestalt abzuwenden. Der Richter hatte ihn völlig aus dem Gleichgewicht gebracht, und das mit bemerkenswert wenigen Worten. Die Saat des Zweifels.

Doch dann nahm er sich zusammen.

«Gehen wir, Mr. Dhebar», sagte er fröhlich.

Er erwartete keine Antwort, denn Mr. Dhebar schien in jeder Beziehung ebenso desorientiert zu sein wie er selbst.

«Entschuldigen Sie, Sir.»

Mr. Dhebar stand noch immer unverrückt auf der Stelle.

«Ja?»

«Sir, ich fürchte, wenn Sie ins Gesellschaftszimmer wollen, dann ist das die falsche Richtung.»

Aber auch Ghote hatte das inzwischen eingesehen und abrupt kehrtgemacht. Das Zimmer, das er angesteuert hatte, hatte er in der ganzen

Zeit seines Aufenthalts hier noch nie betreten, was er an dem bläulichen Schimmelfleck an der Korridorwand erkannte, der ihn vage an die Karte von Bangladesh erinnerte: eine surreale Gestalt mit zwei Beinen, zwei Armen und einem Hahnenkamm darüber.

«Ach ja», stammelte er, «stimmt. Tut mir leid. Aber ich bin erst seit gestern hier.»

«Wegen der Memoiren?»

Mr. Dhebar hatte sehr schnell wieder die Gewalt über sich gewonnen. Von der Verwirrung, in die ihn Sir Asif versetzt hatte, war nichts mehr zu spüren. Jetzt strahlte er Entschlossenheit aus. Er kam Ghote plötzlich vor wie eine altgediente von den Wunden der Zeit übersäte Dampflokomotive, eine von denen, die man mit minderwertiger Kohle füttert und die nicht eben schnell fahren, aber auch nicht leicht zum Stehen gebracht werden können und auf Nebenstrecken beweisen, daß sie durchaus noch nicht zum alten Eisen gehören.

Ghote hüstelte. «Ja», sagte er und ließ es zweideutig klingen, «ich helfe Sir Asif in jeder Beziehung.»

«Bei seinen Memoiren?» fragte Mr. Dhebar völlig ungeschreckt.

«Äh ... ja.»

«Ich hatte bis vor wenigen Sekunden keine Ahnung, daß Sir Asif Memoiren schreibt.»

«Ja, ja, das ist auch kein Wunder. Er, äh, spricht, glaube ich, nicht gern darüber.»

Mr. Dhebar blieb unerbittlich. «Aber jetzt spricht er offenbar darüber.»

«Ja, jetzt schon.»

Ghote hustete noch einmal, wobei er ein rasselndes Geräusch von sich gab. Dann endlich hatte er die Erleuchtung.

«Die Sache ist einfach die: die Arbeit ist jetzt so weit gediehen, daß ein Ende abzusehen ist. Sir Asif ist sich erst jetzt ganz sicher, daß das Material für eine Publikation – ja, für eine Veröffentlichung – ausreicht. Folglich kann er sich nun auch zu der Existenz dieser Memoiren bekennen. Und das ist auch der Grund, weswegen er mich angefordert hat.»

«Die Veröffentlichung gilt also als gesichert?» fragte Mr. Dhebar, und zwar in einem Ton, der es nicht zuließ, daß man sich um eine Antwort drückte. Ghote entschied sich nach kurzer Überlegung für die Regel, daß Angriff die beste Verteidigung sei.

«Darf ich fragen», fragte er mit einiger Schärfe, «was Sie selbst hier tun? Gibt es irgendwelche Gründe für Ihren Besuch?»

Es schien, als habe er damit die gewichtige Lokomotive doch zum Halten gebracht. Mr. Dhebar blieb stehen und blinzelte.

Dann verschwand seine Hand im Inneren der weißen Kurta – aus der Nähe war sie allerdings doch nicht weiß: sie war meilenweit durch den

Straßenstaub gefahren worden und hatte eine rötliche Färbung angenommen – und brachte eine riesige Visitenkarte zum Vorschein, die nur an ihren eselsohrigen Ecken etwas angeschmutzt war. Er präsentierte sie Ghote mit einer majestätischen Verbeugung.

P. N. Dhebar
Herausgeber
DER SPUTNIK
Unabhängiges Wochenblatt
Wöchentlicher Erscheinungstermin garantiert

«Obwohl: gelegentlich ist die Erscheinungsweise auch vierzehntägig», fügte der Herausgeber des *Sputnik* hinzu. «Das hängt von den finanziellen Bedingungen ab.»

Aber Ghote dachte nur: ein Herausgeber, ein Journalist; ein Bursche, in dessen Umgebung es von Schreibmaschinen nur so wimmelte. Selbst ohne Motiv ist die Möglichkeit beträchtlich, daß er in seiner Tasche unter den Visitenkarten auch einen Drohbrief herumträgt, der nur darauf wartet, hier deponiert zu werden.

«Und Sir Asif ist Mitarbeiter des *Sputnik*?» fragte er scharfsinnig.

«So ist es, mein bester Sir. Sie sind sogleich zum Kern der Sache vorgestoßen. Als mir bewußt wurde – was noch gar nicht so lange her ist –, daß unser Distrikt die Ehre hat, eine so illustre Persönlichkeit zu seinen Einwohnern zu zählen, versuchte ich, mit ihm ins Geschäft zu kommen. Und seither steuert Sir Asif jede Woche, oder je nach den Umständen auch alle vierzehn Tage, eine ziemlich pointierte Glosse bei.»

Diese neue Information galt es erst einmal zu verarbeiten. Einerseits erklärte sie das Mißvergnügen, das Mr. Dhebar gezeigt hatte, als er von den fiktiven Memoiren erfuhr: mußte er sich doch in der Hoffnung wiegen, selbst davon zu profitieren, falls der Richter eines Tages irgendwelche Erinnerung haben sollte. Andererseits: die Tatsache, daß der Bursche Zutritt zum Haus des Richters hatte, schloß aus, daß es sich bei diesem Mr. Dhebar hier um den berühmten entkommenen Verschwörer handelte. Aber er konnte dem Alten ja auch aus anderen Gründen nach dem Leben trachten und es ihm in zwölf Tagen auch nehmen. Er schien jedenfalls jede Woche hier zu sein – also hatte er Gelegenheit in Hülle und Fülle, die Drohbriefe zu hinterlassen.

Ghote versuchte es mit einer Art Fangfrage.

«Daß Sir Asif für Sie schreibt, ist erstaunlich. Eigentlich müßten sich doch sehr viele andere Zeitungen in Indien ebenfalls um seine Mitarbeit bemühen?»

Der Herausgeber des *Sputnik* antwortete nicht gleich. In seinen trüben Augen wogte es von tausenderlei Empfindungen. Endlich schien eine von ihnen die Oberhand zu gewinnen.

«Ich bin überzeugt, viele Zeitungen würden sich glücklich schätzen, wenn sie Sir Asifs Kommentare drucken dürften. Die Erinnerung an die Madurai-Verschwörung ist noch keineswegs tot.»

Das stimmte allerdings.

«Ja, ich könnte mir vorstellen, daß Sie recht haben.»

Mr. Dhebar schaute ihn mißtrauisch an.

«Aber sollten wir nicht der reizenden Begum Roshan guten Tag sagen? Das Gesellschaftszimmer ist dort, mein lieber Sir.»

Der große, dunkle, gegen die Sonne abgeschirmte Raum, in dem Begum Roshan und die übrigen Gäste auf den Tee warteten, wirkte, als Ghote und Mr. Dhebar eintraten, wie ein Gemälde oder eine alte, vergilbte Fotografie – so schweigend und reglos erschienen seine Bewohner.

Der Raum war angefüllt mit hochlehnigen, fein geschnitzten Armsesseln, die in Gruppen zu zweien und dreien vor ebenfalls geschnitzten Wandschirmen standen. Der Samt der Sitze, früher einmal ein tiefes Rot oder ein ebenso tiefes Blau, war über die Jahre hin zu einem undefinierbaren Grau verschossen. Lediglich der riesige Perserteppich, der den größten Teil des Marmorfußbodens bedeckte, schien noch etwas Farbe behalten zu haben. Er und die Dutzende von gerahmten, silberglitzernden Fotografien auf dem großen Klavier. Die träge Nachmittagsstunde lag in völligem Schweigen. Nur von den hohen Fenstern her war ein leichtes Zischen zu hören. Ein Diener hatte offenbar erst vor wenigen Minuten mit Rosenessenz versetztes Wasser über die brüchigen Bambusstäbe der Rolleaux gegossen, denen der ganze Raum sein wohltuendes Halbdunkel verdankte. Der Geruch des Rosenwasser war schon beim Eintreten unverkennbar.

Nur die drei Menschen schienen nicht aus lebloser Materie zu sein. Doch wandten sie kaum die Köpfe, als sich die Tür öffnete. Begum Roshan, groß, schmal und in einen Sari von feiner, alter Seide gekleidet, schien unmerkbare Impulse auszusenden. Die feingliedrigen Hände, die sie auf dem Schoß hielt, zuckten in winzigen, unkontrollierten Bewegungen. Ihr mageres Gesicht, bei dem Ghote, als er es zum erstenmal gesehen hatte, die Vorstellung gehabt hatte, alles Fleisch sei durch eine innere, ununterbrochen wirkende Säure aufgezehrt, wandte sich in kaum wahrnehmbaren Rücken bald nach rechts bald nach links.

Ghote begrüßte alle mit einem formellen Händedruck. Worte wären, das spürte er, in solcher Atmosphäre unpassend gewesen.

Der Amerikaner trug wieder, wie schon gestern abend, diese faserige schwarze Krawatte. Und wie gestern saß sie eine Handbreit unter dem Kragen des kühn gemusterten Hemds. Seine Haltung war von ungewöhnlicher Lässigkeit; die Wade des einen Beins ruhte auf dem Oberschenkel des anderen. Lediglich die schwarzen Brauen über den tief in den Höhlen liegenden Augen, die sich ungestüm zu einem Winkel zusammenzogen, ließen etwas wie innere Erregung erkennen.

War dieser auf so aggressive Weise unkonventionelle, in seinen Ansichten so radikale Mann tatsächlich ein Priester?

Diesmal, in Erwiderung auf Ghotes Verbeugung, sagte er etwas. «Hi», sagte er und zerriß damit die Stille, die in dem Raum herrschte.

Anand Baba, der Heilige, reagierte womöglich noch beunruhigender. Er sagte weder ein Wort noch gab er sonst einen Ton von sich. Er saß nur mit gekreuzten Beinen auf seinem Sessel, ließ das safrangelbe Gewand locker über seinen breiten, derben Leib fallen und befreite aus den Fluten seines weißen Bartes ein Lächeln: ein strahlendes, blitzendes, wärmendes, sich hinziehendes Lächeln, ein tatsächlich durch und durch warmes Lächeln, das anscheinend ausgesprochen physische Eigenschaften besaß, denn Ghote fühlte es auf seinem Gesicht aufprallen wie eine rechte Gerade.

Daher blieb er zunächst stehen, um dieses Lächeln zu verdauen.

«Heute ist einer seiner Schweigetage», bemerkte Begum Roshan, nachdem einige Minuten des Schweigetages verstrichen waren.

Schweigetage. Natürlich. Ghote war informiert. Viele Heilige hatten Zeiten, in denen sie nicht sprachen. Es war nicht weiter verwunderlich, wenn einer von Anand Babas spirituellem Zuschnitt von Zeit zu Zeit einen Schutzwall gegen den Sprachmüll der Welt um sich herum errichtete. Für einen Polizeibeamten, der pflichtgemäß Nachforschungen anstellt, war das allerdings sehr lästig.

Mr. Dhebar näherte sich der safrangelben Gestalt mit einer tiefen Verbeugung.

«Wir freuen uns sehr darüber, daß Anand Baba uns die Ehre gibt, an diesem armseligen Ort zu verweilen.»

Das Lächeln des Heiligen schmolz dahin.

«Ich glaube», sagte Begum Roshan, «Babaji will uns sagen, daß ihn seine Reise besonders zu den armseligen Orten führt.»

Mr. Dhebar schaute sie übertrieben dankbar an.

«Begum Roshan hat wie immer recht. Sie gewinnt allen Dingen, die sie freundlicherweise in Erwägung zieht, den einzig möglichen Aspekt ab.» Mr. Dhebar seufzte. «Sie hatte sicher auch ihre Gründe, daß sie meiner Geringfügigkeit verschwieg, daß ihr Vater dabei ist, seine Memoiren zu schreiben.»

Begum Roshan stieß ein spitzes Lachen aus.

«Mein lieber Mr. Dhebar, ich bin bestimmt die letzte, die so etwas erfährt, das versichere ich Ihnen. Mein Vater zieht mich niemals ins Vertrauen. Niemals. Wenn Sie neugierig sind auf diese Memoiren, dann müssen Sie sich schon an Dr. Ghote wenden, den man uns von der Universität in Bombay geschickt hat.»

Ghote fühlte, wie der Zorn ihn beinahe übermannte, der Zorn auf den Deputy Commissioner, der ihm eine so über alle Begriffe lächerliche Verkleidung aufgezwungen hatte. Doch dann überkam es ihn wie ein angstvoller Schauer: er mußte – denn er würde zweifellos noch oft nach diesen Memoiren gefragt werden – Antworten parat halten, die die Story von seiner Doktorexistenz untermauerten. Der Herausgeber des *Sputnik* stand zwar gesellschaftlich weit unter dem Richter, aber er hatte sehr wohl Zugang zur Welt der Bücher, des Schreibens und der Gelehrsamkeit. Wie weit würde er sich einmischen wollen?

Aber Ghote konnte diese Überlegungen zunächst abbrechen. Die Erwähnung der Memoiren hatte Father Adam auf den Plan gerufen, der sein bisher auf dem anderen Bein abgelegtes Bein auf den Boden stellte.

«Memoiren? Sir Asif schreibt seine Memoiren? Das Buch geht sicher weg wie warme Semmeln, schon allein weil die Leute auf irgendwelche miesen Enthüllungen hoffen. In Wirklichkeit wird es wahrscheinlich ein einziger Schrei nach der Rückkehr der Unterdrücker, und das zu einer Zeit, da dieses Land sich endlich von der massiven Manipulation befreit.»

Begum Roshan ließ ihren Kopf ein wenig zur Seite schnellen, als wolle sie sehen, ob die Wände des Zimmers, die noch Jahrzehnte lang halten sollten, unter solchen Ungeheuerlichkeiten nicht zerbröckelt waren. Dann murmelte sie etwas, was wie Widerspruch klang.

Doch das setzte in dem Priester nur neue Kräfte frei. Es war, als sei ein Gewicht von einer lange niedergehaltenen Feder genommen.

«Bitte halten Sie mich nicht für undankbar. Ich weiß, ich bin hier nur Gast, aber man hat schließlich eine Verpflichtung zur Wahrheit.»

Und Father Adam kam für die nächsten zehn Minuten dieser Verpflichtung zur Wahrheit nach. – Das Wort «Faschist» kam dabei mehrfach vor, desgleichen Wortverbindungen wie «kapitalistische Verschwörung» und «elitäres Medienmonopol» – was Ghotes Ansicht nach den Rahmen einer normalen Diskussion sprengte, von einer höflichen Konversation ganz zu schweigen.

Aber Ghote hörte nur mit halbem Ohr zu. Denn der erstaunliche Amerikaner wuchs für ihn mit jedem Wort, das er sagte, zu einem Kriminalfall heran. Die Möglichkeit, daß er die Drohbriefe verteilt hatte, wurde immer größer. Zwar war er zu der Zeit des Prozesses gegen die Madurai-Verschwörer wahrscheinlich noch gar nicht auf der Welt gewesen. Und vermutlich war er überhaupt erst ein, höchstens zwei Jahre in Indien. Aber er erwies sich von Sekunde zu Sekunde mehr als ein Mann, der von einem Fall nur aus zweiter oder dritter Hand etwas zu wissen brauchte, um diesen sogleich für ein Beispiel alles dessen zu halten, was schlecht war in der Welt.

Dann sollten die Drohbriefe Sir Asif also zu einem öffentlichen Widerruf treiben, der natürlich am dreißigsten Jahrestag des Prozesses besonders wirksam war? Durchaus möglich.

Aber dafür war der Gegner, den sich der Amerikaner auserkoren hatte, zu hart, das war Ghote bereits nach eintägiger Bekanntschaft mit Sir

Asif klar. Wenn es je einen Menschen mit stabilen Überzeugungen gab, so war es der alte Richter. Wenn jemand lieber lächelnd den Tod auf sich nahm als ein einziges Wort zu sagen, das nicht dieser Überzeugung entsprach, so war das ebenfalls Sir Asif.

Vielleicht ahnte der Alte längst, wer die Drohbriefe schrieb, und behandelte seine Gäste deshalb mit solcher Verachtung.

Der seltsame Priester hatte jedenfalls ausreichend Gründe. Aber hatte er auch die Mittel? Also eine Schreibmaschine?

Als der Wortschwall etwas dünner wurde, sprang Ghote kühn dazwischen.

«Father Adam, mich würde brennend inter –»

«Also bitte, Schluß jetzt mit dem Father. Sie sollten mich wirklich wie einen normalen Menschen behandeln. Mein Name ist Mort. Mort Adam. Und wie darf ich Sie nennen?»

Einen Augenblick lang lag Ghote die Antwort auf der Zunge, die den ganzen Schwindel, den er hier abziehen mußte, wie eine Seifenblase hätte platzen lassen: «Nennen Sie mich Inspector. Inspector Ghote.» Dann hätten wenigstens gleiche Bedingungen zwischen ihm und dem Amerikaner geherrscht. Aber er schluckte nur und präsentierte dann die beiden Silben, nach denen er gefragt worden war.

«Ganesh. Mein Name ist Ganesh.»

«Ausgezeichnet. Man kann gleich ganz anders miteinander reden. Also, was wollten Sie mich fragen?»

Offenbar war der Amerikaner auf Widerspruch aus. Vielleicht hätte er gern jemandem die Vokabeln «Klassenjustiz» oder auch «Klassenkampf» entgegengeschleudert.

«Ich wollte fragen, ob Sie selbst irgendwie mit Schreiben zu tun haben. Sie haben so interessante Ansichten. Die bringen Sie doch sicher auch zu Papier?»

Der Priester betrachtete einen Augenblick lang seine Füße. Er trug ein Paar ziemlich abgetretene Sandalen – im Gegensatz zu Ghote, der geglaubt hatte, der Atmosphäre des Hauses mit Schuhen und Socken Rechnung tragen zu müssen.

«Sie haben nicht ganz unrecht, Ganesh», sagte er endlich, «in den Staaten habe ich gelegentlich für Zeitungen gearbeitet.»

Auf seinem Gesicht, das so sehr von den Augenbrauen bestimmt wurde, erschien ein kleines, schiefes Lächeln.

«Vermutlich bin ich sogar deswegen nach Indien geschickt worden.»

Also hatte er vielleicht auch eine Schreibmaschine mitgebracht? Aber noch bevor diese Frage geklärt war, schleuste sich Mr. Dhebar mit einem massiven Mißverständnis in die Unterhaltung ein.

«Ach, dann sind Sie wohl eine Autorität in bezug auf Indien, Father? Das wußte ich nicht. Wären Sie denn bereit, auch für den *Sputnik* zu schreiben?» Er hielt warnend einen Wurstfinger in die Höhe. «Ich muß allerdings gleich sagen, daß wir keine so horrenden Honorare zahlen können wie die Amerikaner. Und als Herausgeber behalte ich mir natürlich das Recht vor, einen Artikel abzulehnen, wenn darin irgendwelche Anschauungen zum Ausdruck kommen, die meiner Meinung nach die Grenzen zwischen fairer Auseinandersetzung und Beleidigung überschreiten.»

«Oder Anschauungen, die der Zensur mißfallen?» fragte Father Adam herausfordernd.

Mr. Dhebar straffte den Oberkörper. «Der *Sputnik* hat der Zensur noch immer die Stirn geboten.»

«Indem er jede Konfrontation sorgsam vermied.»

Das kam vom Richter.

Sieh da, dachte Ghote. Der Alte mußte schon wieder über den Flur gekommen sein, ohne seinen Stock zu benützen.

Zweifellos hatte er Mr. Dhebar an seiner schwächsten Stelle erwischt.

Für den schwer angeschlagenen Herausgeber des *Sputnik* galt es jetzt, seine Zeitschrift zu verteidigen und den Richter trotzdem nicht zu beleidigen.

Sir Asif half ihm schließlich aus dem Dilemma.

«Aber seit Sie mir die Ehre antun, gelegentlich ein paar meiner Überlegungen zur heutigen Gesellschaft zu drucken, ist das ja völlig anders geworden, mein lieber Mr. Dhebar, oder etwa nicht?»

Der Herausgeber wirkte sogleich sehr erfrischt.

«O ja, Richter, Sahib. Wir bieten ihnen jetzt jede Woche die Stirn, ohne jede Frage.»

Der Richter lächelte dünn. «Jedenfalls würden wir das tun, wenn wir einen Leser hätten.»

Als Ghote den Richter so reden hörte, schoß ihm ein Gedanke durch den Kopf. Er hatte Sir Asif bisher immer mit der größten Hochachtung behandelt. Das glaubte er ihm schuldig zu sein, denn er war schließlich zu seinem Schutz hier. Aber der Alte hatte ihm seinerseits von Anfang an jeden erdenklichen Stein in den Weg gelegt. Zum Teufel also mit der Höflichkeit und dem Respekt, diesen Tabu-Zwillingen. Warum sollte er diesen Autokraten nicht auch einmal herausfordern?

«Entschuldigen Sie, Richter», warf er also ein. Aber dann wurde ihm die Kehle plötzlich so trocken, daß die Worte seltsam krächzend herauskamen. «Entschuldigung, aber wenn Sie der Ansicht sind, daß kein Mensch Mr. Dhebars Zeitschrift liest, warum schreiben Sie dann für ihn?»

Hinter sich hörte er einen kleinen Entsetzensschrei – das war Begum Roshan –, und auch Father Adam hatte sich plötzlich in seinem geschnitzten Lehnstuhl aufgerichtet. Auf dem Gesicht des Heiligen, den er aus den Augenwinkeln sah, glaubte er wieder dieses außergewöhnlich strahlende, wärmende Lächeln wahrzunehmen.

«Eine aparte Frage.»

Das klang so unnachgiebig wie immer. Aber Ghote glaubte zu spüren, daß er mit der Frage dennoch einen wunden Punkt berührt hatte.

«In der Tat, eine aparte Frage. Ich fürchte, Dr. Ghote, ich werde unter dem Druck Ihres Kreuzverhörs zweierlei gestehen müssen. Erstens hat der *Sputnik* vielleicht doch eine etwas größere Leserschaft, als ich ein wenig scherzhaft unterstellt habe. Zweitens bin ich auf meine alten Tage einfach der Schriftsteller-Eitelkeit erlegen. Ich gebe mich außerdem der Überzeugung hin, daß es eine gute Tat ist, wenn man die Dinge beim Namen nennt, auch wenn noch so wenige zuhören. In diesen finsteren Zeiten, in denen Lüge und Korruption nur so wuchern, kann die Wahrheit in der allgemeinen Dunkelheit zumindest ein paar weiße Flecken hinterlassen.»

«Und Ihre Memoiren, Richter?» fiel Mr. Dhebar ein, jetzt wieder ganz die unermüdliche Dampflokomotive, die ihre festgelegten Gleise entlangdampfte. «Werden sie Indien wachrütteln?»

«Mein Memoiren?»

Es war offenkundig, daß der alte Mann, der in der Tat sehr alte Mann, sich einen Augenblick lang nicht daran erinnern konnte, daß diese Memoiren überhaupt erfunden waren.

Ghote wußte ganz genau, was ihn in dieser Situation hätte retten können. Aber er war nicht souverän genug, seinen Platzvorteil zu nutzen und aus dem Sieg, den er eben errungen hatte, Kapital zu schlagen.

«Ach ja», sagte er, «was die Memoiren betrifft, Sir Asif, da wären noch ein, zwei Fragen, über die wir so bald wie möglich sprechen müssen. Wäre es Ihnen recht, wenn wir uns noch vor dem Abendessen kurz zusammensetzen könnten?»

Das war nicht übermäßig fair gegen den Alten. Aber er war schließlich ebenfalls mit der Erwartung hierher gekommen, daß man ihn fair behandeln würde – was sich als Trugschluß erwiesen hatte. Und wenn ihm der Richter die Informationen, die er brauchte, nicht freiwillig geben wollte, dann mußte er es eben auf diese Weise versuchen. Er mußte zumindest einen Blick auf die Zettel werfen, die den Richter bisher erreicht hatten. Und der Alte sollte ihm auch sagen, wer, wenn überhaupt jemand, hier im Haus ein Motiv haben könnte, ihm Böses zu wollen.

Der Versuchsballon war also gestartet. Würde er Erfolg haben?

Der Richter schwieg und stützte sich dabei schwer auf den schwarzen Stock mit dem Silberknauf. Die Augen lagen so tief, daß sie wie geschlossen wirkten.

«Nein.»

Aber nicht der Alte hatte geantwortet, sondern Begum Roshan. Es war fast ein Schrei gewesen.

«Nein», wiederholte sie. «Bitte nicht. Er ist ein alter Mann, und er ist müde. Ich kann nicht zulassen, daß Sie ihn zur Arbeit zwingen, wo er eigentlich ausruhen müßte.»

Ghote fühlte, wie er zornig wurde. Was hatte das zu bedeuten? Sie wußte, wer er war und wozu er hier war. Es mußte ihr klar sein, was er von ihrem Vater tatsächlich wollte. Was hatte sie für Motive für diese Intervention? Vielleicht galt ihre Sorge weniger ihrem Vater als sich selbst? Hatte sie vielleicht diese Zettel selbst geschrieben? Oder konnte sie einfach nicht ertragen, daß man ihren Vater piesackte?

Was immer der Grund für ihre plötzliche Reaktion sein mochte, sie hatte jedenfalls den gegenteiligen Effekt.

Ghote sah, wie es in den Augen links und rechts der seltsam plattgedrückten Nase aufleuchtete. Sie wirkten wie zwei niedergebrannte Scheiterhaufen, die eine abendliche Brise noch einmal entfachte.

«Sollte ich einmal deine Hilfe brauchen, Roshan, so werde ich dich das wissen lassen. Ich weiß sehr wohl, daß mein Grab bereits geschaufelt ist.»

Das war herb. Ghote wünschte sich plötzlich ganz weit weg. Noch die ärmsten Slums in Bombay wären ihm in diesem Augenblick lieber gewesen als dieser weite, düstere, ausgebleichte Raum mit seinen schweren Möbeln. Aber er folgte trotzdem dem Impuls, sich nach dem Opfer dieser herben Worte umzudrehen.

Für einen Augenblick glaubte er in Begum Roshans magerem, zartgliedrigem Gesicht nichts als flammende Rebellion und Stolz zu bemerken. Sir Asif war offenbar zu weit gegangen.

Aber das hielt nicht an.

Sie senkte demütig die Augen. «Ja, Vater.»

Der Richter wandte sich wieder Ghote zu.

«Also gut, Doktor. Erst trinken wir Tee, und anschließend wird es mir ein Vergnügen sein, mich mit Ihnen ein Stündchen zu unterhalten.»

4

Den Tee nahm man auf der geräumigen, säulengeschmückten Terrasse vor dem Gesellschaftszimmer. Der Richter sagte während der ganzen Stunde kaum ein Wort. Raman servierte Gurkensandwiches, Currygebäck und kleine runde Kekse mit rosa Zuckerglasur. Sir Asif kostete kaum davon. Er öffnete nur einmal den Mund, als Raman scheu lächelnd herbeihüpfte und versuchte, einen Keks, den der Richter zurückgewiesen hatte, wieder auf dessen Teller zu applizieren. Aber es kam nur eine Verwünschung heraus.

«Hau ab, verdammter Dummkopf, mach, daß du weiterkommst!» Die übrige Zeit saß er nur da und ließ die Augenlider hängen.

Der Alte schien kurz vor einem Herzanfall zu stehen. Das Gesicht mit der eingedrückten Nase war aschgrau und bildete einen erschreckenden Gegensatz zu der blendend weißen Pagri, die er trug. Es sah ganz so aus, als sei er nicht gesund. Und wenn er nun starb? Wie sollte Ghote denn dann die Aufgabe, die er hier zu lösen hatte, zu Ende führen?

Aber dann ging die feierlich zelebrierte Teestunde zu Ende, und als in der wunderbar klaren, blassen Kuppel des Himmels die ersten Anzeichen der Nacht sichtbar wurden, erhob sich Sir Asif sowohl schwankend als auch entschieden. Die knochigen Hände umklammerten den Silberknauf seines Stocks, und die Adern auf dem Handrücken traten erschreckend deutlich hervor.

«Kommen Sie, Dr. Ghote.»

Damit begann der Alte langsam aber unbeirrt auf die Fenstertür zuzugehen. Ghote hielt sich einen Schritt hinter ihm und hielt dabei seinen Ellenbogen im Auge. Da er fürchtete, der kleine, schwache Körper könnte jeden Augenblick fallen, wollte er ihn dann wenigstens auffangen können. So wanderten sie in nervenaufreibender Langsamkeit durch das Gesellschaftszimmer, dann durch den langen Korridor zur Halle und von dort weiter durch den nicht minder ausgedehnten Flur zur Bibliothek.

Der hohe Raum mit den Bücherregalen lag bereits fast völlig im Dunkeln. Nur auf dem Tischchen mit den Elfenbein-Intarsien neben dem Sessel des Richters brannte eine Lampe – das keuchende Wummern des Generators, den man inzwischen wieder angeworfen hatte, war deutlich zu hören –, und daneben stand eine edel geformte Huka, vermutlich von Raman, der schon während des Tees verschwunden war, dort deponiert. Wenn der gestrige Tag irgend etwas über die Gewohnheiten des Richters aussagen konnte, so rauchte er um diese Zeit gewöhnlich nicht. Aber vielleicht hatte Begum Roshan die Pfeife vorgeschlagen, weil sie glaubte, sie könne ihres Vaters angegriffene Nerven beruhigen.

Würde sie diesen Zweck erfüllen?

Der Richter ließ ein gereiztes Knurren hören, als er sie sah. Aber der Grund dafür lag ganz woanders.

«Dieser lästige Dhebar! Ich habe seine wöchentliche Atzung vergessen. Inspector, dürfte ich Sie um einen Gefallen bitten? Sie liegt dort drüben beim Fenster, auf dem Tisch dort. Könnten Sie sie ihm bringen? Dann werden wir später nicht mehr gestört.»

Ghote durchquerte in völliger Ahnungslosigkeit, was er sich unter «Atzung» vorzustellen habe, den dunklen Raum. Auf dem Tisch, den der Richter gemeint hatte, sah er im schwindenden Tageslicht drei Blatt Papier liegen, die mit sauberen, klaren Schriftzügen bedeckt waren. Der Artikel des Richters für die nächste Ausgabe des *Sputnik*.

Während er die Blätter an sich nahm, schoß ihm ein Gedanke durch den Kopf. Er hatte schon lange hin und her überlegt, wie er Bombay benachrichtigen könnte, damit sie Erkundigungen über P. N. Dhebars Vorleben einzogen. Nun: er brauchte nur P. N. Dhebar als Boten zu benützen. Es bedurfte nur einiger Zeilen, natürlich nicht an die Adresse des CID, sondern an seine Frau. Sie konnte dann den Deputy Commissioner anrufen. Das mußte gehen. Und Mr. Dhebar würde keine Ahnung haben, daß er einen Uriasbrief bei sich hatte.

Er ging so langsam wie möglich zurück durch den dunklen, nach Büchern riechenden Raum. Als er aber die Tür hinter sich geschlossen hatte, spurtete er mit langen Schritten durch den hallenden Flur zur Treppe. Gott sei Dank, dachte er: wenigstens kenne ich inzwischen den Weg zu meinem Zimmer.

Die ganze Angelegenheit dauerte kaum zehn Minuten. Zum Glück war er vorausschauend genug gewesen, als er aufbrach noch ein halbes Dutzend Luftpostformulare zu kaufen. Der Brief an Protima geriet zwar zu einem fürchterlichen Gekritzel, aber seinen Zweck würde er trotzdem erfüllen.

Inzwischen war es völlig dunkel geworden. Als er wieder die Treppe heruntergeklappert kam, sah er Roshan Begum, die beim Haustor stand und sich von dem *Sputnik*-Herausgeber verabschiedete. Der amerikanische Priester und der Heilige standen ebenfalls um sie herum. Ghote raste auf die Gruppe zu und drückte Mr. Dhebar erst das Manuskript des Richters und dann seinen dünnen Luftpostumschlag in die Hand, um sich sogleich hastig zu verabschieden.

«Ich hoffe», sagte Mr. Dhebar, die Falschheit in Person, «Ihre Arbeit an den Memoiren macht Fortschritte.»

Als Ghote wieder in die Bibliothek kam, war der Richter eingeschlafen. Er saß da im Lichtschein der Lampe auf dem Tischchen mit den Einlegearbeiten aus Elfenbein und ließ ein dünnes, hohes, häßlich krächzendes Schnarchen hören.

Die Huka hatte er nicht benützt; das Mundstück lag unberührt auf dem Tisch. Und wiederum daneben lag, man konnte es schon von der Tür aus überdeutlich sehen, in schockierender Gegenwärtigkeit, was vorher noch nicht dort gelegen hatte: ein rechteckiges, zusammengefaltetes Stück Papier.

Er brauchte gar nicht erst hinüberzugehen; er brauchte das Papier gar nicht erst mit den Fingerspitzen in die Höhe zu heben: er wußte auch so, daß das eine erneute Morddrohung für den alten Mann war, der da in seinem Sessel saß und keuchte und schnarchte.

Draußen vor dem Haus war jetzt über dem stetigen Pochen des alten Generators wieder das frische Rattern von Mr. Dhebars Motorroller zu hören, der gestartet war und in Richtung Fluß davonfuhr. Der ahnungslose Herausgeber war schon zu weit weg, als daß er ihm auch noch diesen Brief hätte mitgeben können, damit die Fingerabdruckexperten in Bombay ihn untersuchten. Und in diesem Haus, in dieser verdammten

Einöde, wo man sich fühlte wie in einer Konservendose, konnte von einer exakten Polizeiarbeit keinerlei Rede sein.

Er entfaltete das Papier.

Richter! Nur noch zwölf Tage
Gott sei Deiner Seele gnädig.

Das war knapp. Aber es war alles gesagt, was zu sagen war, in zwölf Tagen jährte sich der Tag der Gerichtsverhandlung, in der der alte Sir Asif, der damals noch nicht sehr alte Sir Asif vermutlich in aller Öffentlichkeit einen Satz gesprochen hatte, der mit dem letzten auf dem Zettel identisch war.

Ghotes Gedanken überschlugen sich.

Jeder der vier englisch sprechenden, präsumtiven Schreibmaschinenbesitzer konnte den Brief hier abgelegt haben. Das Fenster dort bei dem großen Tisch stand halb offen. Von den vieren, die vorhin bei der Haustür gestanden hatten, hätte jeder für einen Augenblick die anderen in der Dunkelheit allein lassen können. Begum Roshan wußte wahrscheinlich überdies, wie man es anstellte, den Richter nicht zu wecken. Mr. Dhebar konnte die Bibliothek mit dem legitimen Vorsatz betreten haben, den Richter um das Manuskript zu bitten, und dann hatte er einfach die Gelegenheit ergriffen. Father Adam hatte, als Ghote die Treppe herunterkam, etwas abseits von der Gruppe gestanden. Und der Heilige, obwohl das nun wirklich wildeste Spekulation war, hätte, barfüßig, wie er war, beim Betreten der Bibliothek am wenigsten Lärm gemacht.

Ghote mußte sich bei der nächsten Gelegenheit danach erkundigen, was die vier in der kurzen Zeit, in der er auf seinem Zimmer war, gemacht hatten. Freilich würde das höllisch schwierig werden, denn er hielt sich ja nicht als Beamter in diesem Haus auf und konnte nicht einfach drauflos fragen. Er war leider Dr. Ghote. Doktor der Philosophie.

Nein, der Fall würde sich nur mit Hilfe des Richters sachgerecht klären lassen. Es sei denn ... Vielleicht konnte er mit Hilfe dieses kartonartigen Papiers diese Klippe umschiffen. Aber erst einmal mußten die Spezialisten in Bombay es in den Händen haben.

«Zeigen Sie's mir, Inspector. Es ist doch sicher an mich adressiert?»

Der Richter hatte seine Augen weit aufgeschlagen, und sie glänzten gebieterisch und wach.

«Ja, Sir, es steht Ihr Name drauf. Aber könnte ich es behalten? Ich kann Ihnen ja vorlesen, was drinsteht. Es ist ganz kurz.»

«Und an mich adressiert.»

Eine knochige Hand streckte sich ihm entgegen.

Also reichte Ghote dem Richter das Papier. Er hatte erst überlegt, ob er ihn bitten sollte, das Papier genau so vorsichtig in die Hand zu nehmen wie er selbst. Aber der Richter hätte niemals geduldet, daß sich irgendwelche Spezialisten über Papiere hermachten, die er als seine Privatsachen bezeichnete. Jetzt war es allerdings höchst unwahrscheinlich geworden, daß Ghote den Zettel noch einmal in die Hand bekam.

Er wartete, bis der Richter die paar Worte, an denen es kaum etwas zu interpretieren gab, gelesen hatte. Der Alte schien die erneute Ankündigung seiner Ermordung ohne weitere Gefühlsregung zur Kenntnis zu nehmen.

Er ließ lediglich ein kurzes Grunzen vernehmen, als er die düstere, unbeholfen formulierte Botschaft gelesen hatte. Ghote brauchte gar nicht hinzusehen, um zu wissen, was dann kam: das Papier wurde zusammengefaltet und verschwand in der Innentasche der richterlichen, erstaunlich gut geschnittenen Seidenjacke.

Jetzt mußte er es versuchen. Es ließ sich nicht länger aufschieben. Er räusperte sich.

«Sir, es ist kaum mehr zu bezweifeln, daß die Person, die diese Botschaften verfaßt, entschlossen ist, ihre Drohungen auch in die Tat umzusetzen.»

«Natürlich.»

«Natürlich, Sir? Haben Sie denn sonst noch irgendwelche Anzeichen dafür, daß der Schreiber keinen Spaß macht? Wissen Sie etwa gar, um wen es sich handelt?»

«Inspector, ich habe lediglich die plausible Überlegung angestellt, daß jemand, der unzweideutig erklärt, daß er etwas vorhat, dies aller Vermutung nach auch ausführen wird, egal, worum es sich handelt.»

«Ja, Sir.»

Der Richter hatte auf eine Weise von dem neuen Beweisstück Besitz ergriffen, die erkennen ließ, daß er nach wie vor zu keiner Zusammenarbeit bereit war und daß auch diese Unterredung nichts daran ändern würde.

Dennoch: Ghote mußte es zumindest versuchen.

«Sir, könnten wir den Fall einmal ganz von vorne durchgehen? Da ist also eine Person, die Ihnen nach dem Leben trachtet. Ein Vergehen gegen das Gesetz. Ihre Tochter ist über diese Bedrohung Ihres Lebens informiert. Ich selbst bin hierhergeschickt worden mit zwei Aufträgen. Zum einen soll ich Sie vor jedem Angriff auf Ihre Person schützen. Zum anderen muß ich herausfinden, wer für diese Morddrohungen verantwortlich ist. Sir, ich finde, ich habe das Recht, ein Maximum an Zusammenarbeit zu verlangen.»

«Inspector, ich habe nicht um Polizeischutz nachgesucht.»

«Nein, Sir.»

Danach schwieg Ghote eine Zeitlang. Dann faßte er sich erneut ein Herz.

«Nein, Sir, um Polizeischutz haben Sie nicht nachgesucht. Aber immerhin haben Sie meine Anwesenheit hier im Haus akzeptiert.»

Der Richter wandte sich mit einer blitzartigen Drehung nach Ghote um.

«Inspector ... Doktor ... wie auch immer, ich habe in dieses lächerliche Versteckspiel eingewilligt, weil mir sonst meine Tochter das Leben zur Hölle gemacht hätte, und ich habe es auch so schon schwer genug mit ihr. Aber es steht Ihnen natürlich frei, mein Haus zu verlassen, wann immer es Ihnen beliebt. Sie können jederzeit Ihre Sachen packen.»

Ghote kam sich vor wie ein geprügelter Hund. Aber es half nichts; er mußte klar sehen.

«Es steht mir also auch frei, zu bleiben?»

Schweigen.

Das einzige Geräusch, das in dem hohen, schwach erleuchteten Raum zu hören war, war das gedämpfte Tuckern des alten Generators draußen unter der Tamarinde, bei den Ruinen des alten Forts. Ein stetiges, umbarmherziges Tuckern.

«Inspector, prägen Sie sich bitte folgendes ein: Ich bin absolut entschlossen, für das, was ich getan habe, die Konsequenzen zu tragen. Ich weiß auch, daß das Urteil, das ich in dem Prozeß gegen die Madurai-Verschwörer gefällt habe, einen Sturm der Entrüstung hervorgerufen hat, wie man ihn bis dahin nicht für möglich gehalten hätte. Ich weiß ferner, daß sehr viele der Meinung waren und es heute noch sind, daß ich diese Männer nicht hätte zum Tode verurteilen dürfen. Aber, Inspector, ich mußte meine Pflicht tun. Sie waren eines Verbrechens angeklagt und für schuldig befunden worden, auf das die Todesstrafe stand, und es gab keinerlei mildernde Umstände, die ich hätte in Rechnung ziehen können.»

Auf dem Gesicht des Alten, das im Schein der Lampe wie Elfenbein wirkte, wie das Elfenbein in den Einlegearbeiten auf dem Tischchen, erschien ein dünnes Lächeln.

«Inspector, die Pflicht, die ich zu erfüllen hatte, war erheblich schwerer als die Allahs. Allah ist allmächtig. Wenn es ihm gefällt, so geht schon auch einmal ein Sünder straffrei aus. Ich hingegen bin bloß ein Mensch. Und ich war damals ein ordnungsgemäß bestellter Richter, der auch nicht ansatzweise Gnade walten lassen konnte, ohne das Gesetz zu verletzen.»

Husten. Trockenes, dünnes Husten.

«Es kam für diese Männer überhaupt nur eine Strafe in Frage.»

Ghote war bewegt, bemühte sich aber verzweifelt, es nicht zu zeigen.

«Und lassen Sie mich noch etwas sagen, Inspector.» Die Stimme des Richters war anders geworden.

«Ja, Sir?»

«Eine Sache, die fünfzig Jahre zurückliegt und von der ich bis heute noch nie mit jemandem gesprochen habe. Ich war damals ein junger Richter, und es war einer meiner ersten Fälle. Das Ganze spielte sich in einer sehr entlegenen Gegend ab. Ihren Anfang nahm die Geschichte in einem Dorf, und in jenen Tagen gab es so gut wie keine Verbindungen zur Außenwelt. Der Fall lag absolut klar, es gab nicht den leisesten Zweifel. Aber Sie wissen, wie das ist in der Provinz. Es gibt kaum einen Zeugen, der nicht entweder mit dem Opfer oder mit dem mutmaßlichen Täter verwandt ist, und die Tendenz ist fast unausweichlich, daß man die vorliegenden Beweise noch versucht zu vervollkommnen, alles, was ohnehin schon klar ist, noch nachzupolieren.»

Der Alte hatte immer zögernder gesprochen. Er hatte sich wohl entschlossen, sich auf das Thema dieser seit fünfzig Jahren offenstehenden Rechnung einzulassen, aber es schien über seine Kraft zu gehen, den Kern der Sache ans Licht zu bringen, nicht einmal an das eher intime Licht dieses Gesprächs, das so unvermutet zustande gekommen war.

Ghote überlegte einen Augenblick, ob er nicht einfach noch eine Weile sitzen bleiben solle, ohne etwas zu sagen, um dann irgendeine Entschuldigung zu murmeln, wegzugehen und sich und dem Richter den Rest der Geschichte zu schenken. Wenn man bedachte, daß der Alte, durch die Ungunst der Umstände verführt, von Dingen redete, die er jahrelang, länger, als Ghote alt war, sorgfältig vor allen verborgen hatte, wäre dies nur ein Gebot des Takts gewesen. Er brauchte sich nur hinauszustehlen. Die Lampe auf dem Tischchen würde weiterhin ihren kleinen Lichtkegel in das flaumige Dunkel des modrig riechenden Raums senden; Sir Asif wäre nach wenigen Minuten wieder eingeschlafen. Und wenn er wieder aufwachte, wußte er vielleicht nicht einmal mehr, ob er die für ihn offenbar so heikle Geschichte wirklich erzählt oder nur davon geträumt hatte.

Aber die tief eingesunkenen Augen fixierten ihn unerbittlich. Und sie waren ganz und gar wach. Ihr Blick verlangte nicht nach Begütigung oder verharmlosenden Floskeln, sondern nach einer Hilfe ohne allzu viele Worte.

«Sir», sagte Ghote daher, «ich verstehe gut, was Sie meinen. Auch ich bin auf dem Land aufgewachsen. Bei Fällen, die über die Grenzen einer Dorfgemeinschaft nicht hinausgehen, gibt es keine nackten Beweise; es geht nicht ohne Beimengungen und, wie wir das nennen, Kosmetik ab.»

«Genau. Kosmetik.» In den Augen des Alten glomm es kurz auf. «In der Geschichte, die ich Ihnen erzählen möchte, war es nicht anders. Um kurz zu skizzieren, worum es ging: Der Angeklagte – der Fall wurde von der Sektion 302 bearbeitet, also von der Mordkommission – war ein älterer, sehr frommer Mann, einer von der Sorte, wie es sie heute kaum mehr gibt. Ein Vaishnavite Hindu. Er hatte ein bißchen Land und war außerdem Vorsänger im Dorf – bei Begräbnissen und sonstigen, jahreszeitlich bedingten Festen sehr gefragt. Von ganz anderem Schlag das Opfer. Der alte Vorsänger war völlig zufrieden mit seinem Los. Er wollte, wie die meisten Dorfbewohner auch, nichts anderes, als die Zeit zwischen Geburt und Tod unter seinesgleichen zuzubringen. Nicht so der andere Bursche. Er war der Sohn eines Tagelöhners, aber als er fast noch ein Kind war, hatte er sich bereits als eine Art rechte Hand bei einem der größeren Grundbesitzer der Gegend verdingt. Weiß der Teufel, woher er außerdem noch Ersparnisse hatte, jedenfalls kaufte er sich ein oder zwei Kühe, die er zunächst mit anderen teilte, später in seinen alleinigen Besitz nahm. Er erwarb Land, und dann, das wurde bei dem Prozeß klar bewiesen, vergrößerte er seinen Besitz auch ohne finanzielle Aufwendungen, indem er etwa die Grenzen der Grundstücke um ein weniges ausweitete, indem er da einen Erdhaufen um ein paar Zentimeter verlegte, dort einen Graben ein wenig breiter grub als unbedingt notwendig. Wenn Sie auf dem Dorf aufgewachsen sind, Inspector, wissen Sie, was ich meine.»

Ghote war versucht, der Geschichte einen kleinen Stoß zu geben, damit sie zu Ende komme. Gleichzeitig wußte er aber auch, daß der Richter nichts gegen eine erzwungene Unterbrechung gehabt hätte.

«Ja, Sir, ich kenne diesen Typ ziemlich genau. Beklagenswerte Menschen.»

«Sie haben recht, Inspector. Beklagenswert. Diese Leute brechen überkommene, von allen respektierte Gesetze. Es sind zwar meist nur Lappalien, aber gerade deswegen mit besonderem Ernst zu behandeln, wenn sie der Gerichtsbarkeit zur Kenntnis kommen. Aber in dem Fall, um den es hier geht, war bis dahin noch nichts gerichtsnotorisch geworden. Bei einer Anzeige wegen dieser verdeckten Ausweitungen seines Besitzes hätte der Bursche glattweg geleugnet, ja, er hätte seinerseits gefordert, den Fall gerichtlich klären zu lassen, und damit den Ankläger in Schwierigkeiten gebracht. Daß die Bewohner des Dorfes vor gerichtlichen Auseinandersetzungen zurückschreckten, wußte er ganz genau. Das waren alles von Natur aus rechtlich denkende, sanfte Leute, während er eben aggressiv und anmaßend war. Auch hatte er sich seine Frau von außerhalb geholt, und diese Frau war nicht davor zurückgeschreckt, in einem Dorf, das sich ausschließlich vegetarisch ernährte, Fisch mit Zwiebeln zu kochen.»

Wieder versickerte der Fluß der Erzählung. Wieder war das etwas Gegenläufiges.

«Aber der Bursche ließ es bei Fisch mit Zwiebeln nicht bewenden, Sir? Es kam schlimmer. Es passierte ein Mord, nicht wahr?»

«Ja, Inspector, ein Mord. Ein Mord, dessen Opfer er war. Und der Anlaß waren keine Grenzstreitigkeiten, sondern etwas viel Unangenehmeres. Der Vorsänger – er war der Angeklagte – hatte eine Tochter, die verheiratet war und im Haus ihrer Schwiegereltern lebte, doch waren die bereits tot. Der Mann der Tochter arbeitete während der Tee-Ernte als Saisonarbeiter irgendwo weiter weg. Eines Morgens, als der Alte auf dem Weg zu seinem Fleckchen Land war, sah er den Landdieb, er hieß Balaidas, aus dem Haus kommen, in dem seine Tochter allein wohnte.

Es war kaum zweifelhaft, was das zu bedeuten hatte. Der Alte ging in seiner Wut auf ihn los und tötete ihn mit seiner Hacke. Ein völlig klarer Fall, möchte man meinen, nur: der Vorsänger lebte zusammen mit einer Cousine, und die schwor, der Alte habe das Haus erst verlassen, nachdem die Leiche gefunden worden war.»

Ghote wußte nun, wie die Geschichte weiterging.

«Ja, Sir?»

«Inspector, da haben Sie einen von den Fällen, in denen man nicht anders kann als Sympathie mit dem Täter empfinden, ein Gefühl, dem man nie Gewalt über sich einräumen dürfte. Ich war damals ein ziemlich junger Mann. Ich beschloß, meinen Vorteil aus der Tatsache zu ziehen, daß einige Indizien von den Ermittlungsbehörden einer – wie nannten Sie es? – kosmetischen Behandlung unterzogen worden waren. Ich ging also nach dem Prinzip ‹falsus in uno, falsus in omnibus› vor, wonach, wenn ein Bestandteil der Beweisführung nicht stimmt, der ganze Beweis in sich zusammenfällt, gab der Aussage der völlig vergreisten, noch dazu halb blinden Cousine den Vorzug und sprach den Vorsänger frei. Aber was tut der Mann, Inspector? Er holt sich seine Hacke, die als Indizienbeweis gedient hatte, kehrt auf dem schnellsten Weg in sein Dorf zurück und erschlägt mit diesem Instrument ohne jede Verzögerung auch noch seine Tochter.»

Der Alte ließ ein winziges Hüsteln hören, ein kaum vernehmbares Räuspern.

«Inspector, ich habe das Leben dieser Frau auf dem Gewissen, und darunter leide ich bis heute.»

5

In der hohen, fast dunklen Bibliothek mit ihren von der Feuchtigkeit des Monsuns stockfleckig gewordenen, herb riechenden Büchern blieb es, nachdem der Richter geendigt hatte, lange Zeit still. Ghote befand sich in größter Verlegenheit. Was sollte er schon sagen zu der Geschichte? Was der Alte hatte sagen wollen, war ohnehin klar. Verständlich, daß, wer zu Beginn seiner Karriere eine solche Lektion zu lernen hat, zum erbitterten Anhänger des Buchstabens des Gesetzes wird. Irgend etwas in Ghote wollte sagen: «Ja, Sir, Sie haben völlig recht, wenn Sie sich gegen Nachforschungen wehren, die die Ihnen zustehenden Rechte verletzen. Sie haben auch die Madurai-Verschwörer mit vollem Recht zum Tod verurteilt.» Aber er sagte es nicht; es wäre seine Kapitulation gewesen.

Außerdem hätte er die Aufgabe im Stich gelassen, deretwegen er hier war.

Den Richter hatten die fünfzig Jahre alten Ereignisse, die er da heraufbeschworen hatte, offenbar stärker mitgenommen, als er es selbst erwartet haben mochte. Sein Kinn war auf die Brust herabgesunken, und es sah aus, als sei er eingeschlafen.

Aber Ghote wußte sehr wohl, daß der Alte nicht schlief. Also gab er sich einen Ruck und brach das Schweigen.

«Sir, ich habe hier einen Auftrag auszuführen, und Sie haben nicht die Vollmacht, ihn zu widerrufen. Aber ich bin auf Ihre Mitarbeit angewiesen. Ohne Sie kann ich meine Pflicht nicht tun.»

Der Alte am Rand des gelben Lichtkegels schüttelte verneinend den Kopf.

Aber die Geste schien auch etwas wie Zweifel anzudeuten.

«Inspector, ich habe Ihnen nichts zu sagen.»

«Aber ... Ja, Sir. Diese Drohbriefe waren doch alle mit der Schreibmaschine geschrieben?»

«Aber ja.»

«Gut. Das kann doch nur eines bedeuten: daß der Verfasser, ich will mal sagen, des Schreibmaschinenschreibens mächtig ist und Englisch spricht. Und so viele Leute, auf die das zutrifft, gibt es doch gar nicht in diesem Haus. Die jüngste Botschaft ist hier in der kurzen Zeit deponiert worden, in der ich draußen war und Sie einen kleinen Erfrischungsschlaf gehalten haben. Das deutet doch auf eine Person, die entweder das Haus genau kennt oder regelmäßig auf Besuch hier ist.»

Ghote hielt inne. Der Richter schwieg.

«Meinen Sie nicht auch, Sir?»

Langer, ausgiebiger Seufzer. «Es könnte so scheinen, Inspector.»

«Sir, dann bitte ich Sie, mir alles über diese Personen zu sagen, was Sie wissen, damit ich notfalls daraus meine Schlüsse ziehen kann, selbstverständlich in Verbindung mit dem, was ich selbst in Erfahrung bringen kann.»

«Nein, Inspector.»

«Nein, Sir?»

«Nein.»

Erneute Pause. Erneut das sich hinziehende Schweigen. Diesmal aber ergriff der Richter als erster wieder das Wort.

«Inspector, ich weiß über alle, die in die von Ihnen aufgestellte Kategorie fallen, ziemlich viel. Naturgemäß kenne ich den einen besser, den anderen weniger gut. Aber ich weiß nichts, weder zu ihrem Nachteil noch zu ihrem Vorteil, was für Ihre Nachforschungen auch nur entfernt wichtig sein könnte. Selbst wenn wir einmal annehmen, daß diese Nachforschungen nicht in jedem Fall ultra vires sind.»

Ghote fühlte, wie sein Herz vor Vergnügen hüpfte. Was ultra vires bedeutet, wußte er: daß etwas über seine Kräfte ging. Das hatte er auf der Polizeischule gelernt.

«Sir», begann er flehentlich, «alles, was diese Personen betrifft, kann von Nutzen sein. Das wissen Sie ebensogut wie ich, schließlich sind Ihnen als Richter unzählige Polizeiberichte vorgelegt worden.»

«Nein, Inspector. So sehr ich von der Aufrichtigkeit Ihres Einwands überzeugt bin: seine Stichhaltigkeit kann ich nicht einsehen. Gut, es gibt Dinge, die von Bedeutung sind, aber von beschränkten oder unwissenden Leuten nicht in ihrer Bedeutung erkannt werden. Und die zu erfahren, haben Sie ein Recht. Aber ich versichere Ihnen, ich weiß nichts, was für Sie von Bedeutung sein könnte. Sie müssen mir einfach auch eine gewisse Verpflichtung zur Diskretion zugestehen. Ich brauche Ihnen nicht zu sagen, wie oft diese Verpflichtung auch für einen Polizeioffizier besteht, wenn er sich seine Arbeit nicht durch Trivialitäten verstopfen lassen will. De minimis non curat lex.»

Ghote fühlte etwas wie Scham in sich hochsteigen. Ultra vires – bitte. Aber was der Richter da nun wieder sagte, das war das reinste Mysterium für ihn. Er konnte nur die Zähne zusammenbeißen und fragen.

«Sir, bitte, was bedeutet das?»

Der Richter grunzte. Offensichtlich freute er sich über diesen kleinen Erfolg.

«Das ist Latein, Inspector, Latein. ‹Um Bagatellen kümmert sich das Gesetz nicht.›»

Aber es war nicht lediglich eine gewonnene Schlacht gewesen. Dahinter stand die ganze Lebensphilosophie des Richters: da war das Gesetz, und das Gesetz hatte seine Grenzen – es gab keinen Anlaß, sie auch nur um ein Stückchen zu verrücken.

Ghote straffte sich und wandte sich zum Gehen.

«Dann bis später, Sir.»

«Ja, bis später, Inspector, Doktor.»

Aber Ghote hatte die schwere Teakholztür mit den beiden großen blauen Vasen davor noch nicht erreicht, als der Richter noch einmal zu sprechen anfing.

«Sie könnten eigentlich noch etwas für mich tun, mein Lieber.»

«Ja, Sir Asif?»

«Es ist wegen Raman. Falls Sie ihn irgendwo aufstöbern können, könnten Sie ihn zu mir schicken? Dieser verdammte Kerl ist jetzt seit dreißig Jahren in meinen Diensten, aber er wird nie dort sein, wo man ihn braucht.»

Der Alte brachte diese Bitte in einem Ton vor, der ausgesprochen verletzend war. Jedenfalls empfand Ghote es so, stellvertretend für den scheu umherhuschenden Raman, den das wohl kaum noch berührte. Vermutlich hatte er täglich Hunderte solcher Anpfiffe auszuhalten.

In diesem Moment erschien Raman auch schon auf der Bildfläche. Er hatte den Bannkreis der Stimme seines Herrn offenbar gar nicht verlassen gehabt. Sein hufeisenförmiges Lächeln, das er draußen in dem hohen, schwach erleuchteten Flur an- und wieder ausknipste, war milde und sorglos, als ahne er nicht, was drinnen in der Bibliothek seiner harrte.

Er stellte sich in gebührender Entfernung auf und lauschte traurig, wie der Alte seinen immer noch hell lodernden Zorn an ihm löschte. «Du wirst es wohl niemals lernen ... Was hat die Huka hier verloren ... Habe ich dir nicht befohlen ... Und wage es nicht, mir zu widersprechen ... Was habe ich getan, daß ich mit einem Wesen von so abgründiger Dummheit leben muß!»

Großer Seufzer.

Dann war Raman wieder entlassen. Ghote verschob sein Mitgefühl mit dem Diener auf später; der Zeitpunkt war jetzt nicht günstig. Die übrige Dienerschaft saß jetzt entweder in der Küche oder war auf ihren Kammern; Begum Roshan hielt sich zweifellos mit den anderen Gästen im Gesellschaftszimmer auf: wenn es also eine Gelegenheit gab, das Haus zu durchsuchen, dann jetzt.

Da alle vier in Frage kommenden Schreibmaschinenbesitzer auf unterschiedliche Weise als Täter denn doch wohl nicht in Frage kamen, gewann die Überlegung, es könnte unter dem Dach des weiträumigen Hauses aus welchem Grund auch immer noch ein weiterer Gast verborgen gehalten werden, von Sekunde zu Sekunde an Attraktivität. Es konnte ja auch jemand sein, der zum Haus gehörte, von dem der Richter aber nicht wünschte, daß Ghote ihn sah. Nichts leichter, als ihn irgendwo in einem der leeren Zimmer im ersten Stock unterzubringen, etwa in dem offensichtlich nicht benützten Flügel, der parallel zu seinem eigenen lag, und ihn mit Hilfe des ergebenen Raman mit Essen zu versorgen, bis Ghote wieder weg war. Jetzt fiel ihm auch wieder ein, daß er Raman gestern, als er mit dem Leben im Haus noch nicht so vertraut gewesen war, tatsächlich mit einem Tablett gesehen hatte, einem großen Tablett, das mit einem weißen Tuch bedeckt war.

Jetzt bemerkte er auch, daß der Mond schien. Sein Licht fiel hell durch die vergitterten Fenster links und rechts der Eingangstür. Er konnte die Räume also inspizieren, ohne Licht machen zu müssen – wenn es denn in den entlegeneren Partien des Hauses überhaupt elektrisches Licht gab.

So leise wie möglich erklomm er die breite Treppe. Besser, er lief jetzt niemandem über den Weg, weder Begum Roshan noch einem der anderen.

Dann ging er geradewegs auf die Verbindungstür zu, die in den mutmaßlich nicht mehr benützten Flügel führte. Ob das früher die verbotenen Frauengemächer gewesen waren, die Zenana? Vielleicht hatte sich Begum Roshan mit ihren Frauen dort aufgehalten, hatte insgeheim beobachtet, was unten vor sich ging, und Kichern und Wispern hatten die Räume erfüllt? Sehr wahrscheinlich.

Sicher standen die Zimmer jetzt leer, er brauchte ja nur die Brokken des gelblich-weißen Verputzes zu betrachten, die von der Decke gefallen waren und die in dem Mondlicht, das durch die in Maßwerk gehauenen Oberlichter kam, wie die Blüten eines wächsern blühenden großen Strauchs aussahen.

Er ging auf die erste der auf den Gang führenden Türen zu, an der keinerlei Anzeichen von elektrischen Leitungen zu erkennen waren, und legte das Ohr an die Türfüllung. Eine Minute verging und noch eine halbe, ohne daß sich etwas regte.

Er versuchte, den Türknauf zu drehen, was ihm auch gelang, wenngleich unter Schwierigkeiten. Dann drückte er die Tür langsam auf, was ein wetzendes Quietschen verursachte. Das Blut gefror ihm bis ins Mark.

Aber das Zimmer war eindeutig leer. Er warf rasch einen Blick in den im Mondschein liegenden Flur. Niemand. Nichts.

Dann stieß er die Tür, die stöhnend knirschte, vollends auf und betrat das Zimmer. In dem schwachen Licht, das durch die Fensterläden kam, konnte er ein Bett ausnehmen, das Gegenstück zu dem, auf dem er unter dem stetigen rrr-bock des Ventilators den Nachmittag zugebracht hatte. Die Matratze war mit einem weißen Leintuch bedeckt. An der Wand stand ein großer alter, dunkler Schrank mit komplizierten Schnitzereien an den Türen. Ghote ging über den nackten Steinboden auf den Schrank zu und versuchte ihn zu öffnen, worauf die Türen mit einer schlingernden Bewegung aufschwangen. Innen nichts als höhlenartige Schwärze.

Die Tür gegenüber mußte, falls der Grundriß dem seines eigenen Zimmers entsprach, ins Bad führen. Er öffnete auch sie, immer noch mit der gleichen Behutsamkeit. In dem kleinen Raum sah man so gut wie nichts, aber Ghote wartete geduldig, bis sich seine Augen an die Dunkelheit gewöhnt hatten. Indes: es gab nichts zu sehen. Nur eine Badewanne aus Zink und davor ein hölzerner Hocker. In fernen Zeiten hatte man da gebadet und sich, während man in der Wanne saß, von einem Diener Wasser über den Rücken gießen lassen. Und schließlich stand da noch eine dunkle Teakholzkommode mit massiven Beinen.

Unwahrscheinlich, daß man in diesem ersten Raum der alten Zenana jemanden verborgen gehalten hatte, wenn man das überhaupt irgendwo getan hatte.

Zum nächsten Zimmer also.

In der Türfüllung suchte er zuerst wieder nach der Lichtleitung. Lauschte wieder. Hörte wieder nichts, was auf die Anwesenheit eines Menschen hindeutete. Aber diesmal war er schon etwas weniger vorsichtig, als er die Tür aufmachte. Der Raum war das Ebenbild seines Vorgängers. Nur – Ghote hielt einen Augenblick inne in der Dunkelheit –, nur, daß er ein wenig anders roch.

Ja.

Als er weiterging, sah er, was diesen intensiven, ziemlich unangenehmen Geruch verursachte: ein Eichhörnchenkadaver, der da wohl schon lange lag. In dem schwachen Licht, das durch eine Lücke im Fensterladen kam, war der dunkle Rückenstreifen deutlich zu erkennen.

Gewissenhaft warf er auch hier einen kurzen Blick ins Bad und ging dann weiter. Niemand würde das Zimmer mit einem kleinen, streng riechenden toten Tier teilen.

Aber in allen übrigen Zimmern, die er, mit immer den gleichen Vorkehrungen, besuchte, war das Ergebnis das gleiche. Niemand. Nichts. Einige waren total ausgeräumt, in den meisten standen noch das Bett mit jeweils verschiedenen Schnitzereien, ein Schrank und dies und das darüber hinaus. Alle außer zweien hatten Badezimmer. Je weiter er vordrang – er erreichte schließlich einen zweiten Gang –, desto entschiedener roch es nach völliger Vernachlässigung. In einem der Räume, wo man ein Loch im Dach offenbar lange nicht repariert hatte, war die Matratze in den Regengüssen des Monsuns jahrelang eingeweicht worden und in der Mitte schließlich regelrecht weggefault.

Im hintersten Zimmer hatte sich, als die Tür knarrte, etwas bewegt, und Ghote war vorübergehend erstarrt. Aber es waren nur ein paar Ratten gewesen, die erschrocken zur Seite stoben. Sie hatten sich in einem wurstförmigen Polster, das in dem kahlen Bettrahmen zurückgeblieben war, ein Nest gebaut und bewohnten dieses nun wohl schon seit Generationen.

Er sah keine Anzeichen dafür, daß hier in jüngster Zeit irgendwo Menschen gewohnt hätten.

Nun denn: so war die betreffende Person eben in dem bewohnten Flügel des Hauses versteckt, unter seinen eigenen Augen. Wenn Sir Asif es selbst war, der dieses Versteckspiel trieb – aber was für ein Unsinn anzunehmen, daß überhaupt jemand versteckt gehalten wurde –, dann sah es ihm ähnlich, daß er die unwillkommene Katze der verborgenen Maus direkt vor die Nase setzte.

6

Ghote beendete seine Forschungsreise durch den ehemaligen Frauentrakt und kehrte zu seinem Ausgangspunkt zurück, wobei er die Schritte auf dem hallenden Steinfußboden immer sorgsamer setzte, je mehr er sich der Verbindungstür näherte. Dann straffte er die Schultern zur Phase zwei seiner Suchaktion: die Zimmer im bewohnten oberen Stockwerk des alten Hauses, die Mauselöcher rund um das Lager der zu Besuch weilenden Katze.

Es erwies sich, daß gleich das erste Zimmer – von außen schien alles dunkel zu sein – Sir Asif gehörte. Das Zimmer war fast so leer wie die in der Zenana. Das einzige, was darauf schließen ließ, daß sich hier nackte Füße über den Boden bewegten, war ein kleiner, erlesener Mirzapurteppich. Und neben dem Teetisch ein schmales, schräggestelltes Bücherregal mit einem halben Dutzend Büchern – Urdu-Poesie –, das anzeigte, welcher spezielle Herr da während der langen, erstickend heißen Nachmittage auf dem hochbeinigen Bett lag und wer da während der kaum weniger heißen Nächte schlief oder auch nicht schlief.

Machte sein Ventilator auch ununterbrochen rrr-bock – von der ermüdenden Zelebration des Mittagessens bis zur fast ebenso strapaziösen Teezeremonie? Er sah jedenfalls genauso alt aus wie sein eigener und hing auch auf dieselbe Weise schräg von der Decke.

Unter diesem Ventilator pflegte der Alte also zu träumen, überlegte Ghote, als er nach vollendeter Rekognoszierung die hohe Tür vorsichtig wieder hinter sich schloß. Wie oft wohl handelten seine Träume von der Freilassung des Sängers heiliger Lieder, des Vaishnavite-Hindus? Wie oft rechtfertigte er im Traum noch heute die Unterschlagung bestimmten Beweismaterials, speziell einer Hacke?

Fast hätte er alle Vorsichtsmaßregeln vergessen, als er sich die nächste Tür vornahm.

Wenn es nun Begum Roshans Zimmer gewesen wäre, und sie selbst auch noch anwesend? Was hätte er vorbringen können, wenn er so unangemeldet hineinplatzte? Der Gedanke, einen Spion im Haus zu haben, war ihr wahrscheinlich kaum weniger angenehm als ihrem Vater, auch wenn er auf ihre eigene Initiative hin da war.

Aber auch hier kam kein Licht unter der Tür hervor, und selbst angestrengtes Lauschen konnte kein Geräusch ausmachen. Also drehte er wiederum sacht den Türknauf – war es der achtzehnte oder schon der neunzehnte? – und drückte die Tür langsam nach innen.

Daß dies das Zimmer einer Frau war, das war in dem diffusen Mondlicht sofort zu erkennen. Und der Raum war viel besser möbliert als alle, die er bisher inspiziert hatte. Auf dem breiten Frisiertisch am Fenster glitzerten die Griffe der Bürsten und die silbernen Deckel der Tiegel. Das Bett hatte einen silbern und blau gemusterten Seidenüberzug, und der Kissenbezug bestand aus dem gleichen Material.

Doch konnte das nicht Begum Roshans Zimmer sein. Ihr Vater, der sich so oft über sie ärgerte und der nicht anstand, sie dies auch spüren zu lassen, hätte nie und nimmer geduldet, daß sie ein Zimmer bewohnte, das unmittelbar an seines stieß. Aber es gab noch einen anderen, direkteren Beweis: das Zimmer war erkennbar seit langer Zeit unbewohnt.

Es gab eine Reihe winziger Anzeichen dafür. Die Falten in der Bettdecke waren um eine Spur zu scharf; die Bürsten und Gläser auf dem Toilettentisch waren geradezu unnatürlich sauber, und alle Konturen waren, auch wenn man bei dieser dürftigen Beleuchtung nichts wirklich genau erkennen konnte, von einer durchdringenden Weichheit: über allem lag eine allmählich dicker werdende rötliche Staubschicht, der nichts entkommen konnte.

Dann entdeckte er in einer Ecke, die das Mondlicht nicht erreichte, ein Stück Baumwollstoff, das vor den Schrankspiegel gehängt war – jedenfalls mußte dort einmal der Spiegel gewesen sein. Und, ja, auch über dem Spiegel der Frisierkommode hingen ein paar Baumwolltücher. Ghote wußte plötzlich, was das für ein Zimmer war: vor langer, langer Zeit hatte es Sir Asif mit seiner Frau geteilt.

Mit Ausnahme der verhängten Spiegel war alles genauso belassen worden, als lebte sie noch.

Oder nein, doch nicht. Nicht ganz. Auf der anderen Seite des Bettes standen irgendwelche Behältnisse gestapelt, Kisten vielleicht, die irgend jemand hier abgestellt hatte, möglicherweise auch Raman, der nicht gewußt hatte wohin damit.

Ghote ging um das Bett herum und beugte sich hinunter. Der Deckel des obersten Kistchens war abgehoben und nur unordentlich wieder aufgelegt worden. Es war mit Holzwolle gefüllt und offenbar nicht mehr angerührt worden, seitdem es vor vielen Jahren von irgendeinem Warenhaus in Bombay geliefert worden war. Als er darin herumfühlte, stieß seine Hand auf eine reichverzierte Tischlampe.

Lady Ibrahim mußte sie noch bestellt haben. Aber als sie ankam, war sie wohl schon tot.

Sir Asif war dann sofort ausgezogen und hatte Befehl gegeben, den Raum so zu lassen, wie er zu ihren Lebzeiten gewesen war. Aber er war nie zurückgekommen, um zu kontrollieren, ob seine Befehle auch befolgt worden waren. Von diesem Umstand hatte Raman oder ein anderer Diener profitiert und die unerwünschten, unhandlichen Kisten hier hereingeschafft, seinem Herrn aus den Augen. Sollte Sir Asif jemals wieder dieses Heiligtum betreten: Raman würde wilde Beschimpfungen zu gewärtigen haben – und sie geduldig über sich ergehen lassen. Des Richters Zorn über sein schutzloses Haupt. Dreißig Jahre Herr und geprügelter Hund.

Ghote seufzte.

Aber er versäumte nicht, auch hier einen Blick in das Badezimmer zu werfen – der Badewannenrand war über und über mit rotem Staub bedeckt – und den mit Baumwolltuch verhängten Schrank zu öffnen. Immerhin ein Möbelstück, das groß genug war, um jemanden darin zu verbergen.

Aber der Schrank enthielt nichts Mysteriöses. Wen sollte Sir Asif auch vor ihm verbergen wollen? Und wozu? Nur ganze Reihen von Saris, in Seide, in Brokat, in feinster Baumwolle und dazwischen ein Gewand, das Lady Ibrahims Hochzeits-Sari gewesen sein mußte, ein schimmernd weißes Kleidungsstück mit einer reich verschlungenen Silberborte.

Aber damals war sie nicht «Lady» Ibrahim gewesen, sondern schlicht Mrs. Ibrahim, die Gattin eines aufstrebenden Anwalts, dem die Welt offenstand.

Leise schloß er die Schranktür und verließ das Zimmer.

Dann betrat er vorsichtig den nächsten Raum. Alle Anzeichen sprachen dafür: das war das Zimmer von Father Adam – nein: in Ghotes Herzen würde er nie Mort heißen. Ghote war einen Augenblick lang versucht, die Papierstapel und überall verstreuten Bücher einer eingehenden Prüfung zu unterziehen. Wäre er in Bombay auf sie gestoßen, im Zuge einer Ermittlung natürlich, so hätte er diese Bücher samt und sonders unter «subversive Literatur» rubriziert. Er hätte gar zu gern herausgefunden, ob es zwischen dem jungen Amerikaner und der inzwischen vom Zahn der Zeit angenagten Madurai-Verschwörung irgendwelche Verbindungen gab. Vielleicht hätte sich sogar etwas gefunden, was bewies, daß der Bursche kein Priester war.

Aber der Amerikaner konnte jederzeit hier aufkreuzen, und die Vorstellung, daß er Ghote beim Durchwühlen seiner Bücher antraf, war nicht sehr angenehm.

Danach kamen wieder zwei leere Zimmer: leere Betten und Schränke, knochentrockene Bäder, Schränke, Höhlungen, die schon widerhallten, wenn man nur den Kopf hineinsteckte.

Das nächste Zimmer war offenkundig von dem Heiligen bewohnt, auch wenn es nur wenige Spuren des Gebrauchs aufwies. Das Bett war abgezogen und das Leintuch auf den Steinfußboden gebreitet worden: das Bett des Herrn. Aber was machte einer wie dieser hier? Zwar war er über jeden Verdacht erhaben, dennoch: er wirkte in diesem zwar abgelegenen, nichtsdestoweniger weltlichen Haus seltsam fehl am Platz.

Ghote schüttelte den Kopf.

Es kamen der Reihe nach sein eigenes und drei weitere leerstehende Zimmer, in denen nichts auf Bewohntsein hindeutete. In einem hatten Ratten oder anderes Getier die Isolation von der elektrischen Leitung angefressen. Die nackten Kupferdrähte blinkten im Mondschein.

Es war jetzt nur noch ein einziges Zimmer übrig. Und diesmal war es eindeutig. Der helle Lichtschimmer unter der Tür war in dem finsteren Flur bereits aus einigen Metern Entfernung deutlich zu erkennen.

War das sein Mann?

Aber nein. Es fehlte ja noch Begum Roshans Zimmer. Also mußte es das sein. Und sie selbst saß offenbar nicht mit den anderen drunten im Gesellschaftszimmer. War sie vielleicht gerade dabei, eine Schreibmaschine ihrem Versteck im Schrank zu entnehmen und in Betrieb zu setzen?

Reglos stand Ghote da vor der Tür mit dem Lichtstreif und lauschte angestrengt, den Kopf nur eine Handbreit von der Tür entfernt. Würde er gleich das verräterische Klappern einer eher unfachmännisch bedienten Schreibmaschine vernehmen?

Aber es gab nichts zu vernehmen, abgesehen von dem gedämpften Pochen des Generators, das von weit her zu kommen schien.

Offenbar war sie nicht nur allein, sondern auch beschäftigungslos. Er konnte also ihr Zimmer zwar nicht durchsuchen, aber er konnte etwas anderes tun: er konnte sie danach fragen, was sich in den paar Minuten, als Sir Asif schlief und die Morddrohung in die Bibliothek gelegt wurde – «nur noch zwölf Tage» – bei der Haustür ereignet hatte.

Also nahm er seinen Mut zusammen und klopfte an die dunkle Teakholztür. Was zunächst nichts anderes bewirkte als ein längliches Schweigen. Wurde die Schreibmaschine jetzt vielleicht in aller Eile beiseite geschafft? Doch dann war Begum Roshans etwas irritierte Stimme zu hören: «Wer ist da?»

Wortlos öffnete er die Tür, hoffend, er werde sie noch rechtzeitig beim Zuschieben einer Schublade, beim Schließen eines Schranks ertappen.

Allein, sie saß in aller Ruhe vor ihrem Toilettentisch. Und wenn man den Raum überflog, so erblickte man nichts, was nicht hier hereingehört hätte.

«Entschuldigen Sie, *madam*, aber ich hätte Sie gern, wenn es geht, unter vier Augen gesprochen. Ich störe doch nicht?»

«Nein, nein, Inspector. Wir sollten tatsächlich miteinander reden.»

«Ja, *madam*. Und das vielleicht noch dringender, als Sie vielleicht ahnen. Es hat sich nämlich eine neue Entwicklung ergeben.»

«Wieder ein Drohbrief?»

Die Augen in ihrem ausgezehrten Gesicht zuckten nervös. Sie hatte die «Entwicklung» also gerochen, obschon er noch gar keine Details herausgelassen hatte. Was freilich nicht allzu verwunderlich war. Schließlich hatte er sich keine Zeit gelassen, seine Worte sorgsamer zu setzen.

«Ja, *madam*, wieder ein Drohbrief. Und es sieht ganz danach aus, als stamme er von einem der Gäste.»

«Von einem der ... Aber das ist ganz unmöglich, Inspector.»

«Unmöglich? Und warum bitte?»

«Inspector, es sind die Gäste meines Vaters.»

Er hätte beinahe gelacht, wenn auch nicht aus eitel Fröhlichkeit. Die Tochter als Echo ihres Vaters.

Er richtete sich ein wenig auf.

«*Madam*, glauben Sie mir, ich habe Gründe für diese Annahme.

Würden Sie mir bitte möglichst detailliert erzählen, was sich in den zehn Minuten vor der Haustür abgespielt hat, bevor sich Mr. Dhebar verabschiedete?»

Sie antwortete nicht sogleich.

Ob sie inzwischen die Haltung ihres Vaters übernommen hatte? Und den Impuls, aus dem heraus sie über ihren einflußreichen Vetter in Bombay Polizeischutz angefordert hatte, als übereilt bedauerte?

Oder war sie am Überlegen, wie sie es verheimlichen konnte, daß sie selbst auf einen Sprung in der Bibliothek gewesen war und dort aus welch rätselhaften Gründen auch immer die Morddrohung für ihren Vater hinterlegt hatte?

Aber ihr Schweigen währte nicht lange.

«Inspector, wenn ich etwas zu sagen hätte ... ich weiß, es wäre wichtig für Sie. Bitte halten Sie mich nicht für töricht, aber ich kann Ihnen wirklich nicht helfen. Als Mr. Dhebar sagte, daß er gehen wolle, war ich völlig aus dem Gleichgewicht ... Mein Vater ... Sie wissen doch selbst, was beim Tee passiert ist ... Verstehen Sie denn nicht?»

Sie wirkte plötzlich sehr erschöpft.

«*Madam*, ich verstehe.»

«Wirklich? Wirklich, Inspector? Dann müssen Sie auch wissen, daß ich ganz und gar nicht in dem Zustand war, in dem ich hätte verfolgen können, wer noch da war und wer nicht. Ich hatte den Kopf voll mit anderen Dingen. Anand Baba war, glaube ich, einmal kurz weg.»

Ghote seufzte.

So kam er nicht weiter. Immerhin: er mußte Klarheit darüber haben, ob sie wirklich nichts wußte.

«*Madam*, Sie waren etwas durcheinander, das verstehe ich durchaus. Aber bitte versuchen Sie sich noch einmal in die Situation zu versetzen. Können Sie mir sagen, ob einer der drei Gäste, der Heilige, Father Adam und Mr. Dhebar, egal welcher, während der ganzen Zeit bei Ihnen war?»

Aber ihr Blick geriet nun völlig ins Flattern; ihre Augäpfel schossen hin und her, sie wirkte wie ein gefangener Vogel, der nach dem rettenden Loch im Käfig sucht, wie ein Wild ohne Deckung. Eine befriedigende Antwort war von ihr kaum zu erwarten.

«Nein, nein, ich kann mich nicht erinnern. Ich kann einfach nicht. Bitte verstehen Sie doch, ich kann wirklich und wahrhaftig nicht.»

«Ja, *madam*, ich verstehe.»

Da war nichts mehr zu holen. Da galt es nur noch, die Versicherung zu murmeln, daß er «sein Bestes» geben werde, um ihren Vater zu schützen, diskret hinzuzufügen, daß ihm Sir Asif die Aufgabe nicht gerade leichter mache, selbstverständlich zu verschweigen, daß Sir Asif eindeutig sein Hauptfeind war, und seinen Abschied zu nehmen.

Und hinunterzugehen, die Nachforschungen fortzusetzen, jemand anderen zu verdächtigen und zu spüren, wie der Gedanke, es gebe eine solche Person überhaupt, von Minute zu Minute lächerlicher wurde.

Auch merkte er sehr bald, daß im Erdgeschoß die Gelegenheiten, wo man einen zusätzlichen Gast samt Schreibmaschine und Englischkenntnissen hätte verbergen können, recht begrenzt waren. Da wo im ersten Stock die Schlafzimmer waren, lagen im Erdgeschoß nur einige große Geschäftsräume und eine Anzahl kleinerer Zimmer. Die erhofften Zeichen menschlicher Anwesenheit hätte er allenfalls in letzteren finden können, wenngleich er auch die seit langem nicht mehr benützten Billardzimmer inspizierte, in denen die Tische mit Leintüchern verhüllt waren und die Queues unter einer zarten roten Staubschicht in ihren Gestellen standen.

Es blieben jetzt nur noch die Räume direkt unter den früheren Frauengemächern. Der Augenblick des totalen Fehlschlagens seiner Aktion war nahe herangekommen. Also entschied er sich dafür, erst einmal danach zu sehen, ob der Heilige und der amerikanische Priester noch sicher aufgehoben, das heißt im Gesellschaftszimmer waren.

Möglich auch, daß er den jungen Amerikaner allein antraf. Was hieß: er mußte sich vorbereiten. Aus welchen Gründen fragte wohl ein Doktor der Philosophie danach, was man am frühen Abend getan hatte?

Doch ging dieser Kelch an ihm vorüber. Sie saßen beide in dem schwer möblierten Raum: der Heilige und der Priester.

Und beide schwiegen eisern. Zweifellos würde das Schweigen, das sich der Heilige auferlegt hatte, nicht vor dem Morgengrauen zu Ende gehen.

Father Adam sah ihn zur Tür hereinkommen und sprang auf.

«Ganesh! Kommen Sie rein, Mann, kommen Sie! Ich habe da ein Problem, mit dem ich überhaupt nicht zurechtkomme. Ich hätte gern Ihre Meinung dazu gehört.»

«Ja?» sagte Ghote beklommen.

«Sie wissen doch, daß die Regierung plant, den Flußlauf hier zu ändern. Natürlich wissen Sie das.»

«Nein.»

«Nicht? Na, wenn Sie sich so in Ihren Büchern vergraben, können Sie natürlich nicht wissen, was in der Wirklichkeit draußen vorgeht.»

«Ich habe tatsächlich nicht davon gehört», sagte Ghote, der es, stellvertretend für alle Doktoren der Philosophie, als Beleidigung empfand, daß man in ihnen eine Kaste sah, die Wälle um sich aufbaute. «Sprechen Sie von dem Fluß da draußen?»

«Aber ja, natürlich. Das ist es doch. Sie wissen, daß der Flußlauf jahrhundertelang anders verlief, drüben beim Fort, auf der rechten Seite des Hauses. Deshalb haben sie ja auch vor Jahren die Uferbefestigung gebaut, um das Haus vor Überschwemmungen zu schützen. Sie wurde errichtet mit dem Schweiß der Werktätigen in Hunderten, ja Tausenden von Stunden. Aber als sie fertig waren, änderte der Fluß seinen Lauf. Er fließt jetzt dort drüben.»

«Ich hatte von all dem keine Ahnung, Fath ... Mort. Ich bin auch viel zu beschäftigt zur Zeit. Sir Asifs Papiere, Sie verstehen.»

Es stand zwar nur noch dieses halbe Dutzend von Zimmern unterhalb der Zenana auf dem Programm. Aber dieser kleine Aufenthalt hier im Gesellschaftszimmer hatte ihn, gegen alle Wahrscheinlichkeit, erneut davon überzeugt, daß in einem dieser Räume der geheimnisvolle Gast verborgen gehalten wurde und in eben diesem Augenblick damit beschäftigt war, alle Spuren seiner Anwesenheit zu verwischen und in ein anderes Versteck umzuziehen.

«Ach, es dauert keine Minute. Ich werde Sie nicht lange aufhalten», sagte Father Adam, der offensichtlich nicht die Absicht hatte, sein Versprechen zu halten. «Ich hätte nur eben gern eine zweite Meinung zu dem Problem gehört. Anand Baba habe ich schon gefragt. Die Meinung eines überzeugten Hindu würde zweifellos von Gewicht sein. Aber leider ...» Er warf einen kurzen Blick auf den Heiligen, der regungslos in seinem adrett gefalteten, safrangelben Gewand dasaß und die Beine säuberlich auf dem ausgebleichten Samt des Sessels gekreuzt hielt. Dann zuckte er die Achseln.

«Sollte hier das Urteil eines gläubigen Menschen vonnöten sein», sagte Ghote, «so bedaure ich, nicht qualifiziert zu sein, Father, ich meine Mort.»

«Mag sein. Aber Sie sind Wissenschaftler. Sie haben die großen Denker studiert.»

Die großen Denker. Die vierte Auflage des klassischen Handbuchs *Die kriminalistische Ermittlung* von Hans Gross hatte in seinem Büro in Bombay einen Ehrenplatz. War Hans Gross ein großer Denker? Ghote bezweifelte, ob Father Adam ihn so bezeichnet hätte.

Er ließ seine Augen durch den riesigen, schwach erleuchteten Raum schweifen und wartete seinerseits auf eine Erleuchtung. Dann fiel sein Blick auf den Heiligen. Sogleich schenkte ihm dieser ein Lächeln von solch durchdringender Freundlichkeit, solch strahlender Herzlichkeit, daß er eine Zeitlang an nichts anderes denken konnte als an dieses Lächeln.

Als er sich davon erholt hatte, fragte er den jungen Amerikaner, wozu er seine Meinung beisteuern solle. Er werde ihm, was immer es war, seinen Standpunkt darlegen.

«Es dreht sich um folgendes. Man hatte bereits angefangen, eine Bresche in die Uferbefestigung zu schlagen, um den Fluß in sein altes Bett zurückzuleiten. Und nun hat Sir Asif, wie Sie wissen, oder vielleicht wissen Sie's auch nicht, eine einstweilige Verfügung dagegen erwirkt. Können Sie sich vorstellen, was das bedeuten würde, wenn man den Fluß umleitet? Es wäre langfristig für Hunderte von Dorfbewohnern, die jetzt noch unter dem Existenzminimum leben, eine ungeheure Wohltat. Und jetzt frage ich Sie: hat der Richter recht gehandelt?»

Die Frage erschien Ghote schief und erschreckend. Er spürte, daß er da keinen Standpunkt hatte. Das einzige, was ihm dazu einfiel, war eine erneute Hinwendung zu dem Heiligen. Zum erstenmal unterwarf er sich absichtlich der Kraft, die von ihm auszugehen schien.

Und das Lächeln wurde ihm erneut zuteil. Später versuchte er, es zu analysieren. Er wollte herausbekommen, worin das Geheimnis seiner Wirkung lag. Aber es ließ sich nicht in Worte kleiden. Das Gesicht des Heiligen war in der Umgebung der Augen ein wenig faltig – vielleicht, daß sie dadurch so strahlend wirkten. Und der Mund inmitten des sowohl wallenden als auch eckigen Bartes: natürlich verzog er sich, aber er hätte sich im Augenblick des Schmerzes kaum anders verzogen. Und doch hatte er das Lächeln wie einen Schlag empfunden, so, als sei er in die warme Sonne getreten; es hatte ihn getroffen, hatte ihn sich selbst erkennen lassen.

Er hatte das Bedürfnis zu sagen: «Danke, Babaji», und es fehlte nicht viel, so hätte er diese Worte laut ausgesprochen.

Statt dessen wandte er sich wieder Father Adam zu. Er hatte das Gefühl, seit der Frage sei nicht eine, nein, seien fünf Minuten verstrichen. Und doch deutete nichts in dem angespannten Gesicht des Amerikaners, dessen buschige Augenbrauen ineinander verhakt waren wie die Geweihe zweier Hirsche, darauf hin, daß zwischen Frage und Antwort mehr Zeit als üblich verstrichen war.

Also sagte er in großer Gelassenheit: «Mort, ich würde Ihnen wirklich gern sagen, was ich davon halte. Aber Sie werden verstehen, daß ich mir zuerst anhören sollte, was Sir Asif dazu meint.»

Das Gesicht des Amerikaners wurde ein wenig länger.

«Schön», sagte er, «schön. Vermutlich sollten Sie das wirklich. Aber lassen Sie sich einen guten Rat geben: wählen Sie den Zeitpunkt richtig. Der alte Junge kann in diesem Punkt sehr unangenehm werden, aber schon sehr unangenehm.»

Ghote nahm die Gelegenheit wahr, sich zu entfernen. Er war bei dem Gedanken an die sechs noch nicht untersuchten Zimmer so unruhig geworden wie eine Katze, die vor der Haustür sitzt und nicht hereingelassen wird.

Doch harrte seiner eine Enttäuschung – was ihm im übrigen eine mehr sachliche Stimme in seinem Innern längst prophezeit hatte. Die Räume wurden nicht mehr benützt; sie dienten keinerlei erkennbarem Zweck, es sei denn dem, irgendwelches altes Gerümpel unterzustellen: Stühle, Sofas, Tische, alle mit weißen Tüchern bedeckt. Und selbst bei dem schwachen Mondlicht, das von draußen kam, war unschwer zu sehen, daß der für diese Gegend so charakteristische rötliche Staub auf den leinenbedeckten Möbelhügeln sich schichtenweise und völlig unbehelligt hatte ausbreiten können. Selbst die lächerliche Überlegung, es könnte da jemand, den Sir Asif vor ihm zu verstecken trachtete – aber wirklich, warum sollte er das wollen? –, unter den Tüchern kauern und den Atem anhalten, während dieser impertinente Inspector aus Bombay hier herumschnüffelte, war gänzlich auszuschließen.

Also stellte er die Suche ein. Es war jetzt nur noch die Küche am Ende des Flurs übrig, eben desselben mit der stockfleckigen Ansicht von Bangladesh, ja, und die Zimmer des Personals. Aber dorthin hatte Sir Asif zweifellos keinen von der Klasse der Schreibmaschinenbenützer verbracht. Nein, die Jagd war zu Ende, und er hätte von Anfang an wissen müssen, daß sie verlaufen würde, wie sie dann auch tatsächlich verlief: ergebnislos.

Da stand er nun neben dem dicken geschnitzten Treppenpfosten in der Halle und gestattete sich einen tiefen Seufzer, indes sich das Gefühl der Niederlage bis in die kleinste Gehirnwindung verästelte.

Doch dann fiel sein Blick durch die große Doppeltür in den mondbeschienenen Garten – und auf Raman. Auf Raman, der mit vorgerecktem Kopf vorübereilte und dabei ein großes, mit einem weißen Tuch bedecktes Tablett vor sich her balancierte.

Also war da doch jemand! Nur eben nicht im Haus selbst versteckt, sondern im Garten. Bei dem, was Raman da in die Nacht hinaustrug, konnte es sich nur um etwas Eßbares handeln – also war da jemand. Und eine Person, die vom Leibdiener des Richters ihre Mahlzeiten gebracht bekam, sprach sehr wahrscheinlich ein gutes Englisch und war mit Sicherheit befähigt, eine Schreibmaschine zu betätigen.

Ghote spürte, wie neue Hoffnung in ihm hochschoß. Jetzt würde er die Aufgabe, deretwegen er über eine so große Entfernung hierher geschickt worden war, doch noch lösen. Er war dabei, die Person ausfindig zu machen, die Sir Asif die Morddrohungen geschickt hatte. Und am Ende würde er natürlich eine Verhaftung vornehmen.

Mit einem Sprung war er bei den Lichtschaltern an der Wand neben dem Eingang, deren Zuleitungskabel sich in unordentlichen Klumpen in Richtung Decke verloren. Nur einer der Schalter stand auf «Ein». Er riß ihn rüde herunter, und sogleich erlosch der Messinglüster, der die Halle beleuchtet hatte.

Nun, da ihn das Licht nicht mehr verraten konnte, zog er einen der Türflügel auf.

Raman war immer noch deutlich zu sehen. Der Rücken seiner kurzen weißen Baumwolljacke leuchtete, während er sich durch die fast purpurnen Schatten bewegte, die die friedvoll silberne Scheibe des Mondes warf. Augenscheinlich lag sein Ziel in dem Teil der Gartenanlagen, in dem der alte Generator vor sich hin tuckerte und dabei ein übers andere Mal seinen Geist aufzugeben schien und dennoch wie durch ein Wunder am Tuckern blieb.

Es war dies allerdings auch der Weg hinüber zum alten Fort.

Der Richter hatte ihm dessen Geschichte gestern nacht erzählt, als sie auf dem kühlen Flachdach zu Abend aßen. Der Mond war noch nicht aufgegangen, und die schwarzen Umrisse, die ihm gezeigt wurden, waren in der Ferne gegen den tiefblauen, sternenübersäten Himmel gerade noch sichtbar gewesen. Es war der ursprüngliche Wohnsitz der Familie gewesen. Man hatte das Fort auf einer kleinen Erderhebung errichtet, der einzigen in der weithin sich dehnenden, flachen Landschaft. Sie waren aus dem Norden gekommen, waren raubend und plündernd durch das Land gezogen und hatten sich diese Gegend hier brutal unterworfen. Sir Asif, der gesetzestreueste aller Menschen, schien die Geschichte, die er erzählte, keineswegs in dem Maß zu mißbilligen, wie es angebracht gewesen wäre. «Wie Sie wissen, Doktor, sind allein neun Paragraphen des Gesetzbuches dem Thema Besitz gewidmet.»

Aber das ungefüge Gebäude hatte wenig Komfort geboten, und schließlich, vor etwa hundert Jahren, hatte man es aufgegeben und das jetzige Haus gebaut. In Ghote war der Eindruck zurückgeblieben, daß es jetzt ganz und gar zur Ruine geworden war und nur noch ein paar Mauern und Steinhaufen übrig waren.

Jetzt indes war er überzeugt, sich das nur eingeredet zu haben. Das Fort war höchstwahrscheinlich sogar noch bewohnbar, zumindest teilweise.

Die sich entfernenden Umrisse Ramans und seines weißen Jacketts wirkten bald silbern, bald samten, je nachdem, ob er sich im vollen Mondlicht oder im Schatten bewegte. Und Ghote folgte der fernen Vision. Das Tuckern des alten Generators wurde immer lauter. Rings um ihn ragte drohend völlig ineinandergewachsenes Buschwerk auf, und während er zügig ausschritt, hüllten ihn bald süße üppige Blütendüfte, bald der scharfe Geruch der Zitronen ein. Von irgendwoher jenseits der hohen Uferbefestigung kam das Heulen eines Schakals, langgezogen und traurig.

Der Mondschein, ging es ihm durch den Kopf. In seiner Kindheit heulten sie immer dann an lautesten, wenn der Mond voll am Himmel stand.

Für einen Moment verlor er die weiße Jacke vor sich aus den Augen. Doch hatte Raman lediglich den langgestreckten Blechschuppen unter der Tamarinde, das Gehäuse des Generators, erreicht und war da um die Ecke gebogen.

Ghote beschleunigte seine Schritte.

Er hatte jetzt nicht mehr den leisesten Zweifel, daß das Fort das Ziel war – sowohl Ramans als auch des reichhaltigen Essens.

Falls sich eine Möglichkeit dazu bot, mußte er feststellen, wohin genau Raman sich wandte, nachdem er die kleine Anhöhe erklommen hatte.

Auf der Höhe des Schuppens hielt er einen Augenblick lang inne. Er lockerte den Krawattenknoten, hob die Schlinge über den Kopf und stopfte die Krawatte in die Hosentasche. Dann zog er das Hemd aus, das viel zuviel Licht reflektierte. Die Hosen waren Gott sei Dank dunkler. Sollte der Diener jetzt auf die Idee kommen, sich nach ihm umzudrehen, so war die Gefahr, daß er ihn sah, relativ gering.

Das Hemd versteckte er unter einem trockenen Grashaufen, wo er es leicht wiederfinden konnte. Dann setzte er sich erneut in Trab.

Als er am Fuß der niedrigen Erhebung ankam, sah er, daß das Fort tatsächlich noch recht gut erhalten war, besser jedenfalls, als Sir Asif ihn hatte glauben machen. Natürlich war es teilweise verfallen. Aber die vier Umfassungsmauern standen noch. Auch die einzelnen Steine waren noch in ihren Fugen; sie wirkten im Mondlicht rosarot.

Raman ging jetzt einen Fußpfad entlang, der direkt an der Mauer um das Fort herumführte. Ghote hielt sich weiter unten auf der ebenen Erde. Und dann war das weiße Jackett plötzlich in einem Schlitz in der Mauer verschwunden.

Es hatte im Augenblick wenig Zweck, ihm zu folgen. Der Bursche, der hier verborgen war, wartete wahrscheinlich im Innern des Forts in aller Ruhe auf Raman. Es war besser zu warten, bis Raman wieder weg war, und dann erst Kontakt mit ihm aufzunehmen, gleichgültig, um wen es sich handelte. Jedenfalls versteckte sich der Bursche mit seinem eigenen Einverständnis hier in dieser verlorenen Ecke des Gartens – wahrscheinlich für die Dauer seiner, Ghotes, Anwesenheit.

Er hatte mit seinem nackten Oberkörper keine Sorge, gesehen zu werden, auch wenn Raman plötzlich wieder erschienen wäre. Also stand er einfach da und spitzte die Ohren: vielleicht konnte er hören, ob drinnen gesprochen wurde. Raman schien sich Zeit zu lassen. Jedenfalls blieb er länger in dem Fort, als nötig gewesen wäre, um das Tablett mit seinen Schüsseln und Tellern abzustellen, seine Verbeugung zu machen und wieder zu gehen. Ob er die mysteriöse Person über die Ereignisse im Haus auf dem laufenden hielt? «Der Doktor aus Bombay und der Richter Sahib saßen heute abend eine halbe Stunde lang zusammen. Was sie geredet haben, weiß ich nicht, aber der Richter Sahib war danach sehr, sehr verärgert.»

Oder sah sein Bericht ganz anders aus? «Ja, Sahib, ich habe den Zettel, den Sie mit Ihrer Schreibmaschine geschrieben haben, so hingelegt, daß ihn der Richter Sahib finden mußte. Genauso, wie Sie es mir aufgetragen haben. Aber der Doktor hat ihn auch gesehen. Sahib, ich traue diesem Mann nicht über den Weg.»

Ein großer Käfer durchquerte brummend die Luft und hätte ihn beinahe am Kopf gestreift.

Nein, nichts dergleichen würde Raman sagen. Er war viel zu sehr Diener seines Herrn. Er würde sich nie bei dessen Feind verdingen. Man brauchte die beiden nur einmal zusammen gesehen haben – und Ghote hatte vierundzwanzig Stunden Zeit dazu gehabt –, um das auszuschließen. Raman stand schließlich nicht umsonst schon seit mehr als dreißig Jahren in des Richters Diensten. Er war ihm ganz und gar ergeben. Allein schon, wie ruhig er die täglichen Zornesausbrüche hinnahm! Was der Alte auch von sich gab: keine Beleidigung war grob genug, um die Grenzen dieser glückseligen Geduld zu sprengen. Nein, nichts sprach dafür, daß Raman einem Menschen zur Hand ging, der Sir Asif Drohbriefe schickte.

Also kam er in Sir Asifs Auftrag hier heraus, brachte jemandem das Essen, den, wer immer es war und aus welchen Gründen immer, der Richter vor Ghote verbergen wollte.

Dann tauchte in dem engen schwarzen Einschnitt in der Mauer der weiße Schatten plötzlich wieder auf: Ramans weißes Jackett. Das Tablett war leer, und das Tuch, mit dem es bedeckt gewesen war, wurde sorglos hin und her geschwenkt.

Ghote trat hinter einen Busch.

Aber der Diener ging vertrauensselig und nichtsahnend an ihm vorbei und summte dabei ein Matrosenlied aus dem Süden, und es klang wie das regelmäßige Eintauchen der Ruder ins Wasser.

7

Ghote zählte langsam vor sich hin, bis etwa fünf Minuten vergangen waren. Erst dann wagte er sich aus seinem Versteck hervor. Er kletterte die Böschung hoch und schlich dann vorsichtig an der Mauer entlang, gewärtig, beim kleinsten Geräusch in Deckung zu gehen. Den schmalen Einlaß in der Mauer, durch die Raman verschwunden war, fand er ohne Schwierigkeiten.

Weiter innen waren mit einiger Mühe Treppenstufen zu erkennen, die nach unten führten.

Also lagen die noch bewohnbaren Partien des Forts unter der Erde? Höchstwahrscheinlich. Man hatte bei Gebäuden dieser Art die Kellergeschosse immer ausgebaut: hier konnte man Schätze verbergen, Gefangene verwahren und Kanonenpulver einlagern.

Vorsichtig tastete er sich Stufe um Stufe hinunter. Dann hielt er einen Moment lang inne. Absolute Stille, und vor ihm tintenschwarze Finsternis.

Also ging er behutsam weiter. Er zählte zwölf Stufen – was vollauf genügte, um auch unter der Erde Geschoßhöhe zu gewährleisten. Dann stand er auf ebenem Boden.

Hier unten roch es stickig und schwül: nach Fledermäusen, nach den

Exkrementen von Fledermäusen, die sich hier jahrelang abgelagert hatten.

War Raman wirklich hier durchgekommen, in dieser Finsternis, in diesem Gestank? Natürlich war er das. Er hatte ja gar keine andere Wahl gehabt.

Ghote streckte die Arme nach links und rechts, bis seine Fingerspitzen die glitschigen Wände berührten, und ging langsam auf dem nicht minder rutschigen Boden weiter. Nach sechs oder sieben Schritten machte der Gang eine rechtwinklige Biegung, und als er die hinter sich hatte, sah er in einiger Entfernung vor sich einen schwachen Lichtschein.

Sollte er sich bemerkbar machen? Nein. Wer immer sich dort aufhielt: es war besser, den Überraschungseffekt für sich zu haben. Auch war möglicherweise in dieser nach Fledermäusen stinkenden Finsternis gleich das Klappern einer Schreibmaschine zu hören?

Jetzt, da er den Lichtschein vor sich hatte, kam er etwas schneller vorwärts, obwohl der Gang immer noch genauso eng war wie zuvor. Nach ein paar Metern sah er, daß das Licht um eine weitere Ecke im Gang kam. Und noch etwas sah er: ein Gitter, ein eisernes Gitter, das über die ganze Höhe des Gangs reichte und das ihn an die Zellen auf den Polizeirevieren in Bombay erinnerte.

So leise wie möglich ging er weiter, bis er das Gitter erreicht hatte. Es war in eine Eisentür eingelassen, und die Tür hatte ein schweres Schloß. Gleich dahinter war eine schmale Nische in die Wand eingelassen, in der drei große Bananenblätter lagen und darauf das Essen, das Raman hergebracht hatte.

Aber eine Mahlzeit, die auf Bananenblättern serviert wurde wie in der tiefsten Provinz? Und hier deponiert, für wen auch immer, von Sir Asifs persönlichem Diener? Das reimte sich nicht zusammen.

Er gab der Gittertür einen sanften Stoß, aber sie rührte sich nicht. Sie war eindeutig verschlossen.

Ein Gefangener also? Jemand, der hier gefangen gehalten wurde? Aber warum das? War der Richter auf seine alten Tage verrückt geworden? Hatte er begonnen, Selbstjustiz zu üben und alle, die seinem strengen Moralkodex zuwiderhandelten, in einem Privatgefängnis einzulochen? Aber wer saß da drin? Wen konnte er für diese ungewöhnliche Art des Strafvollzugs gewonnen haben?

Ghote stand vor der Gittertür und spürte, wie ein ganzer Schwarm von Fragen in ihm aufgescheucht wurde, als trüge er die Fledermäuse, die in Panik vor ihm flüchteten, in seinem Hirn.

Als es wieder ruhig war, hörte er auf der anderen Seite der Tür ein schwaches, aber regelmäßiges Geräusch: da tropfte etwas zu Boden, Wasser oder sonst eine Flüssigkeit.

Dieses kaum wahrnehmbare Geräusch, der Gestank des Fledermauskots, die Finsternis hinter und der schwache Lichtschein vor ihm: mehr gab es vorderhand nicht wahrzunehmen.

Aber dann durchbrach mit schockierender Plötzlichkeit ein markerschütternder Schrei die Stille.

Ein Schrei.

Ein Brüllen.

Ein wildes Poltern.

Mit einem Schlag stand auf der anderen Seite der Tür, kaum einen Meter von ihm entfernt, ein Mensch. Die verwilderte, mächtige Karikatur eines Mannes: ein Brustkasten wie ein Felsblock, Schultern, die sich wie Kolben hoben und senkten, ein Kopf, der regelrecht zugewachsen war, dem das Haar rundherum entsproßte und nur zwei wild rollende Augen, eine dreieckige, flachgedrückte Nase und gefletschte Zähne sehen ließ, eine ganze Höhle voller grimmiger Hundezähne. Und von diesem Wesen kam das betäubende Brüllen, wie Dampf aus Felsen aufzischt, wenn die Erde zerreißt.

Zwei riesenhafte Hände umklammerten die Gitterstäbe mit einer Gewalt, als könnten sie die Tür mit einem Ruck aus ihrer Verankerung reißen. Es war, als rüttelte ein wild gewordener Gorilla an seinem Käfig.

Die unkontrolliert umherirrenden Augen zeigten an, daß das Brüllen ihm galt, der vor der Tür in der Finsternis stand.

Dann formten sich in dem wütenden Tumult plötzlich Worte: geschriene, aber verstehbare englische Worte.

«Spion! Verräter! Verdammter Spion! Engländerschwein! Spion! Spion! Verräter! Verräter! Verräter!»

So ging das eine ganze Weile. Dann endlich schien der Mann erschöpft, allerdings nur für kurze Zeit.

Ghote nutzte die Gelegenheit. «Bitte, wer sind Sie? Wer sind Sie?»

Er hatte einige Schärfe in diese Worte gelegt und erzielte eine erstaunliche Wirkung damit: die Kreatur auf der anderen Seite der Tür ließ mit einemmal das Toben und verharrte von da an glotzend und in absolutem Schweigen.

Dann kam sie in einem seltsamen Paßschritt näher, und ihr Glotzen bekam eine Macht über Ghote, die nur mit dem Lächeln des Heiligen vergleichbar war, das ihm erst vor kurzem, drüben in der Zivilisation des Hauses, in der ausgebleichten Pracht des Gesellschaftszimmers, zuteil geworden war.

Er war sekundenlang von der Ähnlichkeit des Eindrucks so fasziniert, vom Anblick des Mannes, der da vor ihm kauerte und ihn anstarrte, so hingerissen, daß er ganz vergaß, seine Frage zu wiederholen. Erst als er wieder das Aroma der Speisen in der Nische hinter der Tür wahrnahm, als die Gewürze seine Nase zu kitzeln begannen, kam er wieder zu sich selbst.

«Bitte sagen Sie mir, wer Sie sind.»

Der Mann mit dem ungeheuren Brustkasten antwortete zunächst nur, indem er weiterglotzte. Aber auch was dann kam, war nicht im eigentlichen Sinn eine Antwort, aber es waren immerhin zusammenhängende Worte.

«Die Engländer. Wegen denen. Die wissen genau, wenn Sikander Ibrahim in Freiheit ist, endet ihre Herrschaft in einem Blutbad. Das wissen die ganz genau, die Schweine. Blut. Blut. Blut.»

Die Stimme schwoll wieder an zu einem hämmernden Brüllen, und erneut wurde an der Eisentür gerüttelt, bis Ghote glaubte, die Decke müsse jeden Augenblick herunterkommen.

Doch bestand jetzt keine Notwendigkeit mehr, zu prüfen, welchen Effekt eine abermals in scharfem Ton gestellte Frage haben würde. Ghote wußte, was er wissen wollte.

Der Name der Kreatur, mit dem sie sich selbst vorgestellt hatte. Sikander Ibrahim. Dies und ein unverwechselbares Merkmal in diesem wilden, bärtigen Gesicht hatten ihm mit einem Schlag klargemacht, wer da in diesem Verließ gefangen gehalten wurde: die Nase war ganz so plattgedrückt wie die des Richters, und dies hier war sein Sohn.

Und ebenso war klar, niemand konnte sich da etwas vormachen, daß Sikander Ibrahim verrückt war. Er befand sich in einem Zustand, der keinerlei kontrollierende Funktionen mehr kannte. Und er lebte in einer Zeit, die längst vergangen war.

Das Geheimnis des Richters. Er hatte das Geheimnis des Richters entdeckt.

Kein Wunder, daß Sir Asif von der Anwesenheit eines Polizeiinspektors in seinem Haus nicht entzückt war, denn er verstieß gegen das Gesetz, wenn er seinen Sohn hierbehielt, statt ihn dem sicheren Gewahrsam einer psychiatrischen Anstalt zu überantworten.

Aber was sollte er anfangen mit dieser plötzlichen Erkenntnis?

Die Frage beantwortete sich fast von selbst. Er mußte handeln. Er würde seine Pflicht verletzen, wenn er einen illegal verborgenen Irren nicht sogleich den dafür zuständigen Stellen übergab. Andererseits gab ihm die Tatsache, daß er das jederzeit tun konnte, ein Druckmittel in die Hand: nun konnte er den Richter, der sich so sperrig benahm, doch noch zur Zusammenarbeit bewegen.

Eines schien nämlich klar: diese Briefe, die so sorgfältig mit der Maschine getippt waren, konnten nicht ernsthaft von diesem Wüterich stammen. Selbst den höchst unwahrscheinlichen Fall angenommen, daß er sein Gefängnis verlassen konnte: er würde nicht weit kommen. Er würde, einmal in Freiheit, lediglich herumtoben, alles kurz und klein schlagen und womöglich auch Menschen anfallen.

Ghote mußte, zum Besten des Richters, von der Waffe möglichst effektiv Gebrauch machen, die ihm da durch einen glücklichen Zufall in die Hand gefallen war ... Nein, er mußte sich da doch mehr Gerechtigkeit widerfahren lassen: es war ausschließlich die Frucht seiner eigenen Ausdauer. Er mußte Sir Asif damit erpressen. Es gab keine andere Möglichkeit. Nur diesen Kurs konnte er steuern, alles andere kam nicht in Frage. Er mußte den ach so gerechten Richter erpressen.

8

Ghote holte das Hemd unter dem Grashaufen hervor und zog es an. Es war ziemlich zerknittert, und die trockene Erde hatte darauf mehr als nur ein paar Spuren hinterlassen. Inzwischen war es schon wieder Zeit für den nächsten Punkt in der unverrückbaren Tagesordnung dieses Haushalts: es stand der «Drink vor dem Abendessen» heran.

Er hatte an diesem Ritual bereits gestern teilgenommen und es nicht genossen. Außer Whisky mit Soda gab es nichts. Ghote hatte dankend abgelehnt. Auch dieser unfaßbare Mensch, dieser amerikanische Priester ohne Priestergewand, hatte keinen Drink haben wollen – was zumindest vorübergehend dafür sprach, daß er doch einer war. Aber er hatte statt dessen gleich wieder solche Bemerkungen fallen lassen, die man nur als schieren Naxalismus bezeichnen konnte; seine Verurteilung der gegenwärtigen Machtstrukturen war so erbarmungslos, daß er damit sogar den indischen Ultralinken den Rang ablief. Raman hatte ein Silbertablett herumgereicht, darauf eine Flasche Whisky, ein Krug mit Soda und eine Batterie Gläser und Becher. Dem Heiligen hatte er natürlich nichts angeboten. Lady Begum übrigens auch nicht.

Den «Drink vor dem Abendessen» hatten also vier Personen abgelehnt. Man saß in dem riesigen, ausgebleichten Gesellschaftszimmer, in dem immer noch die betäubende Hitze des Nachmittags stand, trotz des Rosenwassers, das die Diener gegen die Rollos sprühten. Man saß die Zeit ab, sah zu, wie sich Sir Asif langsam auf den Grund zweier hoher Becher mit einer träge sprudelnden Flüssigkeit schlürfte, und wechselte gelegentlich unwichtige Bemerkungen aus.

Ghote hatte schon gestern nicht gewußt, was ein Doktor der Philosophie in einer solchen Lage sagt. Vierundzwanzig Stunden später war er um nichts klüger.

Aber heute fürchtete er sich viel mehr vor diesem Drink als gestern. Gestern hatte es eine Stunde gedauert; während dieser Zeit mußte er heute den Richter fragen, ob man sich noch einmal unter vier Augen sprechen könne. Und wenn der halsstarrige Mensch das ablehnte, was zu vermuten stand, dann mußte er die Schraube um eine Drehung fester anziehen und unmißverständlich auf die neuen Möglichkeiten hinweisen, die ihm inzwischen zugewachsen waren und die durchaus geeignet waren, seinen Wünschen Nachdruck zu verleihen.

Doch die Macht, über die man verfügt, wird erst dann effektiv, wenn man von ihr Gebrauch macht. Das wußte er nur allzu gut.

Es kam erschwerend hinzu, daß er schon ein wenig spät dran war. Es blieb ihm keine Zeit mehr, das Hemd zu wechseln. Also versuchte er die Fingernägel als Bürste zu benützen – ohne viel Erfolg. Die rötlichen Schmutzflecken rührten sich nicht.

Die Passage zum Gesellschaftszimmer, die er entlanghastete, war ihm jetzt schon einigermaßen vertraut: hohe Decke und eben keine noch so stockfleckige Ansicht von Bangladesh.

«Ah, Dr. Ghote, wir haben Sie schon erwartet.»

Der Richter saß auf einem der ausgebleichten Samtsessel gerade gegenüber der Tür. Er hatte eine frisch gebügelte Pagri auf dem Kopf, hielt mit den Händen, auf deren Rücken die Adern stark hervortraten, seinen Stock umklammert und schaute Ghote mit fürchterlich durchgedrücktem Rücken entgegen. Etwa einen Meter weiter stand Raman, hielt das Silbertablett mit den kristallen funkelnden Gläsern, der Whiskyflasche und dem Soda in der Hand und wirkte entschieden irritiert.

Ghote erkannte die Situation mit einem Blick: Raman hatte Befehl, nicht zu servieren, bevor nicht alle versammelt waren. Auch der Richter selbst bekam seinen Drink vorerst noch nicht: erst mußte dieser andere Gast, dieser Eindringling aus Bombay, da sein. Der «Drink vor dem Abendessen» begann aber von alters her zur unantastbar gleichen Minute. Armer Raman. Für ihn eine Angelegenheit voller Angst und Unsicherheit. Und zweifellos war ihm auch dieser Befehl – mit dem Servieren zu warten – mit der gleichen ungezügelten Bösartigkeit an den Kopf geworfen worden wie alle anderen.

Na, immerhin bestand da, auf seiten Ramans, eine gewisse Gewöhnung.

Die anderen schienen sich, als Ghote irgendeine Entschuldigung stammelte, gleichfalls unbehaglich zu fühlen, zumindest Begum Roshan und Father Adam. Der Heilige hingegen hielt wieder säuberlich die Beine auf dem Samt seines Sitzes gefaltet und schickte aus seinem weiß und üppig behaarten Gesicht heiter strahlende Blicke in Richtung auf eine der geschnitzten Trennwände, die im Zimmer standen.

Ghote spürte, wie die flehentliche Hoffnung in ihm hochstieg, dieser sozusagen blicklose Blick möge sich ihm zuwenden, ein Lächeln möge ihm zuteil werden, wie ihm schon einmal eines zuteil geworden war. Aber gleichzeitig hatte er das Gefühl, dieses Lächeln müsse ihn vor den anderen als einen entlarven, der eben noch durch den Garten gerobbt war und sich als Spion betätigt hatte.

Er runzelte die Stirn. Hatte er denn nicht völlig richtig gehandelt? Er konnte doch den Richter ganz anders schützen – vor sich selbst. Er konnte doch jetzt, alles sprach dafür, das Leben des Alten retten.

Er drehte sich scharf herum und ging auf einen der Sessel zu, wobei er den Kopf ein wenig steif hielt, als wolle er jeden Blick auf die safrangelbe Gestalt vermeiden.

«Raman, biete Dr. Ghote einen Whisky an. Steh hier nicht herum wie ein Idiot.»

Sir Asif schien ausgesprochen guter Laune zu sein. Wie tief unter der Erde wohl der Mann begraben lag, der einst den Vaishnavite-Sänger freigesprochen hatte, um anschließend erleben zu müssen, daß der sofort einen weiteren Mord beging?

Dieser steinernen Gestalt mußte er, Ghote – und viel Zeit lag nicht mehr vor ihm –, jetzt bald gegenübertreten: mit dem Ersuchen, ihm noch einmal ein Gespräch unter vier Augen zu gewähren.

«Raman, Dr. Ghote scheint irgendwo mit der Erde in Berührung gekommen zu sein. Sein Hemd ist fleckig. Hol eine Bürste. Nein, nicht, ich kann warten. Noch gibt es ein paar Gesetze der Gastfreundschaft, auch wenn sie heutzutage noch so wenig beachtet werden.»

Raman ließ kurz sein berühmtes Hufeisenlächeln aufblinken. Dann setzte er das Tablett nieder und eilte zur Tür.

«Nein, bitte nicht. Bitte bemühen Sie sich nicht. Ich kann mir überhaupt nicht vorstellen, wie das passiert ist. Aber machen Sie deswegen um Himmels willen keine Umstände.»

«Mein lieber Doktor, das ist aber unsere Pflicht. Der seltsame Aufzug, in dem Sie hier hereingekommen sind, läßt sich doch gar nicht übersehen. Kein Gentleman möchte doch so zum Dinner erscheinen.»

«Ja. Nein. Natürlich nicht, Sir Asif. Aber ... Ich gehe am besten kurz auf mein Zimmer und ziehe mich um. Aber bitte ... fangen Sie schon an mit dem Whisky, bitte.»

«Sehr freundlich, Ghote, daß Sie so sehr um mein Wohlergehen besorgt sind. Vielleicht gehen Sie tatsächlich besser auf Ihr Zimmer. Der arme Raman ist schon völlig verwirrt.»

Ghote schoß von seinem Sessel in die Höhe. Dabei sah er, daß die verdammte Erde sich inzwischen auf dem verblichenen Samt der Sessellehne ausgebreitet hatte. Er bückte sich, um sie zu entfernen, entschied aber im letzten Augenblick, es sein zu lassen: es hätte den ganzen Schlamassel erst ins rechte Licht gerückt. Er wandte sich zur Tür. Und während seine Augen den langgestreckten Raum durchwanderten, fing er doch noch ein Lächeln des Heiligen auf. Es ruhte voll auf ihm wie der Strahl eines Suchscheinwerfers.

Einen Augenblick lang stand er regungslos da. Teile seines Verstands flüsterten ihm zu, daß er vermutlich aussah wie ein Trottel, wie er da mit offenem Mund dastand und ein Glänzen wie von reiner Torheit in seine Augen trat. Er war außerstande, sich zu bewegen, ja, er war entschlossen, es nicht zu tun.

Endlich riß er sich los – waren zwei Sekunden vergangen oder zehn Minuten? –, stolperte zur Tür, fummelte am Türknauf herum und fand sich schließlich draußen in dem hohen, schwach erleuchteten Flur wieder.

Er bewegte sich noch immer sehr langsam. Aber seine Gedanken überschlugen sich.

Dieser Heilige. Verfügte er tatsächlich, wie es den Anschein hatte, über eine solche außerordentliche Kraft? Oder kannte er sich einfach in Hypnose aus, für die er selbst wiederum, noch dazu hier, wo er von der Außenwelt abgeschnitten war, besonders empfänglich war?

Und was war mit den anderen drei Verdächtigen? Er hoffte zuversichtlich, das herauszufinden, wenn er erst Sir Asif mit seinen neuen Erkenntnissen erpressen konnte. Welcher von den dreien bedrohte den Richter tatsächlich, nachdem die Möglichkeit einer verborgenen Zusatzperson ausgeschlossen werden konnte? Der so unbeirrte wie langweilige Mr. Dhebar? Oder Father Adam, der «Naxalit»? Oder war das ganze möglicherweise Begum Roshans etwas seltsame Idee? Vielleicht hatte sie ihren Vater nicht töten, sondern nur ein wenig erschrecken wollen. Und als das dann offenbar nicht so funktionierte wie es sollte, hatte sie die Tatsache, daß sie Drohbriefe schrieb, an die Öffentlichkeit gebracht, um ihrem Vorhaben mehr Nachdruck zu verleihen.

Aber bevor er nicht Genaueres über die Beziehungen wußte, die Sir Asif zu den drei anderen unterhielt ... Er hatte ja noch immer keine Ahnung, was ein amerikanischer Priester mit naxalitischen Anschauungen hier im Haus zu suchen hatte; warum der Heilige ausgerechnet diesen Platz ausgewählt hatte, um sich nächtens auf den Steinboden eines ansonsten unbenutzten, staubigen Zimmers zu betten. Bevor er all das wußte, würde er nicht weiterkommen. Nein, dieses Gespräch mit dem Richter, das er erst noch erzwingen mußte, war der Schlüssel zu allem. Vielmehr: der Augenblick, in dem er diesen halsstarrigen, höchst gerechten Mann dazu überreden konnte.

Das Hemd. Das Hemd.

Den Rest des Weges zu seinem Zimmer legte er im Laufschritt zurück. Er riß den Schrank auf, zerrte ein frisches Hemd heraus, prüfte es schnell und fand es geeignet. Er überlegte noch kurz, ob sich jemand finden würde, der das gebrauchte Hemd zum Waschen gab. Dann schlüpfte er in das frische Hemd, zog sorgfältig die Krawatte zurecht und machte sich wieder auf den Weg in Richtung auf das ausgebleichte, vollgestellte Gesellschaftszimmer – in Erwartung seines eigenen Angriffs auf Sir Asif.

Als er den düsteren Raum zum zweitenmal betrat, schien auch das Gespräch wiederum zum Stillstand gekommen zu sein. Sir Asif warf ihm einen ernsten Blick zu und nippte kurz an seinem Glas. Es war noch zu zwei Dritteln voll. Bevor der Richter mit seinem gesamten Quantum von zwei Gläsern zu Ende war, würde bei seiner Art und Weise zu trinken noch etliche Zeit verstreichen.

Vor Ghote lag also eine Gnadenfrist von nicht unbeträchtlicher Länge, bevor er dem Richter die Pistole auf die Brust setzen mußte. Dennoch faßte er vom einen auf den anderen Augenblick den Entschluß, sofort zu handeln. Die Atmosphäre der Unentschlossenheit, in der hier alle zu treiben schienen, war ihm mit einem Schlag unerträglich geworden. Er mußte sie zerhauen, und das sofort.

«Sir Asif», begann er in aufreizend lebhaftem Ton, «als ich eben auf meinem Zimmer war, ist mir wieder aufgegangen, daß es zwischen uns noch sehr viele ungeklärte Fragen gibt. Sie wissen – die Angelegenheit, über die wir schon einmal gesprochen haben.»

Der Richter schwieg. Aber der kalte, starre Ausdruck in seinem Gesicht mit der seltsam plattgedrückten Nase, die der seines verborgen gehaltenen Sohnes so ähnlich war, sagte mehr als jede Antwort.

Ghote nahm einen neuen Anlauf.

«Vielleicht wäre es günstig, Sir, wenn wir uns vor dem Abendessen kurz in der Bibliothek zusammensetzten.»

Sir Asif schwieg noch immer.

Aber seine Augen sagten: Junger Mann, Sie schlagen hier nichts weniger vor, als die feststehenden Bräuche meines Hauses umzustoßen. Seit Jahren werden die Drinks vor dem Abendessen hier eingenommen; niemand hat dieses Zimmer jemals vor dem Abendessen verlassen. Und jetzt wagen Sie genau das vorzuschlagen.

Das Schweigen hielt an.

Einen schweißtreibenden Augenblick lang war Ghote versucht, sich nach dem Heiligen umzudrehen und sich von ihm noch einmal Wärme und Sicherheit zu erbitten. Aber nein: er mußte diesen Kampf allein austragen; es war besser so. Einer Erpressung würde der Heilige seinen Segen ohnehin nie geben. Und es würde ihm nicht entgehen, daß hier eine Erpressung geplant war und nichts anderes. Er würde es durchschauen.

Ghote räusperte sich. Es klang häßlich in der Stille. «Sir, ich hoffe, mein Vorschlag bringt Sie nicht in Verlegenheit.» Er ließ die Worte knallen wie Revolverschüsse. «Aber mir fehlen noch einige Daten aus Ihrer Familiengeschichte. Und wie soll ich Ihnen bei Ihren Memoiren helfen, wenn ich nichts über Ihre eigene Familie weiß?»

Er hielt es für erforderlich, leicht zu lächeln, um vollends klarzumachen, daß dies eine unmißverständliche Botschaft war. Im Verein mit der jedermann bekannten, durch das schmutzige Hemd erhärteten Tatsache, daß er erst vor ein paar Minuten im Garten herumgeschlichen war, war es sogar eine unmißverständliche Drohung.

Seine Worte bewirkten eine seltsame Stimmung in dem Raum. Das Licht des Kronleuchters war so schwach, daß das Klavier mit den Fotografien schon fast nicht mehr zu sehen war. Und jetzt fiel auch noch die Stimmung ab und erreichte schließlich den Nullpunkt.

Nur Ghote stand immer noch voller Erwartung da. Irgendwann mußte Sir Asif doch den Faden aufnehmen, den er ihm hingeworfen hatte, mußte doch, indem er in die Konversation einstieg, zu erkennen geben, daß er die an ihn adressierte Botschaft erhalten hatte.

Eine kurze Zeit hoffte er auch noch auf ein Wort von einem der anderen, gleichgültig, was er sagte, wenn es nur diese allmählich unerträglich werdende Stille durchbrach. Der Heilige war natürlich entschuldigt. Aber Begum Roshan, die sonst immer so darauf aus war, in Situationen wie dieser die Konversation in Gang zu halten? Sie machte keine Anstalten dazu; sie saß vielmehr wortlos in ihrem Sessel mit der hohen Rückenlehne und zupfte lediglich mit ausgezehrten Fingern an ihrem Sari herum, hob ihn hoch, ließ ihn wieder fallen, hob ihn wieder hoch, ließ ihn wieder fallen. Und Father Adam, das heißt, Mort? Fand er denn keinen Einstieg, wo die Gelegenheit zur Verbreitung der naxalitischen Weltanschauung so günstig war? Auch er verbreitete lediglich Stille.

Ob Sir Asif irgend etwas gesagt hatte, während er sein Hemd wechselte? Etwas, das für dieses fürchterliche Schweigen verantwortlich war? Kaum anzunehmen.

Nun, so mußte er eben selbst noch etwas sagen. Warum auch nicht? Er würde fortfahren, bis Sir Asif sein Ultimatum zur Gänze aufgenommen hatte. «Gewähren Sie mir noch einmal ein Gespräch unter vier Augen und sagen Sie mir bei der Gelegenheit detailliert, wie es weitergehen soll. Oder ... Oder ich werde dafür sorgen, daß Ihr Sohn einer staatlichen Institution überstellt wird und daß es die ganze Welt erfährt.»

Er räusperte sich und tat einen Schritt nach vorn, denn der Kronleuchter geizte sehr mit seinem Licht, und für das, was er vorhatte, mußte er so vorteilhaft wie möglich beleuchtet sein.

«Sir Asif», sagte er, «es betrifft die Passagen Ihrer Memoiren, in denen von der Vergangenheit die Rede ist. In diesem Zusammenhang ist eine Frage aufgetaucht. Gehe ich recht in der Annahme, daß Ihnen vor etwa fünfzig Jahren ein Sohn geboren wurde?»

In den Augen des alten Mannes glomm es auf wie von Ärger. Noch eine Sekunde, und der Vulkan würde mit einem ungeheuren Wutausbruch explodieren, so einem, wie sie der arme Raman zu erdulden gelernt hatte. Würde er selbst, Ghote, ihn ebenso souverän über sich ergehen lassen wie Raman?

Nein. Vielleicht sollte er ganz anders reagieren. Seine Pflicht war es doch wohl nicht, sich im Feuersturm klein zu machen, sondern ihn mutig zu bekämpfen, Schmähungen mit harten Argumenten zu kontern.

Auf welchem Weg er jetzt auch weiterging: das wichtigste war, sich der Mitarbeit des Richters zu versichern. Sonst war die Aussicht, den – zukünftigen – Mörder des Alten dingfest zu machen, mehr als schwach.

«Sir Asif», setzte Ghote wieder an und machte seine Stimme scharf, als gälte es, einen widerspenstigen Zeugen aus den Slums von Bombay aufzurütteln.

«Ja. Vor fünfzig Jahren wurde mir ein Sohn geboren.»

Ghote wurde sogleich wieder sanft. Das immerhin war erreicht. «Eben. Eben, Sir Asif. Und ich wollte mit Ihnen darüber sprechen, ob und in welcher Form dieses Thema in den Memoiren behandelt werden soll. Und verschiedene andere unklare Sachen.»

Aber das Gesicht, das der Richter jetzt machte, zeigte an, daß er nicht weichen würde. Die «off limits»-Erklärung kam dann dennoch nicht von ihm, sondern von seiner Tochter.

Sie stand plötzlich von ihrem Sessel auf, während ihr Gesicht an zahlreichen Stellen zuckte.

«Dr. Ghote, von Sikander wird in den Memoiren nicht die Rede sein. Sie werden ihn bei Ihren Überlegungen nicht berücksichtigen, gleichgültig, worum es im einzelnen gehen sollte. Er existiert nicht. Nicht für Sie.»

Und so plötzlich, wie sie, ein angespannter, federnder Metallstreifen, von ihrem Sessel aufgesprungen war und ihr Veto in den Raum geschleudert hatte, so rasch sank sie auch wieder in sich zusammen.

Ihr Vater drehte sich nach ihr um.

«Roshan, wie oft habe ich dir schon gesagt: wenn ich deine Hilfe brauche, werde ich es dich wissen lassen.»

Doch dann wandte er sich wieder seinem Gegner zu.

Ghote sah in dem starren Gesicht mit der plattgedrückten Nase noch immer keine Anzeichen der Unterwerfung. Immerhin hatte der Alte wenigstens zugegeben, daß er einen Sohn hatte. Man mußte ihn also weiter unter Druck setzen. Und zum Teufel mit dem Schwindel mit dem Assistenten, dem an nichts anderem lag als am Fortgang der Memoiren.

«Sir Asif, der Punkt betrifft die Zukunft Ihres Sohnes. Können wir jetzt nicht in die Bibliothek gehen und über das Thema sprechen?»

Aber das Gesicht des Richters blieb so eisern wie zuvor. Nicht eine Spur von Nachgiebigkeit.

«Nein, Doktor, das können wir nicht. Wir werden weder dieses Thema besprechen noch irgendein anderes.»

Der Vulkan hatte zu speien begonnen. Es war nicht der erwartete große Ausbruch: die Lava kam in sorgfältig abgemessenen Schüben.

«Doktor, ich habe Ihnen schon vor ein paar Stunden klargemacht, wie ich mich zu verhalten gedenke. Ich hatte Ihnen gegenüber gewisse Verpflichtungen, wenn auch geringfügiger Art. Ich hatte aber zu keinem Zeitpunkt die Absicht, irgend etwas zu tun, was darüber hinausging. Nun aber haben Sie die Unverschämtheit besessen, Ihre Nase in meine Privatangelegenheiten zu stecken. Wenn ich Sie nicht ganz und gar falsch verstehe, so haben Sie die Tatsache, daß Sie mein Gast sind, dazu benützt, Kenntnisse zu sammeln, und drohen nun damit, mich in eine Situation zu bringen, die für mich peinlich, ja beschämend wäre. Ich muß Ihnen daher leider mitteilen, daß die Verpflichtungen, die ich Ihnen gegenüber hatte, nicht mehr bestehen. Sie werden die Freundlichkeit haben, mein Haus zu verlassen.»

Unglaublicherweise empfand Ghote zunächst etwas wie Bewunderung für dieses Bombardement. Sir Asif hatte reagiert, wie er selbst in solchen Situationen gern reagieren würde. Immer vorausgesetzt, sein doch recht friedlich verlaufendes Leben hielte, was unwahrscheinlich genug war, irgendwann einmal eine vergleichbare Situation für ihn bereit. Auf einem Prinzip zu beharren, selbst wenn es keinen Sinn ergab, selbst wenn dieses Beharren zur Folge hatte, daß ein über lange Jahre mit großer Sorgfalt und unter vielen Opfern bewahrtes Geheimnis der Öffentlichkeit preisgegeben wurde: das war edel. Edel war das.

Aber es war auch verdammenswürdig.

Seine einzige Informationsquelle war verschüttet. Die Verbindung mit dem Richter hatte ihm, wenn überhaupt etwas, die Aufgabe erleichtert, deretwegen er hier war: das Leben des Richters zu schützen. Aber nun war das Band zerschnitten, und er konnte nichts tun, um es wieder zu knüpfen. Er konnte nur noch seine Pflicht tun, und das bedeutete jetzt: einen Bericht schreiben, was wiederum zur Folge hatte, daß ein Polizeikommando hier auftauchte, Sikander Ibrahim abtransportierte und in eine Irrenanstalt brachte. Er konnte Sir Asif also erhebliche Schmerzen zufügen. Aber was war das anderes als eine billige Rache?

Der Richter hatte gewonnen, auch wenn er damit ein erhebliches Risiko eingegangen war. Und Ghote hatte seine Niederlage zu akzeptieren und abzutreten.

«Bitte sehr», sagte er, «wenn Sie es wünschen, Sir, dann gehe ich.»

Er drehte sich um und durchquerte den riesigen, düsteren, mit Möbeln angeräumten Raum in Richtung Tür, wobei er alle Würde, deren er fähig war, in seine Schritte legte.

Der Weg erwies sich als sehr lang.

9

Da saß er nun auf dem Bett in dem Zimmer, das einmal seines gewesen war, in dem er Zuflucht gefunden hatte. Der alte Ventilator stand still, und Ghote überdachte seine Situation, was nicht ohne tiefe Depressionen abging.

Er stellte sozusagen das spitze Ende eines Keils dar, dessen Basis der Deputy Commissioner bildete. Er war zu dem einzigen Zweck in Position gebracht worden, die Mauer, die der halsstarrige Richter aufgebaut hatte, Stück für Stück zu durchstoßen. Aber der Keil war einfach abgebrochen. An ihm hatte es gelegen, Sir Asif zu beschützen, indem er den Absender dieser Morddrohung ausfindig machte. Aber in den Augen des Deputy Commissioner war eine zweite Aufgabe wahrscheinlich nicht minder bedeutsam: er mußte verhindern, daß eine Lawine von Schwierigkeiten ins Tal abglitt, und das würde zweifellos der Fall sein, wenn der Richter ermordet wurde und sein einflußreicher Vetter, das Parlamentsmitglied, aller Welt mitteilte, daß er dem CID in Bombay die Affäre in ihrer ganzen Bedeutung vorher klargemacht hatte.

Aber nun hatte Ghote sich in eine Situation hineinmanövriert, in der er absolut handlungsunfähig war.

So viel war sicher: hier im Haus konnte er nicht bleiben. Dazu war er auch nicht einmal mehr andeutungsweise berechtigt. Er war hier Gast – darauf hatte Sir Asif zornig genug hingewiesen. Er war Sir Asifs Gast. Und er hatte, man konnte es drehen und wenden wie man wollte, diese Gastfreundschaft mißbraucht. Auch daß dies zu dem einzigen Zweck geschehen war, den alten Mann vor sich selbst zu retten, ließ sein Verhalten kaum in einem besseren Licht erscheinen.

Nein, er mußte hier weg, und zwar so schnell wie möglich.

Aber als er genauer überlegte, was er im einzelnen tun mußte, um von hier wegzukommen, sank ihm das Herz noch ein gutes Stück tiefer. Wie sollte das vonstatten gehen? Bis zur Stadt waren es viele Meilen. Und außerdem war es bereits Nacht. Selbst wenn er bis zum Dorf zu Fuß ging – aber da wäre erst noch das Flußbett zu durchqueren gewesen, das vielerlei Gefahren bereithielt, auch wenn der Fluß kaum Wasser führte –: keiner der Dorfbewohner würde sich jetzt, nach Einbruch der Dunkelheit, dazu überreden lassen, ihn auf der Plattform vor seiner Hütte schlafen zu lassen. Auch würde er kaum jemanden dazu bewegen können, ihn mit dem Ochsenkarren zum Bahnhof in die Stadt zu fahren. Sie würden ohnehin nicht vor dem Morgengrauen dort sein. Und dann die Hunde im Dorf. Würde ein Fremder, der mitten in der Nacht ins Dorf kam, nicht einiges von ihnen zu gewärtigen haben?

Er ließ sich vom Bett gleiten und begann, seine Kleider und seine anderen Habseligkeiten zusammenzupacken. Das immerhin konnte er tun. Er hatte nur einen Handkoffer dabei. Ein unförmiges, gelbbraunes Ungetüm aus Pappkarton. Er hatte sich dafür vor Raman abgründig geschämt, als er ankam. Achtlos warf er ein paar Gegenstände in den Koffer, merkte dann, daß sie von den schweren Sachen, die nachkamen, verdrückt würden, und holte sie wieder heraus. Protima würde sich mit Recht weigern, die Hemden, die sie für den Besuch ihres Gatten in dem distinguierten Haus des Richters Sir Asif zurechtgelegt hatte, noch einmal zu bügeln.

Ein scharfes Klopfen an der Tür riß ihn aus seinen Gedanken.

«Herein.» Vielleicht war sein schmutziges Hemd bereits vom Waschen zurück und draußen stand ein Diener, der es ihm bringen wollte.

Aber es war kein Diener: es war Begum Roshan.

«Inspector Ghote», sagte sie, während sie hereinschlüpfte und die Tür hinter sich schloß, «ich brauche Sie doch jetzt wohl nicht mehr mit ‹Doktor› anzureden? Inspector, wir müssen gemeinsam überlegen, was jetzt zu tun ist. Mein Vater ist wieder einmal zu weit gegangen.»

«Ich fürchte, *madam*, das Ganze war meine Schuld. Ich hatte gehofft, ich könnte Sir Asif in eine Lage bringen, in der er gar nicht anders konnte als mit mir zusammenzuarbeiten. Ich hätte wissen müssen, daß er nicht der Mann ist, der sich zu etwas zwingen läßt.»

«Mein Vater läßt sich von niemandem zu etwas zwingen.» Begum Roshan zupfte mit nervösen Fingern an ihrem Sari herum. «Gott allein weiß, wie oft ich das schon erlebt habe.»

«Aber dann können wir ohnehin nichts mehr tun. Sir Asif hat schließlich unmißverständlich erklärt, daß ich hier unwillkommen bin. Es bleibt mir gar nichts anderes übrig als abzureisen.»

«Und was geschieht, wenn Sie weg sind?» fragte sie heftig. «Sie werden Ihrem Vorgesetzten melden, daß wir hier einen gefährlichen Irren versteckt halten. In der Stadt gibt es jede Menge Leute, die nichts sehnlicher wünschen, als Sir Asif Ibrahim zu demütigen. Also wird eine ganze Kohorte von schwer bewaffneten Polizisten hier aufkreuzen, und ohne Zweifel wird der Fotograf nicht fehlen. Sie werden Sikander wegschleppen, ihn in irgendein übles Loch stecken und behaupten, er sei dort sicherer. So wird es doch laufen, oder etwa nicht?»

Ghote senkte verlegen den Blick. «*Madam*, daß Mr. Sikander Ibrahim gefährlich ist, werden Sie kaum leugnen wollen. Sie brauchen ja nur an die Eisenstangen zu denken, vor seiner Behausung drüben im Fort.»

«Eisenstangen?» fragte sie voller Empörung, «Eisenstangen? Ich bin noch nie dort gewesen, Inspector. Keiner von uns wagt, ihn zu besuchen. Das würde ihn nur zusätzlich reizen. Aber wenn Sie mir sagen, daß da Eisenstangen sind, nun, dann sind da eben Eisenstangen.»

Sie wandte sich ab und ließ den Blick durch das kahle Zimmer wandern, als erhoffe sie sich davon Unterstützung. Dann ließ sie sich schwer auf die Bettkante fallen, wodurch einige seiner adrett zusammengelegten Socken auf den Boden rollten.

«*Madam*, ich verstehe, daß Sie Mr. Sikander Ibrahim weiterhin im Umkreis der Familie haben wollen. Schließlich ist er Ihr Bruder. Aber es verstößt nun einmal gegen das Gesetz, eine für gefährlich zu erachtende Person in einem privaten Haushalt unterzubringen. Und ich bin Polizeioffizier.»

Begum Roshan wandte ihr Gesicht ab und schaute auf die Bettdecke nieder und auf ein Paar Socken, das braune übrigens, das sich in anderer Richtung vom Hauptstapel entfernt hatte.

Dann hörte er einen unterdrückten Seufzer.

«*Madam*, ich muß meine Pflicht tun. Als Polizeioffizier kann ich davon nicht einfach absehen, auch nicht, wenn das gewisse Härten mit sich bringt.»

Wieder ein Seufzer, jetzt schon etwas vernehmlicher.

«Bitte, *madam*, überlegen Sie einmal, was Ihr Vater in einer solchen Lage tun würde. Er würde, das wissen Sie ganz genau, nicht nachgeben.»

Jetzt schaute sie ihm wieder ins Gesicht. Auf ihrer rechten Wange zuckte ein Nerv.

«Inspector, wenn sie Sikander wegbringen, dann ist das mein Ende. Ich kann nicht weiterleben, wenn mein Vater eine solche Demütigung hinnehmen muß. Das bedeutet für mich das Ende. Das Ende. Haben Sie mich verstanden? Es gibt einfach eine Grenze, die ich nicht überschreiten kann.»

Ghote seufzte. «Aber bedenken Sie: Mr. Sikanders Geheimnis ist ohnehin gelüftet. Ich selbst kenne es, und früher oder später muß er auf jeden Fall in eine Anstalt. Daran kann ich nichts ändern.»

In ihren großen Augen glitzerten Tränen.

«Früher oder später? Inspector, Sie müssen Ihren Bericht über Sikander doch nicht schon heute nacht schreiben.»

Ghote kaute nachdenklich an seiner Unterlippe.

«Nein», sagte er schließlich, «innerhalb von Stunden oder gar Minuten muß ich eine Information wohl nicht weitergeben. Ich weiß ja noch nicht einmal, wie ich von hier wegkommen soll, das Problem eines Berichts erhebt sich also vorderhand ohnehin nicht.»

«Nein, Inspector, nein, nein, nein.» Vom einen auf den anderen Augenblick hatte sie sich wieder in eine straff gespannte Feder verwandelt. «Eines ist klar: Sie werden dieses Haus nicht verlassen. Wir brauchen Sie hier. Sie müssen bleiben. Sie dürfen nicht weggehen.»

«Aber wie sollen wir das machen?»

Aus ihren großen Augen leuchtete es widerspenstig.

«Mir wird schon etwas einfallen. Diesesmal soll er nicht über mich hinwegtrampeln. Er muß beschützt werden. Man darf ihm nicht gestatten, sein Leben einer Laune zu opfern.»

«Einer Laune? Das soll eine Laune gewesen sein?» Die Frage hatte sich von selbst auf seine Lippen gedrängt. Die kalte Entschiedenheit, mit der ihn Sir Asif hinausgeworfen hatte, war noch frisch in seinem Gedächtnis.

«Was denn sonst? Und irgendwann einmal wird er einsehen müssen, daß ein Polizist nichts tun kann, wenn man ihm alle Informationen vorenthält. Das sagt einem doch schon der gesunde Menschenverstand. Und er weiß eine Menge über die Leute, die in seinem Haus verkehren. Er weiß genau, was dieser Father Adam für ein Teufel ist. Den Mann haben wir unserem Vetter in der Pakistanischen Botschaft in Washington zu verdanken. Er hat meinem Vater mit Sicherheit alles über ihn erzählt.»

«Meinen Sie wirklich?» Ghote freute sich, endlich ein paar Details über den «naxalitischen» Priester zu erfahren, auch wenn es bereits zu spät kam.

Begum Roshan machte eine erbitterte Bewegung mit ihren ausgezehrten Händen.

«Ich weiß natürlich nicht, was er ihm im einzelnen geschrieben hat. Ich bin die letzte, der so etwas mitgeteilt würde. Er kommt einfach mit dem Brief an, Vetter Karim in Washington habe geschrieben und den Besuch eines christlichen Priesters angekündigt, der nach Indien kommt, um irgendwo im Dschungel als Sozialhelfer zu arbeiten und der in der Zwischenzeit krank geworden ist. Er ist außerdem ein schlechter Mensch, aber weil er ein Freund von Vetter Karim ist, den wir seit der Teilung nicht mehr gesehen haben, und damals war er ein kleiner Junge, muß der Mann hier herzlich willkommen geheißen werden. Völlig absurd.»

«Aber wenn Sir Asif schon vorher wußte, daß Father Adam subversive Ansichten hatte, warum versuchte er dann nicht zu ermitteln, ob wirklich eine Gefahr bestand?»

«Ach, das war völlig unnötig. Diese Ansichten, das hatte doch nichts zu bedeuten. Es lief alles ganz gut, bis zu diesem schrecklichen Streit wegen der Uferbefestigung, die gesprengt werden sollte.»

«Also die Frage des Flußlaufes? Wollte man denn mit Sprengungen arbeiten?»

«Natürlich. Und natürlich war mein Vater im Recht, als er sich an die Gerichte wandte, um das zu verhindern. Außerdem hat er diesen Schritt erst im allerletzten Moment unternommen. Er war völlig im Recht.»

«Aber wenn ich Father Adam richtig verstanden habe», wagte Ghote zu bemerken, «dann hatte der Plan doch einige Vorteile.»

«Unsinn. Alles Unsinn. Unsere Familie sorgt seit Hunderten von Jahren für die Armen dieser Gegend. Die Dorfbewohner sind Hindus, wir sind Moslems. Trotzdem haben wir immer für sie gesorgt. Ein Vater könnte nicht besser für seine Kinder sorgen. Wir sahen darin eine Verpflichtung. Und dann kommen diese Leute daher mit ihren Plänen und ihren Vorausschätzungen und wollen uns einreden, daß der Fluß jetzt zwischen dem Haus und dem Fort verlaufen soll, weil dann mehr Ackerland bewässert werden kann. Was für ein schrecklicher Unsinn.»

Ghote fand, daß damit die andere Seite in genügendem Maße zu Wort gekommen sei. Sich mit einer so gefühlsbetonten Frau wie Begum Roshan in einen Disput einzulassen, würde kaum sinnvoll sein. Sie war emotionsgeladen und wirr, das sah man schon daran, wie sie zu ihrem Vater stand. Sie hatte ihn als Tyrann denunziert und im nächsten Atemzug unmißverständlich erkennen lassen, wie sehr sie ihn verehrte.

«Ja», murmelte er daher, «ein äußerst verzwicktes Problem. Äußerst verzwickt.»

Der sanfte Ton seiner Stimme schien sie zu beruhigen.

«Jedes Mädchen im Dorf bekommt zur Hochzeit einen Sari», führte sie aus, nun ganz Verteidigerin ihres Vaters. «Wenn einer der Dorfbewohner krank ist, bekommt er von uns die Arznei geschickt. Und in Dürreperioden haben wir ihnen oft schon Hunderttausende von Rupien zukommen lassen.»

Ghote dachte darüber nach. Sir Asif war allem Anschein nach fest entschlossen, eine Änderung des Flußlaufs zu verhindern. Wahrscheinlich konnte er die besten Motive dafür ins Feld führen, und seine Entscheidung hatte wohl kaum etwas mit dem gefährlichen Gefangenen drüben im Keller des Forts zu tun. Und Father Adam? Der Mann war doch ebenfalls ein Hitzkopf, man brauchte ihn doch nur reden zu hören.

Hier konnte durchaus ein Motiv für diese Morddrohungen vermutet werden – wohl auch, wenn sie ihren Zweck nicht erreichen sollten, für einen Mord. Der Wink mit dem Madurai-Prozeß sollte in diesem Zusammenhang dann natürlich nur Verwirrung stiften.

Aber nun war es ohnehin zu spät, um noch etwas zu unternehmen.

«*Madam*», sagte er, «ich versichere Ihnen, daß ich mich in Bombay ausführlich nach Father Adam erkundigen werde. Sollte es sich herausstellen, daß er ein Feind dieser Gesellschaft ist, so kann er ausgewiesen werden.»

Sie schaute ihn spöttisch an. «Und wie lange dauert so etwas, Inspector? Es bleiben uns ganze zwölf Tage, nein, nicht einmal mehr zwölf. Nein, Inspector, das hat keinen Sinn.»

Begum Roshan ging zum Fenster hinüber und schaute so angespannt in die samtene Finsternis hinaus, als liege dort die Antwort auf ihr Problem verborgen.

Und offenbar hielt die Nacht tatsächlich die Lösung bereit.

«Ja», sagte sie und wirbelte herum, «das ist es. Ich weiß jetzt, was wir tun müssen.»

Wieder spürte er, wie ihn der Ärger übermannte. Diesmal fühlte er sich davon überrannt wie von einer tausendhufigen Mustangherde. Diese Verrückte. Diese Hysterikerin mit ihren hochtrabenden Redereien, was alles zu tun und nicht zu tun sei, und wenn es nicht getan werde, gehe die Welt unter. Warum wollte sie nicht begreifen, daß man hier nur eines tun konnte: die Tatsachen zu akzeptieren? Warum ließ sie nicht einfach die Finger von der Sache?

Und was ging nun wieder in ihrem Kopf vor?

«Ja, *madam*?»

«Wir werden folgendes versuchen. Ich sage Raman Bescheid, daß er Sie mit dem Wagen in die Stadt fährt, und zwar zum Bahnhof. Dort verabschieden Sie sich von ihm. Aber sobald der Wagen weg ist, gehen Sie zu Mr. Dhebar in die Redaktion des *Sputnik*. Ich werde es Ihnen aufzeichnen. Wenn Sie ihm sagen, daß Sie von mir kommen, wird er Sie für diese Nacht dort schlafen lassen. Er tut alles für mich, ich weiß auch nicht, warum. Morgen früh borgen Sie sich seinen Motorroller und kommen hierher zurück. Zu der Zeit ist der Mann, der die Gärten bewacht, längst weg. Sie können sich also dort irgendwo verstecken.»

Während sie sprach, waren die Einwände in ihm nur so hochgeschnellt, wie Zielscheiben auf einem Schießstand. Endlich fand er Gelegenheit, wenigstens einen zu artikulieren.

«Aber ... ich fürchte ... es wird nicht so einfach sein. Ich kann mich doch unmöglich im Garten verstecken. Ich wüßte nicht wo.»

«Aber Unsinn. Da gibt es eine Menge Möglichkeiten. Der Generatorschuppen zum Beispiel. Ein ausgezeichnetes Versteck. Außer Raman kommt niemand vom Personal auch nur in die Nähe. Wir haben ihnen nämlich erzählt, daß es dort spuke. Schon allein wegen Sikander.»

«Aber Raman wird mich finden. Und er wird es Sir Asif sagen.»

Begum Roshan richtete sich zu ihrer vollen Größe auf. Sie hatte jetzt etwas von einer Rani. «Sie werden eben dafür sorgen, daß er Sie nicht findet. Das kann doch kein unüberwindliches Problem sein. Er wirft abends den Generator an. Das ist das einzige Mal, daß er den Schuppen betritt. Er füllt Brennstoff ein, und der reicht bis Mitternacht. Das ist alles. Während dieser Zeit werden Sie ihm eben aus dem Weg gehen.»

So konnte es gehen. Dennoch zögerte er mit seiner Zustimmung. Der Befehlston, in den Begum Roshan verfallen war, gefiel ihm nicht. Also machte er noch einen zweiten Einwand.

«Selbst wenn das alles kein Problem sein sollte – aber wie soll ich von meinem Versteck im Garten aus herausfinden, wer der Absender dieser Morddrohungen ist?»

Begum Roshan wischte die Frage mit ihrer dünnen, schmalfingrigen Hand beiseite.

«Sie werden es schon schaffen. Am Nachmittag können Sie hierherkommen ins Haus, da schlafen ohnehin alle. Und wenn es soweit ist, können Sie meinen Vater beschützen. Dieser Mann schreibt ja, daß er bis zum dreißigsten Jahrestag der Urteilsverkündung warten will.»

«Ja, ja, das ist alles recht schön und gut ...»

«Nein, Inspector, Sie müssen es tun. Sie müssen. Ich möchte nichts mehr hören.»

Und bevor er noch etwas hatte erwidern können, war sie hinausgerauscht. Zurück blieb, verursacht von der Bewegung ihres Chiffon-Saris, ein kleiner Wirbel in der heißen, stickigen Luft.

10

Wieder ging Ghote hinter Ramans weißer Jacke her durch die Gärten in Richtung Fluß. Wieder war da die Abfolge der Gerüche und Düfte: erst süß und schwer, dann das herbere Aroma der Zitronen. Der Mond war am Untergehen. Er stand bereits hinter dem schwarzen Schattenriß der sinnlos gewordenen Uferbefestigung. Es war nicht leicht, dem Verlauf des Trampelpfads durch die Gärten zu folgen; die Öllampe, die Raman vor sich hertrug, nützte wenig.

Wie sollte er sich verhalten? Sollte er auf Begum Roshans Schnapsidee eingehen, den Generatorschuppen als Versteck und Lauschposten benützen und von dort aus das Haus unter Kontrolle zu halten versuchen? Oder sollte er nicht lieber akzeptieren, daß ihn Sir Asif höchstpersönlich entlassen hatte, nach Bombay zurückkehren und berichten, daß seine Mission gescheitert war?

Keine gerade angenehme Aussicht. Aber schließlich hatte der Richter seine ursprüngliche Einwilligung dazu, daß ein Polizeioffizier ins Haus kam, widerrufen. Man bestand besser nicht darauf, ihn weiterhin beschützen zu wollen. Er lehnte jede Art von persönlichem Schutz ab, und zwar gnadenlos. Dennoch: so einfach davongejagt zu werden, das tat weh.

Und war Begum Roshans Plan wirklich so lächerlich? Immerhin eröffnete sich ihm dadurch die wenn auch noch so schwache Aussicht, doch noch seiner Verpflichtung nachzukommen. Deshalb hatte er ja auch schließlich alle Einwände unterdrückt und zugestimmt, daß Raman instruiert wurde. Nur sah er das noch nicht vor sich: wie er in der *Sputnik*-Redaktion aufkreuzte und den Motorroller des Herausgebers zu entlehnen begehrte. Diese Vorstellung war vorläufig noch etwas sehr abstrakt.

Raman, der Ghotes Ungetüm von Koffer elegant auf dem Kopf balancierte, blieb stehen.

«Sahib, würden Sie jetzt bitte Schuhe und Socken ausziehen?»

Man hatte das Ufer des Flusses erreicht.

Ghote setzte sich in den trockenen Sand, der fein wie Mehl war, und zog erst den einen, dann den anderen Schuh, schließlich beide Socken aus.

«Fertig.»

Den Weg durch die Gärten hatten sie schweigend zurückgelegt. Raman fungierte deutlich als Sir Asifs Stellvertreter: an seiner Stelle und in seinem Auftrag war der mißliebige Gast vom Grundstück zu entfernen.

Sir Asif hatte natürlich durch Abwesenheit geglänzt, als Ghote sich verabschiedete. Zweifellos hatte er sich in der Bibliothek eingeschlossen. Niemand hatte sich am Fenster gezeigt, keine Gardine war gelüftet worden, keine weiß gestärkte Pagri war zu sehen gewesen, kein Gesicht darunter, das insgeheim Ghotes Abzug beobachtete, auch nicht für einen winzigen Augenblick. Nein, der alte Mann saß mit an Sicherheit grenzender Wahrscheinlichkeit in seinem Sessel neben dem Tischchen mit den Einlegearbeiten aus Elfenbein, und die Lampe warf ihren Schein auf irgendwelche Gedichtzeilen in Urdu. Selbstredend verschmähte man es, an einen Gast, der die Gesetze des Hauses verletzt hatte, auch nur einen einzigen Gedanken zu verschwenden.

Raman hielt die Lampe über seinen Kopf. Sie kletterten in das Flußbett hinunter, was einige Mühe kostete, denn es war schwierig, festen Halt für die Füße zu finden. Dann mußten sie ein Stück durch das lauwarme Wasser des Flusses waten, das die Waden angenehm umschmeichelte.

Am anderen Ufer blieb Raman wieder stehen, damit sich Ghote Sokken und Schuhe anziehen konnte.

Er wäre in dem verlockend warmen Sand gern barfuß weitergegangen. Aber schließlich hatte er unter Sir Asifs Dach geweilt, mit ihm an einem Tisch gesessen; er hatte sich also, das wurde zweifellos auch jetzt noch von ihm erwartet, zu benehmen wie ein Gentleman.

Aus einer Baumgruppe in der Nähe war plötzlich der heisere Schrei eines Kokila zu hören, den der Schein der Laterne aufgescheucht haben mochte.

«Sahib fertig?»

«Ja.»

Zum Schuppen, in dem der Wagen stand, einer Art Wellblechhütte ähnlich dem Gehäuse des Generators, war es nicht mehr weit. Raman setzte den Koffer ab – ob er wohl einen Gentleman mit so einem Koffer verachtete? –, öffnete das Vorhängeschloß und zog die Türflügel zur Seite, die markerschütternd kreischten.

Der Strahl der rußenden Laterne fiel auf ein wahrhaft fürstliches Automobil. Man konnte zwar nicht jedes Detail erkennen, dafür lag der Staub viel zu dicht, waren die Spinnweben viel zu lange unberührt geblieben. Aber der Wagen hatte einen Kühlergrill aus silbrig glänzendem Metall, dahinter eine langgestreckte Motorhaube und wiederum dahinter ein niedriges, geducktes Segeltuchverdeck. Neben dem Fahrersitz war eine Gummihupe angebracht.

Ein Rolls-Royce? Wohl kaum. Da hätte über dem Kühler eine Art Göttin schweben müssen. Aber ein Bentley konnte es sein. Oder hatte es da nicht einmal eine Firma gegeben, die Daimler hieß? Was auch immer es war: es war mindestens so alt wie die Madurai-Verschwörung: ein Überbleibsel aus einer längst vergangenen Zeit.

«Bitte hier, Sahib.»

Raman ging mit hoch erhobener Lampe zur hinteren Tür und öffnete sie mit Würde. Auf dem breiten Ledersitz lag ein toter Gecko, den Ghote erst wegzuschnippsen wagte, als Raman nicht mehr hinsah, denn es galt auch hier, Haltung zu bewahren.

Wie lange es wohl brauchte, bis das betagte Vehikel ansprang?

Aber Ghote hätte sich keine Sorgen zu machen brauchen. Raman kletterte auf den Fahrersitz, und in dem Augenblick, als er einen Knopf auf dem Armaturenbrett aus poliertem Holz berührte, schossen zwei gleißende Strahlen aus den Scheinwerfern, die das flache Land meilenweit in Licht zu tauchen schienen. Und nach einem weiteren Knopfdruck war auch der Motor da: ein tiefes Schnurren wie aus Tigerkehlen.

Sanft glitten sie in die Nacht hinaus.

Doch wurde bald ersichtlich, daß man nicht schneller als fünfzehn Meilen die Stunde zu fahren gedachte. Offenbar wünschte Sir Asif auf seinen seltenen Ausfahrten in dieser Geschwindigkeit zu reisen. Kein Wunder, daß das ehrwürdige Fahrzeug unter Schichten aus Staub und Spinnweben in ausgezeichnetem Zustand war.

Man würde auch mit fünfzehn Meilen in der Stunde die Stadt noch schnell genug erreichen. Aber Ghote wollte die Zeit zwischen Start und Ziel nicht ungenutzt verstreichen lassen: vielleicht ließ sich Raman ein wenig ausholen.

Ein erster Versuch, am Abend seiner Ankunft, war fehlgeschlagen. «Oh, Sahib, Sir Asif hat gesagt, ich soll nichts sagen.»

Aber jetzt, da es so aussah, als verlasse er als Besiegter das Schlachtfeld, ließ sich der Bursche vielleicht doch ein paar Informationen aus der Nase ziehen, die ihm später nützlich sein konnten, sei es, daß er nach Bombay fuhr – in das lärmende, grobe, vulgäre, zärtliche, das ach so weit entfernte Bombay, nach dem er sich so sehnte –, sei es, daß er doch noch auf Begum Roshans absurden Plan einging und von dem Versteck im Generatorschuppen aus operierte, der auch kaum weniger weit vom Schauplatz entfernt war.

Er mußte es versuchen. Zwar rief eine innere Stimme: «Vergiß es, du hast getan, was du konntest, die Sache ist für dich erledigt.» Trotzdem: er mußte es versuchen. Wenn Sir Asif unerschütterlich an dem festhielt, was er als seine Pflicht erachtete, nun: Inspector Ganesh Ghote war aus dem gleichen Holz geschnitzt.

Er beugte sich auf dem breiten, überaus wohlgefederten Ledersitz nach vorn und schob die Trennwand aus Glas, die zwischen ihm und dem Fahrersitz eingebaut war, beiseite.

«Raman, weißt du eigentlich, daß jemand deinen Herrn ermorden will?» begann er ohne viel Umstände, und zwar in Urdu, denn auch der Richter pflegte sich in dieser Sprache mit Raman zu verständigen.

«Oh, Sahib, sie haben ihn schon oft ermorden wollen. Aber er hat sie alle immer nur verachtet.»

«Ja, früher. Aber weißt du, daß er auch heute immer noch solchen Drohungen ausgesetzt ist?»

«Der Richter Sahib würde ihnen keine Beachtung schenken.»

Ghote ließ sich in das Polster zurückfallen. Raman hielt die Schultern hochgezogen und den Rücken durchgedrückt. Der Wagen glitt mit immer der gleichen Geschwindigkeit durch die Nacht, und die starken Scheinwerfer durchschnitten gleichmäßig das samtene Dunkel.

Ramans Antworten hatten hinhaltend, ja widerspenstig geklungen. Aber hatte er nicht indirekt zugegeben, daß er wußte, was in den mysteriösen Botschaften stand, die sein Herr erhalten hatte? Daß solche Briefe angekommen waren, das zumindest mußte ihm bekannt sein. So etwas entging einem Diener nicht, der seinen Lebenszweck darin sah, auf jedes Detail zu achten, das für seinen Herrn wichtig sein konnte. Aber vielleicht wußte er tatsächlich nur, daß die Briefe existierten, nicht, was darin stand.

Aber im allgemeinen würde sich ein Mann wir Sir Asif seinem Diener nicht anvertrauen, gleichgültig, wie lange dieser schon in seinen Diensten stand.

Aber Raman konnte aus der veränderten Haltung seines Herrn den Schluß gezogen haben, daß etwas nicht stimmte. Der Alte hatte zwar, als er die jüngste Morddrohung las, keinerlei Bewegung gezeigt. Aber die in rascher Folge eingehenden Briefe konnten selbst ihn nicht gleichgültig gelassen haben. Und Raman hatte spitzgekriegt, daß das Verhalten seines Herrn seine Ursache in diesen Briefen hatte, und sich dann selbst ein wenig als Detektiv betätigt.

Leute wie er waren nicht im offiziellen Sinn gebildet zu nennen, doch verfügten sie häufig über ein erhebliches Quantum an Intelligenz.

Ghote sah, daß er eine Strategie der Umgehung einschlagen mußte. Die Festung aus Gehorsam und hinhaltendem Widerstand, hinter der sich Raman offensichtlich zu verschanzen gedachte, war wohl anders nicht zu knacken.

Er beugte sich wieder nach vorn und legte eine angelegentliche Freundlichkeit in seine Stimme.

«Du bist doch schon sehr, sehr lange in Sir Asifs Diensten, nicht?»

«Ja, Sahib.»

Schweigen.

Die Festung war wohl noch weitläufiger, als er angenommen hatte. Der Bursche schien sich in ihren Mauern komplett eingeigelt zu haben.

«Dreißig Jahre, Sahib. Und mehr.»

Gott sei Dank, er sprach. Er plauderte. Das mußte man ausnützen.

«Dreißig Jahre? Das ist eine lange Zeit, wirklich. Wo bist du in seine Dienste getreten? Unten im Süden?»

«O ja, Sahib. Weit unten im Süden, wo ich geboren bin.»

Erneutes Schweigen. Der Redefluß schien wieder versiegt zu sein. Und der große alte Wagen fraß sich sachte durch die Nacht, und der Strahl seiner Scheinwerfer reichte weit nach vorn. Ghote wünschte, das Tamil besser zu beherrschen, dann hätte er sich mit Raman in dessen Muttersprache verständigen können. Er wäre jede Wette eingegangen, daß das Ramans Zunge gelöst hätte. Er lächelte viel zu häufig, als daß man ihn nicht für ein im Grunde seines Herzens sonniges Gemüt halten mußte. Er plauderte zweifellos gern. Aber eine flüssige Unterhaltung in Tamil überstieg Ghotes Möglichkeiten.

Also mußte er es weiterhin mit seinem holprigen Urdu versuchen. «Bist du vorher schon in anderen Diensten gewesen, bevor du zu Sir Asif kamst?»

«O nein, Sahib.»

Schweigen. Sie hatten inzwischen das Dorf hinter sich gelassen und fuhren auf einer richtigen Straße. Die großen Reifen sangen auf dem staubigen Asphalt. Die Zeit glitt rasch dahin.

«Nein, Sahib, vorher war ich nirgends im Dienst. Ich war im Gefängnis.»

«Im Gefängnis?»

Was für eine Information! Darauf war er auf seinem Weg durch die Festungsmauern am wenigsten gefaßt gewesen.

«Als Untersuchungsgefangener. Viele Monate lang.»

Das kam auch heute noch vor, dachte Ghote. Die Zustände hatten sich seit den Tagen der Briten womöglich noch verschlechtert. Man wurde nur immer wieder dem Untersuchungsrichter vorgeführt, mußte aber endlos auf den Prozeßbeginn warten.

Aber was hatte Raman, das hufeisenförmig lächelnde Federgewicht Raman denn so Schreckliches verbrochen, daß er ins Gefängnis mußte?

«Aber weswegen warst du denn in Untersuchungshaft?»

«Oh, Sahib, weil ich jemanden getötet habe.»

«Getötet? Wen denn?»

Ghote traute seinen Ohren nicht. Im Prinzip war ihm wohl klar, daß Leute von Ramans Art, die so unschuldig, unbekümmert, ausgeglichen und ehrlich wirkten, durchaus aus heiterem Himmel zu Mördern werden konnten. Doch wäre ihm nie im Leben eingefallen, daß des Richters

Haus einen Mörder barg, schon gar nicht Raman, den lächelnden, aufmerksamen, geschäftigen Raman.

Aber wenn er wirklich einen Mord begangen hatte, warum war er dann hier? Wieso stand er in Sir Asifs Diensten, und das schon so lange? Vielleicht war die Tat so beschaffen, daß die Todesstrafe nicht in Frage kam? Aber eine längere Gefängnisstrafe mußte sie ihm doch allemal eingebracht haben. Wie war das zu erklären, daß hier ein Mann von annähernd fünfzig Jahren saß, einen Mord begangen hatte und andererseits schon seit mehr als dreißig Jahren in Freiheit war?

«Meinen Vetter, Sahib.»

«Deinen Vetter?»

«Ja, Sahib. Er war ein Jahr jünger und immer sehr, sehr eifersüchtig auf mich, weil sein Vater mich lieber mochte als ihn. Ich war gerade achtzehn, da ist er eines Tages auf mich losgegangen. Mit einem Messer, Sahib. Aber ich habe ihm das Messer abgenommen, und dann habe ich ihn getötet.»

Ghote überlegte, wie sich das damals zugetragen haben konnte. An sich hätte man Raman nach einer solchen Tat nicht freilassen dürfen. Es schien zwar kein vorsätzlicher Mord gewesen zu sein, aber es klang doch ganz so, als sei die Tat um ein gutes Stück überlegter gewesen als ein bloßer Unfall während einer tätlichen Auseinandersetzung.

«Du hast also deinen Vetter getötet und bist anschließend verhaftet worden. Du warst also jetzt in Untersuchungshaft. Und wie lautete die Anklage?»

«Auf Mord, Sahib, auf Mord.»

«Aber ... du bist dann nicht lange im Gefängnis gewesen.»

«O nein, Sir, der Richter Sahib sprach mich frei.»

Jetzt war Ghote vollends vor den Kopf geschlagen. Der Richter also, Sir Asif, war für die Freilassung dieses Mannes verantwortlich, der nach seinem eigenen Zeugnis seinen Vetter erschlagen hatte? Sir Asif also hatte ihm die Anklage wegen Mordes vom Hals geschafft? Der Richter, der wie von Furien gejagt schien, seitdem er damals zu menschlich gegen den Vaishnavite-Vorsänger gewesen war, der dann seine möglicherweise sündige Tochter erschlagen hatte? Das ergab keinen Reim. Das ergab einfach keinen Reim.

«Raman, weißt du noch, wieso dir der Richter, ich meine, Sir Asif, die Freiheit geschenkt hat? Kannst du dich noch daran erinnern?»

«O Sahib, er sagte, es ist wegen dem Bus. Ich habe überhaupt nicht verstanden, was für einen Bus, aber so hat er gesagt. Auf englisch, Sahib. ‹Falsch im Omnibus›, hat er gesagt. Aber das war gar nicht der Grund, warum er mich frei ließ. Sondern ich sollte sein Diener werden. Wie er gehört hat, daß ich nicht in mein Dorf zurück will, hat er gesagt: ‹Du hättest eigentlich dreißig Jahre sitzen müssen. Aber ich brauche gerade einen Diener. Glaubst du, daß du das könntest?› Und ich habe ihm gesagt: ‹Richter Sahib, ich will Ihnen mein ganzes Leben lang dienen.›»

Ghote kam ein Lachen an.

Gleichzeitig hätte er schreien mögen.

Er glaubte, die Situation plastisch vor sich zu sehen, das Mißverständnis mit Händen greifen zu können, das nun schon seit Jahren in Ramans Kopf saß. *Falsus in uno, falsus in omnibus.* Der Richter selbst hatte dieses römische Rechtsprinzip zitiert, als er ihm von dem Fall des Vaishnavite-Vorsängers erzählt hatte. Kein Zweifel, daß auch Raman seine Freiheit diesem Prinzip verdankte. Auch sein Fall hatte sich auf dem Land abgespielt. Auch hier hatte offenbar jemand versucht, die Beweise zu frisieren, wahrscheinlich auf noch schamlosere Weise als bei dem Vorsänger. Und der Richter hatte daraufhin, völlig korrekt und den Buchstaben des Gesetzes entsprechend, verfügt, daß die Anklage fallengelassen wurde, da die Staatsanwaltschaft mit gefälschten Beweisen gearbeitet habe. Und Raman, dessen armes Hirn seitdem immer wieder das halbverstandene englische Wort «Bus» repetierte – und was heute ein Bus ist, wurde damals häufig noch «Omnibus» genannt –, hatte geglaubt, daß Sir Asif, der gerechteste aller Richter, irgend etwas Unfaßbares, das aber mit einem Bus zu tun hatte, herangezogen hatte, um Raman, statt ihn ins Gefängnis zu schikken, zu seinem Diener zu machen.

Es war zum Lachen und gleichzeitig zum Weinen.

Doch dazu war jetzt, während sich die Scheinwerfer unbeirrt weiter durch die Nacht fraßen, keine Zeit. Es war ihm gelungen, Raman in eine gesprächige Stimmung zu versetzen, und das galt es auszunützen: er mußte ihm möglichst viele Informationen über die derzeitigen Bewohner des Hauses aus der Nase ziehen, das nun mit jeder Minute weiter zurückglitt: über Menschen und Schreibmaschinenbenützer, die sich Tag für Tag durch sein schwer lastendes Schweigen bewegten.

Doch wo beginnen?

«Du stehst also jetzt schon seit dreißig Jahren oder noch länger bei Sir Asif in Diensten. Hast du während dieser Zeit auch seinen Sohn, Sikander Sahib, bedient?»

Damit ging es vielleicht. Damit war die Mauer vielleicht zu umgehen. Zeig ihm, daß du ohnehin alles weißt, und er glaubt dir alles.

«Nein, Sahib. Sikander Sahib habe ich nicht von Anfang an bedient.»

Es funktionierte. Raman hatte nicht eine Sekunde mit seiner Antwort gezögert.

«Erst habe ich nur den Richter bedient. Als er dann Begum Roshan ins Haus geholt hat, habe ich auch sie bedient. Damals war noch eine alte Ayah bei uns, eine alte Frau namens Gangubai, und die hat Sikander Sahib immer das Essen gebracht. Erst als sie gestorben ist, hat der Richter Sahib gesagt, ich soll ihm sein Essen bringen.»

«Und hast du das gern gemacht? War Sikander Sahib schon immer so, wie er jetzt ist?»

«O Sahib, das wechselt. Manchmal ist er tagelang ganz ruhig. Wenn er ein Memborandum macht.»

«Ein was?»

«Ein Memborandum, Sahib. Das bedeutet, daß er der Regierung etwas Wichtiges mitteilt. Manchmal macht er sogar ein Memborandum für den Kaiser von Indien.»

Memboranden für den Kaiser von Indien. Natürlich. Der arme Sikander lebte immer noch unter britischer Herrschaft. Er teilte der obersten Autorität die Beschwerden und Nöte seines unterjochten Volkes mit.

Aber Ghote durfte den Faden jetzt nicht abreißen lassen. Er mußte Raman am Plaudern halten, mußte mehr erfahren, solange noch Zeit blieb.

«Und wenn er seine ruhigen Tage hat – darf er dann das Fort verlassen?»

«O nein, Sahib. Seit ich hier bin, ist er noch nie herausgelassen worden. Das wäre nicht sicher, Sahib. Und ich war ja schon hier, bevor der Richter Sahib in den Ruhestand ging. Mai Ferien, Oktober Ferien.»

Raman war wieder ins Englische verfallen. Ghote war ordentlich stolz darauf, daß es ihm gelungen war, die arg mißbrauchten Silben zu entwirren. Doch war jetzt nicht die Zeit, sich auf seinen Lorbeeren auszuruhen.

«Und Anand Baba, wie lange kommt er schon ins Haus?»

«Oh, Sahib, schon seit vielen Jahren. Früher war er ein guter Freund von Sikander Sahib. Sie waren beide für die nationale Sache. Aber dann ist Sikander Sahib krank geworden, und Anand Baba, der damals noch nicht so hieß, ist manchmal gekommen, um nach ihm zu sehen. Und später, als er schon sein anderes Gewand trug, ist er wieder ziemlich oft gekommen.»

«Ich verstehe. Und dieses Mal ist er schon lange da?»

«O ja, Sahib. Er wandert jetzt in der heißen Jahreszeit nicht mehr so viel wie früher. Er wird allmählich alt. Diesmal ist er schon eine Ewigkeit hier.»

«Seit der Richter diese Zettel bekommt?»

Ein Fehler. Er wußte es, kaum daß er zu Ende gesprochen hatte. Er hatte zwar die Außenmauern von Ramans Verteidigungsanlage überwunden, aber es gab da noch einen inneren Wall, und wenn man den knacken wollte, brauchte man mehr dazu als nur ein bißchen Schläue.

Raman zog die Schultern ein, und zum erstenmal gewann der Wagen spürbar an Geschwindigkeit.

Zehn schweigsame Minuten später hielten sie vor dem Bahnhof der

Stadt. Ghote nahm sein traurig anzusehendes Gepäckstück entgegen und gab Raman ein kleines Trinkgeld, wobei mit einemmal der Schreibtisch in seinem Büro in Bombay vor seinem inneren Auge erschien und auf diesem das unverkennbare, bräunlich-weiße Formular für die Spesenabrechnung.

«Vielleicht fährt noch ein Zug. Wenn nicht, gehe ich solange in den Warteraum.»

«O ja, Sahib. Gute Nacht, Sahib. Vielen Dank, Sahib.»

Der große Wagen wendete, wobei seine Scheinwerfer in weitem Bogen die ganze Umgebung beleuchteten, und schnurrte davon.

Doch dachte Ghote inzwischen nicht mehr daran, das Bahnhofsgebäude zu betreten, etwa den Stationsvorsteher aus dem Bett zu läuten, die Bequemlichkeiten zu inspizieren, die der Warteraum bot, etwa zu verlangen, daß jemand geweckt wurde, der erst einmal saubermachte, und dann eine ruhige Nacht hier zu verbringen. Wenn er den Bahnhof betrat, dann nur, um ein paar Telegramme nach Bombay aufzugeben und anzufragen, was über Father Adam und Mr. Dhebar bekannt war. Doch hatte Ghote nicht mehr die Absicht, auf einen Zug zu warten. Er hatte auf dieser gemächlichen Reise durch die Nacht viel zuviel erfahren, als daß es noch eine Frage gewesen wäre, was er zu tun hatte.

11

Er ging durch die im Dunkeln liegenden Straßen der Stadt. Gleich hinter dem Bahnhof mußte er sich seinen Weg durch ein Gewirr von zweirädrigen Tongas bahnen, und der Geruch der in der Nähe angebundenen Pferde lag schwer in der nächtlichen Luft. Er kam an einem Kino, an zwei kleinen Tempeln und einem Missionscollege vorbei. Und während er ging, wurde ihm die Tragweite seiner Aufgabe immer deutlicher bewußt. Gut, vielleicht war das, was ihm Raman während der Fahrt erzählt hatte, doch nicht ganz so aufregend. Aber er hatte jetzt immerhin ein paar handfeste Informationen, in die er sich verbeißen konnte.

Er hatte jetzt immerhin einigen Stoff zum Nachdenken. Da war einmal der Heilige. Nüchtern betrachtet war er nun eindeutig als verdächtig einzustufen. Er hatte, soviel war jetzt klar, die Gelegenheit gehabt, die Drohbriefe zu placieren. Er war während der ganzen Zeit Gast des Hauses gewesen, und er hatte natürlich auch die Mittel, die Briefe zu schreiben. Er war ein gebildeter Mann, und es brauchte nur irgendwo im Haus eine Schreibmaschine zu stehen, und natürlich stand da irgendwo eine, dann konnte er die Drohbriefe durchaus darauf geschrieben haben. Ebenso klar war aber nun auch, daß er ein mögliches Motiv hatte. War er nicht damals ein glühender Nationalist gewesen, mit dem tollwütigen

Sikander Ibrahim befreundet und darüber hinaus wohl auch dessen Mentor? Es war leicht vorstellbar, wenn auch im einzelnen noch nicht begründbar, daß er mit seiner Rache bis jetzt gewartet hatte: eine Rache des langen Atems an einem Mann, der vor Jahren im Prozeß gegen die Madurai-Verschwörer die Todesstrafe verhängt hatte.

Aber Ghote hatte noch etwas anderes erfahren, vielmehr: erfahren, daß etwas nicht der Fall war: Sikander Ibrahim war mit Sicherheit nicht die gesuchte Person. Er hatte sein Gefängnis unter den Ruinen des Forts nie verlassen, das wäre für alle viel zu riskant gewesen. Der Mann war wie ein Vulkan, der jede Sekunde ausbrechen konnte, gleichgültig, wie viele «Memboranden» er an den Kaiser von Indien gerichtet haben mochte. Und wenn man ihn freiließ, würde er Tod und Vernichtung speien. Dies alles schloß ihn, so seltsam es vielleicht auch klingen mochte, aus dem Kreis der Anwärter auf den Mord aus.

Als positiv hingegen war ein anderes Ergebnis der Autofahrt mit Raman zu bezeichnen: Begum Roshan war nicht freiwillig in das Haus ihres Vaters gezogen. «Als er dann Begum Roshan zu sich ins Haus geholt hat ...» – das waren Ramans Worte gewesen. Und sie war dageblieben, hatte nicht geheiratet, nur immer die Jahre vorüberziehen sehen. Begum Roshan hatte allen Grund, ihren Vater zu hassen. Dennoch war nicht ersichtlich, warum sie so lange hätte warten sollen, bevor sie handelte. Wobei noch immer unklar blieb, was sie sich von diesen Drohbriefen, wenn sie denn die Absenderin war, wirklich erhoffte. Aber Ghote betrachtete schon allein das Faktum als einen Gewinn. Es war eine große Erleichterung, wenn man wenigstens ein paar harte Tatsachen in Rechnung stellen konnte.

Etwas, worein man seine Zähne schlagen konnte.

Begum Roshans Lageskizze hatte er genau im Kopf. Er hatte sie unter der einzigen Straßenlampe, die er finden konnte, ausführlich studiert und fand die Straße, in der sich die Redaktion des *Sputnik* befand, sofort. In einem der letzten Häuser der Straße kam aus einem Fenster im ersten Stock noch ein schwacher Lichtschein.

Er stellte sich Mr. Dhebar vor, wie er da oben saß und bis spät in die Nacht hinein an einem seiner vielen Leitartikel feilte, mit denen er die Erweckung Indiens betrieb, wobei ihm diese und jene Unterstützung durch die schneidenden Kommentare des Mannes, der die Madurai-Urteile gefällt hatte, zuteil wurde.

Er folgte der schmalen Straße, so rasch er konnte, achtete dabei aber sorgsam darauf, nicht in die in der Mitte verlaufende flache Abwasserrinne zu treten.

Als er endlich vor dem Haus stand, aus dessen oberem Stockwerk der schwache Lichtschimmer kam, sah er auch das schmucke weiße Schild neben der Eingangstür, worauf in würdiger, aber auch sehr schwungvoller Art und Weise das Wort «Sputnik» gemalt war. Darunter war, in zwar kleineren, aber nicht minder würdevollen Lettern der Name des Herausgebers angebracht, versehen mit dem Zusatz, daß dieser Bachelor of Arts der Universität Ahmedabad war.

Ghote klopfte. Woraufhin sich nichts ereignete. Also klopfte er abermals. Auch jetzt blieb alles still, als sei das Haus völlig ausgestorben. Das Licht aus dem Fenster im ersten Stock fiel schwach, aber unverändert auf die Straße. Ghote klopfte ein drittes Mal, jetzt aber kräftig und anhaltend. In der Nachbarschaft begann ein Hund zu bellen.

Aber auch an dem Fenster über ihm war jetzt eine Bewegung zu sehen. Ein Schatten zeigte sich, dann ein bleiches Gesicht.

«Mr. Dhebar», rief Ghote, «ich bin's, Dr. Ghote. Wir sind uns bei Sir Asif Ibrahim begegnet.»

«Einen Augenblick. Ich komme hinunter.»

Lange Pause. Dann das Klappern von Sandalen auf der Treppe. Danach ein Geräusch, nicht, als würde die Kette von der Tür losgehakt, nein, viel vorsichtiger: als würde sie erst einmal vorgelegt. Wenig später öffnete sich die Tür um einen Spalt von einer Handbreite.

Das birnenförmige Gesicht Mr. Dhebars lugte ins Freie und schien absolut entschlossen, niemanden ohne strenge Prüfung über die Schwelle zu lassen: es hätte sich ja jemand der vielen geheimen Drähte bemächtigen können, die hier in der *Sputnik*-Redaktion zusammenliefen.

«Begum Roshan sagte mir, ich könne zu Ihnen kommen», sagte Ghote, der inzwischen davon überzeugt war, daß der Herausgeber der Tochter des Richters durchaus nicht immer aufs Wort folgte.

Aber ihr Name wirkte dann doch wie ein Losungswort.

«Begum Roshan schickt Sie?» Mr. Dhebars kummervolles Gesicht hellte sich auf. «Aber kommen Sie doch herein, kommen Sie. Wenn Begum Roshan Sie schickt, sind Sie mehr als willkommen.»

Die Kette wurde eilig losgehakt, die Tür schwang auf, und Ghote trat ein. Eine steile Treppe führte in den ersten Stock, und in dem diffusen Licht, das von oben kam, war zu erkennen, daß das ganze Erdgeschoß aus einem einzigen Raum bestand, einer Art Schalterhalle, die durch einen Tresen in zwei Hälften geteilt wurde. An der jenseitigen Wand hing eine große Uhr mit lateinischen Ziffern, deren Zeiger proklamierten, es sei fünf Uhr. Vor dem langen Schaltertisch war Mr. Dhebars Motorroller aufgebockt.

Beflügelt von diesem Anblick erklärte Ghote seinem Gastgeber so genau wie möglich, was er von ihm wollte, vermied es aber zu begründen, wodurch dieses kuriose Manöver nötig geworden war. Noch während er sein Anliegen vorbrachte, kam es ihm als eine ungeheure Frechheit vor: es überstieg die Grenzen einer höflichen Bitte bei weitem.

Aber Mr. Dhebar stimmte zu, ohne auch nur einen Augenblick zu zögern.

«Ja, ja. Alles klar. Und zwar sollten Sie eine Stunde vor der Dämmerung aufbrechen. Der Roller ist nicht gerade übermäßig schnell, aber, das darf ich sagen, zuverlässig, äußerst zuverlässig. Ich habe auch einen Wecker. Sie werden also auf jeden Fall rechtzeitig aufstehen können. Ja, ja, wenn Begum Roshan es wünscht, werde ich alles tun, was in meiner Macht steht.»

Aber dann trat plötzlich ein Ausdruck des Zweifels, ja der Schläue in Mr. Dhebars Augen. «Es sei denn, Sie wollten nur deshalb dorthin zurück, um sich mit Begum Roshan heimlich zu treffen. Das ginge natürlich zu weit.»

Ghote schaute ihn in dem dämmerigen Licht ausdruckslos an.

«Entschuldigen Sie. Ein Scherz», sagte Mr. Dhebar hastig. «Entschuldigen Sie. Ich war nicht sehr geschmackvoll.»

Danach fühlte sich Ghote womöglich noch elender. Es hatte keineswegs nach Scherz geklungen. Er versuchte ohne viel Erfolg, ein Lächeln auf seine Lippen zu zwingen.

«Aber wollen Sie nicht mit hinauf in meine bescheidene Behausung kommen?» fragte Mr. Dhebar mit forcierter Höflichkeit. «Ein Palast ist es allerdings nicht. Wirklich nicht. Aber Sie sind trotzdem herzlich willkommen. Und ein Bett wird sich auch finden für Sie. Der Morgen wird früher da sein als Sie glauben. Viel früher!»

Ghote folgte der massigen Herausgeberfigur die Treppe hinauf. Der Raum, den sie betraten, schien die ganze obere Hälfte des kleinen Hauses einzunehmen. Seine Nächte verbrachte Mr. Dhebar offenbar in einer Ecke des Raums auf einer völlig durchgelegenen Liege. Das Bett selbst war bis zur Unkenntlichkeit entstellt durch ganze Berge von Zeitungen und Zeitschriften. Ganz oben am Gipfel waren sie jeweils noch frisch, doch vergilbt und alt am Fuß der Stapel. Da gab es die *Times of India*, offenkundig mit Nummern, die noch unter britischer Herrschaft erschienen waren. Da lagen ganze Stapel des *Statesman*, der in Kalkutta, und des *Hindu*, der in Madras erschien, beide auch schon ziemlich betagt. Und Dutzende, nein, Hunderte von farbigen Titelblättern des *Illustrated Weekly*. Auch der *Blitz* aus Bombay war da, doch waren seine ehemals grellroten Schlagzeilen zu einem niemanden mehr interessierenden Rosa verblaßt.

Darüber hinaus war der Raum praktisch leer. Nur unmittelbar unter der einzigen, nackten Glühbirne stand ein zerbrechlich wirkendes Tischchen mit einer Schreibmaschine.

Einer Schreibmaschine. Ghotes Blick ruhte mit einer Sehnsucht auf ihr, wie sie nur ein Kind empfinden kann, das auf dem Jahrmarkt vor einem Bonbonstand steht. Er sehnte sich danach, sich ihr zu nähern, ein Blatt einzuspannen und mit der ganzen Fixigkeit des Zweifingersystems einfach zu tippen: Einhundkamindiekücheundstahldemkocheinei, dann das kostbare Beweisstück an sich zu nehmen, irgendwo am Körper zu verstecken und auf die Gelegenheit zum Vergleich zu warten, die mit dem nächsten Drohbrief an Sir Asif unweigerlich kommen mußte. Allerdings war noch völlig unklar, wie er das bewerkstelligen sollte.

Unter Mr. Dhebars Augen, die ihn feierlich betrachteten, kam ein solches Vorgehen natürlich nicht in Frage.

Vielleicht, wenn er einen Moment hinausging? Doch dies tat Mr. Dhebar nicht.

«Fühlen Sie sich wie zu Hause», sagte er statt dessen. «Wenn Sie das Licht nicht stört, arbeite ich einfach noch ein bißchen weiter. Ich muß mein Archiv durchforsten. Es hat sich einiges angesammelt.»

Er legte eine segnende Hand auf den größten Zeitungsstapel, die *Times of India*, und ließ sich dann mit gekreuzten Beinen daneben auf dem Boden nieder, offensichtlich in der Absicht, aus dem Stapel genau dasjenige Stück lang konservierter Vergangenheit zu wählen, das ihn gerade interessierte.

Ghote streckte sich vorsichtig auf der durchgesackten Liege in der anderen Ecke des Raums aus. Dabei mußte er entdecken, daß sie einen Zimmermann noch viel dringender gebraucht hätte, als es ursprünglich den Anschein hatte. Sie hing nicht nur ein wenig durch, sie war regelrecht zusammengebrochen. Und das einzige noch einigermaßen straffe Seil schnitt ihm in die Hüfte wie ein Folterinstrument.

«Ja», fuhr Mr. Dhebar mit sanfter, pflaumenweicher Stimme fort, «diese Zeitungsstapel sind, wie ich zu sagen pflege, meine einzigen wirklichen Freunde. Meine Ratgeber. Sie sagen mir alles, was unser armes, zerrissenes Land erlebt hat, seit wir eine Nation sind. Und ihre Hilfe ist so fruchtbar, daß ich daraus auch lerne, wie ich die Zukunft bestehen kann. Das Licht stört Sie doch nicht?»

Ghote war einen Moment lang versucht, so zu antworten, als habe Mr. Dhebar sich nicht einfach nach einem praktischen Detail erkundigt, sondern eine große moralische Frage aufgeworfen, der er mit seiner Antwort die Luft herauslassen konnte. Doch dafür schuldete er dem Herausgeber zu viel Dankbarkeit.

«Nein, überhaupt nicht. Lassen Sie es ruhig brennen. Es wäre schlimm, wenn Sie sich durch mich von dieser wichtigen Arbeit abhalten ließen.»

«Na ja, ich plage mich oft genug bis tief in die Nacht hinein damit herum. Aber dafür mache ich auch meine kleinen Entdeckungen. Und manchmal sind sie so klein gar nicht.»

Nein, Mr. Dhebar hatte doch wohl ein wenig zu viel Selbstbewußtsein. Ghote schloß die Augen.

Aber Mr. Dhebars pflaumenweiche Stimme blieb unbarmherzig. «Zum Beispiel bin ich hier auch auf Fakten gestoßen, die Begum Roshan betreffen. Fakten, die mir schmerzhaft klargemacht haben, wie traurig ihr Los ist.»

Ghote öffnete die Augen wieder.

Die Bemerkung würde doch so nicht im Raum stehen bleiben. Was würde ihr die vierschrötige Figur, die da recht massig neben den Zeitungsstapeln auf dem Boden saß, noch hinzufügen? Oder sollte sie doch für sich allein stehen und solcherart etwas wie ein Test sein? Wollte Mr. Dhebar herausfinden, ob auch Ghote schon bemerkt hatte, wie traurig Begum Roshans Los war? Ob er, demnach, ihr Vertrauen genoß?

Sollte er den Burschen zum Weiterreden ermuntern? Oder schweigen?

Er entschied sich für Schweigen. Und alsbald ließ Mr. Dhebar einen Seufzer hören.

«Ja, in diesen Stapeln des *Hindu* ist alles festgehalten. Man braucht nur zwischen den Zeilen lesen zu können.»

Noch ein langer, melancholischer Seufzer.

Nun mußte man ihn wohl doch ein wenig bitten.

«Und Sie können zwischen den Zeilen lesen, Mr. Dhebar?»

«Ah, ja, ja. Die arme Frau. Die arme, arme Frau. Zuerst die Ankündigung ihrer bevorstehenden Vermählung. Und der Name des Bräutigams: kein Moslem. Man kann sich leicht vorstellen, was es vor dreißig Jahren hinter der Szene für Kämpfe gegeben haben muß, bevor diese Anzeige erscheinen konnte. Und natürlich war es damit nicht zu Ende.»

«Ja», antwortete Ghote und legte in dieses Wort alle Gewichtigkeit, deren er fähig war.

Wenn er die Geschichte zu Ende hören wollte, würde er noch einige Balanceakte zwischen echter Neugier und purer Heuchelei vollführen müssen.

Er versuchte, eine andere Lage auf der elenden Liegestatt einzunehmen und richtete es so ein, daß nun ein anderer Teil seiner Hüfte der Marter ausgesetzt war.

Im übrigen stimmte es natürlich: vor dreißig Jahren war die Kluft zwischen den Religionen noch viel tiefer als heute, und selbst heute war sie nicht so ohne weiteres überbrückbar. Bevor es so weit war, daß die Hochzeit eines Mädchens mit islamischem Glauben mit einem Mann, der aus einer anderen Glaubensgemeinschaft kam, öffentlich angekündigt werden konnte, mußten in der Tat einige Hindernisse beiseite geräumt werden.

«Ja», sagte er noch einmal, nun seinerseits seufzend, «also die Hochzeit wurde angekündigt. Aber Begum Roshan hat nie geheiratet. Es gab demnach noch eine weitere Anzeige?»

«Ja, ja. So war es. ‹Die zwischen Mr. Soundso ...›, den Namen habe ich vergessen, aber ich kann ihn, wenn Sie wollen, jederzeit finden, ich brauche nur ...»

«Nein, nein, bemühen Sie sich nicht.»

«Nein? Jedenfalls, es war ein junger Rechtsanwalt aus einer angesehenen südindischen Familie. Er hat später eine andere Frau geheiratet, eine aus seiner eigenen Religionsgemeinschaft natürlich. Er lebt übrigens nicht mehr. Aber die zweite Anzeige lautete eben: ‹Die Hochzeit kann nicht stattfinden.›»

«Und nicht sehr viel später zog sich Begum Roshan hierher zurück?»

«Ja, ja, nicht sehr viel später. So habe ich sie verstanden. Es herrscht zwischen uns, wie Sie vielleicht schon bemerkt haben, eine Art unausgesprochener Sympathie.»

«Ja.»

Unausgesprochen: das traf vermutlich den Sachverhalt. Begum Roshan schien jedenfalls nicht viel Zeit für den auf Besuch weilenden Herausgeber gehabt zu haben.

Aber die Information, die ihm der Bursche mit seiner Geschichte lieferte, war interessant genug. Und handfest dazu. Es war da also noch jemand in dem alten Haus, der Korrekturen an seinem Image nötig hatte.

Er schloß wieder die Augen. Doch nahm Mr. Dhebar leider keine Notiz davon.

«Ja», sagte er vielmehr mit sinnendem Unterton, aber es klang gleichzeitig sehr zielstrebig, wie das Brummen eines Käfers. «Ja, heute liegen die Dinge ganz anders. Heute hat eine Mischehe nicht mehr mit so vielen Widerständen zu rechnen. Überhaupt nicht.»

Doch Ghote ignorierte diese feierlich vorgetragenen Betrachtungen.

Noch vor kurzem, unterwegs durch die dunklen Straßen der Stadt, hatte er die Überlegung angestellt, warum um alles in der Welt Begum Roshan so lange hätte warten sollen, wenn sie ihrem Vater mit der Ermordung drohen wollte. Jetzt war ihm ganz unerwartet eine Erklärung dafür geliefert worden. Zweifellos hatte niemand anders als Sir Asif damals, vor dreißig Jahren, die Hochzeit hintertrieben. Und das etwa zur selben Zeit, als er die Madurai-Verschwörer zum Tod verurteilt hatte. Er hatte sozusagen noch einen weiteren Tod auf dem Gewissen: den seelischen Tod seiner Tochter. Ja, es ergab durchaus einen Sinn, wenn Begum Roshan eine Verbindung zwischen dem Madurai-Fall und ihren eigenen, langgehegten Rachegelüsten herstellte.

Vorausgesetzt, es verhielt sich so – wofür es keinerlei Beweise gab. Nach den Hinweisen, die er hatte, kamen alle als Täter in Frage: der Heilige sowohl als der unangenehme weiße «Naxalit» als auch, wenn man so wollte, Mr. Dhebar.

Die Gestalten und Gesichter wechselten in bunter Folge vor seinem inneren Auge. Der Heilige saß wieder da mit gekreuzten Beinen und ließ sein Lächeln, das wie ein Vorschlaghammer wirkte, zwischen den weißen Locken seines wallenden Bartes hervorschimmern. Mr. Dhebar fuhr wieder durch den unerträglich heißen Nachmittag auf das Haus des Richters zu und erinnerte dabei an ein summendes, unaufhaltsames Insekt. Begum Roshan zupfte wieder an ihrem Sari herum, nahm dabei verschiedene Verteidigungsstellungen ein, räumte sie aber in Wirklichkeit eine nach der anderen. Der amerikanische Priester mit seinen abgewinkelten Brauen, seiner nachlässig gebundenen Krawatte und seinem karierten Hemd redete wieder unaufhörlich von «konventioneller Moral», von «kapitalistischen Medien», «bewaffnetem Widerstand» und der «Unterdrückerklasse». Der Heilige und der Amerikaner. Der Amerikaner und Mr. Dhebar. Mr. Dhebar und Begum Roshan. Begum Roshan und Mr. Dhebar.

Und obwohl er überzeugt gewesen war, er könne auf diesem abscheulich unbequemen Bett und im Angesicht des mit gekreuzten Beinen vor seinem *Times of India*-Stapel sitzenden Mr. Dhebar nicht einschlafen –: die durcheinanderwirbelnden und sich immer wieder arrangierenden Gestalten hatten das dann plötzlich doch geschafft.

Mr. Dhebars riesiger Wecker weckte ihn ebenso plötzlich mit durchdringendem Klingeln.

Ghote schlug die Augen auf. Über ihn gebeugt stand Mr. Dhebar und hatte einen melancholischen Ausdruck auf seinem breiten, birnenförmigen Gesicht.

«Was ... was ist?» fragte Ghote, von einer plötzlichen unerklärlichen Furcht befallen.

«Zeit für Sie», sagte Mr. Dhebar. «Sie müssen aufbrechen, wenn Sie rechtzeitig dort sein wollen.»

«Ach ja», sagte Ghote, dessen Denkfähigkeit nur zögernd zurückkehrte. «Vielen Dank.»

Er wuchtete sich aus dem Bett. Seine linke Hüfte schien völlig taub zu sein. Das einzige straffe Seil hatte sich tief in sein Fleisch eingegraben. Verschlafen folgte er dem Herausgeber die Treppe hinunter und ins Badezimmer. Als er wieder herauskam, hatte Mr. Dhebar bereits den Motorroller auf die Straße geschoben und seinen Koffer auf den Gepäckträger geschnallt.

Ghote trat zu ihm in die kühle Nachtluft hinaus.

«Halten Sie sich dort oben rechts, mein Lieber. Dann immer geradeaus, nichts wie geradeaus, bis zum Fluß. Dann sehen Sie schon auf der anderen Seite das Haus.»

Ghote murmelte ein paar Dankesworte und begann, den Roller die enge Straße entlang zu schieben, denn der Lärm des Motors hätte Mr. Dhebars Nachbarn wecken können. Erst am Ende der Straße schwang er das Bein über den buckligen schwarzen Sattel, schaltete das Licht ein und betätigte den Kickstarter.

Zum zweitenmal war er nun unterwegs nach dem großen, im Dunst der Zeiten liegenden Haus, nach dem langgestreckten Wellblechschuppen in den Gärten, von wo aus er versuchen wollte, gegen des Richters Halsstarrigkeit anzukämpfen.

Aber die Gedanken an die Schwierigkeit des Unternehmens ließ er nicht aufkommen. Die Luft war herrlich mild. Er spürte sie im Gesicht und am ganzen Körper. Sie blähte sein Hemd im Rücken, und die Krawatte, die er zu Ehren von Sir Asifs «Drink vor dem Abendessen» umgebunden hatte, flatterte im Wind wie eine Peitsche. Zum erstenmal seit er hier war, fühlte er sich kühl und gelassen. Die Straße, ein schnurgerader Streifen, lag einladend vor ihm. Und er kam vorwärts. Er kam unzweifelhaft vorwärts.

Als er das Dorf hinter sich gelassen hatte und den Fluß erreichte, zeigte sich am Himmel ein schmaler Lichtstreifen. Ghote schaltete den Motor aus und schob das Fahrzeug so schnell er konnte durch das mit Steinen übersäte Flußbett. Er hatte Angst, jemand vom Personal in dem großen Haus dort drüben, vielleicht sogar Raman selbst, könnte schon auf sein und ihn von einem der Fenster im ersten Stock sehen. Oder der Nachtwächter hielt sich entgegen den Abmachungen, von denen Begum Roshan gesprochen hatte, noch in den Gärten auf.

Aber es schien alles ruhig zu sein. Auch der Milchmann samt seiner Kuh mit dem hin und her schwingenden Euter und dem Kalb mit dem Maulkorb würden erst in einer Stunde hier erscheinen.

Ghote erklomm die jenseitige Uferböschung und machte sich auf den Weg zu dem Generatorschuppen unter der alten Tamarinde. Er bockte den Motorroller auf und inspizierte die Tür, die zum Glück nicht verschlossen war. Als er sie jedoch aufziehen wollte, quietschte sie herzzerreißend. Sie ließ sich erst ohne Protest öffnen, als er sie eine Spur angehoben hatte.

Vorsichtig schob er den Roller in den finsteren, nach Öl riechenden Schuppen, der zum Glück sehr geräumig war. Ganz vorn waren die bulligen Umrisse des Generators zu erkennen. Dann kam ein Satz alter Batterien und schließlich, aber das erkannte Ghote mehr intuitiv, als daß er es bei der herrschenden Dunkelheit tatsächlich gesehen hätte, ein langer Öltank. Er schob den Roller hinter den Öltank; da konnte ihn Raman, wenn er den Generator anwarf, nicht sehen. Und so weit nach hinten würde er ohnehin nicht kommen. Wahrscheinlich konnte Ghote sogar selbst hierbleiben, wenn Raman, der vor langen Jahren zum Mörder gewordene Raman, hereinkam.

Er zog die Tür sorgfältig von innen zu. Dann nahm er ein Paar bequeme Sandalen aus dem Koffer und stopfte statt dessen Schuhe und Socken hinein. Schließlich setzte er sich neben dem Roller auf den festgestampften Boden.

Wenn es hell wurde, mußte er die Umgebung des Schuppens unter Beobachtung nehmen. Das alte Ding würde schon irgendwelche Löcher oder Ritzen haben. Vielleicht sah er dann den einen oder anderen Bewohner des Hauses, das immer noch in tiefem Schlaf lag. Vielleicht machte einer einen Spaziergang durch die Gärten, um die Morgenkühle auszunützen. Vielleicht konnte man aus seinem Benehmen Rückschlüsse auf die Situation im Haus ziehen, konnte wohl gar ein paar Gesprächsfetzen aufschnappen. Möglicherweise war auch Begum Roshan unter den Spaziergängern. Dann mußte er versuchen, ihre Aufmerksamkeit auf sich zu ziehen. Im andern Fall hieß es eben, geduldig zu warten.

Er döste ein wenig vor sich hin, während es draußen vollends hell wurde. Dann endlich meldete sich das Kalb des Milchmanns, das sehnsüchtig und heiser durch seinen Maulkorb blökte. Wenig später hörte er das Singen von Frauen, die unten beim Fluß Wäsche wuschen.

Unüberhörbar nahe vor dieser Geräuschkulisse hörte er plötzlich Raman auf sich zukommen. Der Bursche schien gut aufgelegt zu sein. Er sang wieder dieses südindische Matrosenlied vom vergangenen Abend, als er summend an ihm vorbeigegangen war, nachdem er Sikander das Abendessen gebracht hatte.

Ghote richtete sich nervös auf. Wie, wenn sich Begum Roshan in Ramans Tagesablauf geirrt hatte? Wenn er allmorgendlich einen Blick in den Schuppen warf, um sich zu vergewissern, daß der Generator in Ordnung war? Vielleicht gar das ganze Innere des Schuppens überprüfte?

Es war durchaus denkbar.

Es stand ihm alles plastisch vor Augen: Raman kam den gewundenen Fußpfad entlang, der vom Haus herführte. Wahrscheinlich trug er wieder das große Tablett vor sich her, nur daß diesmal nicht der Mond darauf schien. Und unter dem weißen Tuch war, wieder auf Bananenblättern, diesmal alles hergerichtet, was Sikander morgens zu sich zu nehmen pflegte. Vermutlich waren es nicht ganz so viele Blätter wie gestern abend. Raman trug wohl auch wieder seine makellos weiße Jacke und entsprach damit der Norm, die Sir Asif vor mehr als dreißig Jahren, als er ihn in seine Dienste genommen hatte, gesetzt hatte, «falsch im Omnibus» – Ramans Glaubensbekenntnis seit dreißig Jahren. Die Welt, in der die beiden lebten, schien stillzustehen.

Sollte sie sich innerhalb von elf Tagen so abrupt verändern?

Das Matrosenlied wurde in der frischen Luft lauter und lauter. Raman war mehr als nur guter Laune. War das seine normale Morgenstimmung? Vielleicht war er glücklich: bis zum ersten Zusammenstoß mit Sir Asif? Und dann, während des Zornesausbruchs seines Herrn, wieder? Jedenfalls schien er die Aufgabe, den unterirdischen Verrückten zu versorgen, nicht als lästige Pflicht zu empfinden. Vielleicht war Sikander am Morgen noch harmlos, konnte man ihn freundlich begrüßen, vielleicht gar ein wenig mit ihm plaudern. Vielleicht war Raman überhaupt nur an einzelnen Tagen mit dem Gebrüll und der Raserei konfrontiert, die Ghote selbst dort unten in der Finsternis so erschreckt hatten.

Jetzt war der Gesang bis auf ein paar Schritt herangekommen. Würde er an ihm vorbeigehen?

Ghote begann in der Dunkelheit des Schuppens, die nun allerdings schon durch vielerlei Lichtstrahlen durchschnitten war, die durch die Ritzen in der Schuppenwand brachen, leise zu zählen. Wenn er bis zwanzig kam, ohne daß etwas passierte, dann war der Bursche aller Wahrscheinlichkeit nach vorbei.

Eins, zwei, drei ...

Jetzt mußte er genau vor dem Schuppen sein.

Weiterzählen, weiterzählen.

... acht, neun, zehn, elf.

Wurde der Gesang schon leiser? Nur ein klein wenig leiser? Unmöglich festzustellen. Weiterzählen.

... siebzehn, achtzehn, neunzehn, zwanzig.

Zwanzig. Er war vorbei. Unzweifelhaft vorbei. Idiotisch, deswegen so in Panik zu geraten. Gut, theoretisch hätte Raman durchaus den Schuppen betreten und auch hinter den Öltank sehen können. Aber in Wirklichkeit war das doch von vornherein sehr unwahrscheinlich gewesen.

Er mußte endlich unterscheiden lernen zwischen der Realität und irgendwelchen Hirngespinsten.

Er streckte die Beine aus auf dem harten Lehmboden.

Wie lange würde Raman heute untenbleiben in der nach Fledermäusen stinkenden Finsternis? In welchem Zustand würde er den Gefangenen antreffen? Tobend und an den Gitterstäben rüttelnd? Oder an «Memboranden» für den Kaiser von Indien tüftelnd?

Die trägen Geräusche des Tages traten wieder in ihr Recht. Die Wäscherinnen drüben am Fluß, die Vögel, die winzigen Geräusche unzähliger Insekten.

Doch dann durchbrach plötzlich ein markerschütternder Schrei die Stille. Ein zügelloses Brüllen aus einer völlig entmenschten Kehle.

Ghote war mit einem Satz auf den Beinen.

Sikander.

Es klang ganz nach Sikander: genau wie das Wutgeheul, das ihn selbst in der Finsternis unter dem Fort begrüßt hatte. Aber wieso klang es so nahe, so gar nicht unterirdisch?

Dann waren Füßen zu hören, rennende Füße auf der ausgedörrten Erde. Und Stöhnen. Jemand rannte ächzend um sein Leben.

Raman. Es konnte nur Raman sein.

Einen Augenblick später war zum zweitenmal dieses schreckliche Brüllen zu hören. Kein Zweifel: Sikander war entkommen, er war draußen in den Gärten, und er war hinter Raman her.

Was tun?

Es gab nur eine Möglichkeit.

Mit ein paar Sätzen war er vorn an der Tür, wuchtete sie auf und überschaute die Situation, die sich ihm in dem blendend hellen Morgenlicht darbot. Raman hetzte in solcher Schnelligkeit auf das Haus zu, daß ihm die Haare nachflatterten. Und hinter ihm in Riesenschritten mit dem ungeheuren Brustkorb und dem wilden Bart Sikander, die Pranken bereits im Vorgriff auf die Kehle seines Opfers nach vorn gekrallt.

Ghote setzte sich ebenfalls sofort in Bewegung.

Aber schon während er startete, wußte er, daß er zu spät kommen würde. Er war noch fast zwanzig Meter entfernt, als Sikander Raman eingeholt hatte. Mit einem gellenden Triumphschrei packte er sein Opfer beim Nacken und riß es an sich. Dann wirbelte er den kleinen, zappelnden Körper hoch in die Luft und ließ ihn krachend auf den harten Erdboden fallen.

Ghote machte einen letzten, verzweifelten Sprung nach vorn. Als er auf den Verrückten aufprallte, war es ihm, als werde er gegen einen Fels geschmettert. Aber dann hatte er ihm auch schon die Arme um den Nacken geschlungen, der dick wie ein Baumstamm war. Er stemmte sich mit den Knien links und rechts gegen die Erde und versuchte mit aller Kraft, den massigen Körper von Raman wegzuziehen.

Sikander hatte seine Zähne in Ramans Schulter geschlagen, sich tief in seine Beute verbissen. Lange Zeit hatte Ghote das Gefühl, er könne diesen riesenhaften Menschen auch nicht um einen Fingerbreit von der Stelle rühren.

Aber dann kam der Felsblock doch langsam in die Höhe. Ghote spürte, wie sich die Muskeln des Verrückten anspannten und verhärteten. Im nächsten Augenblick würde er sich herumwerfen und seine Hände nach Ghotes Kehle ausstrecken.

Es gab nur ein Mittel dagegen. Ghote lockerte seinen rechten Arm und ließ die flache Hand auf Sikanders Hals niedersausen, der sogleich bewußtlos zusammensackte.

12

Raman schien sich in einem beklagenswerten Zustand zu befinden. Nach dieser wütenden Attacke schien kein Fünkchen Leben mehr in ihm zu sein. Im Nacken hatte er zwei tiefe Bißwunden, soweit Ghote das, als er taumelnd wieder auf die Füße gekommen war, mit einem Blick auf die vor ihm liegende Gestalt hatte erkennen können.

Sikander war zum Glück noch bewußtlos. Ghote riß sich die Krawatte vom Hals und band ihm die Handgelenke zusammen. Dann zog er ihn mühsam zum nächsten Strauch und befestigte dort das andere Ende der Krawatte – was nicht übermäßig sicher war; aber vielleicht hielt es wenigstens so lange, bis er die Hausbewohner alarmiert hatte.

Als er den schweren, faßähnlichen Körper endlich dort hatte, wo er ihn haben wollte, drehte er sich wieder nach Raman um, der sich inzwischen aufgesetzt hatte.

«Wie fühlst du dich?» fragte er ihn. «Glaubst du, du kannst bis zum Haus gehen, wenn du dich auf meine Schulter stützt?»

Raman stöhnte, versuchte aber aufzustehen, was ihm mit einiger Mühe und mit Ghotes Hilfe schließlich auch gelang. Dann wankten sie gemeinsam langsam auf das Haus zu, das weiß und riesig in den ersten Sonnenstrahlen stand. Bald würde die Sonne übermächtig sein.

Er bugsierte Raman durch den Haupteingang – ob sich das so gehörte, war ihm im Augenblick völlig gleichgültig – in die Halle und ließ ihn dort vorsichtig auf eine der dort stehenden Marmorbänke sinken. Was natürlich nicht ganz geräuschlos ablief und alsbald eine Dienerin auf den Plan rief, die kurz den Kopf um die Ecke streckte wie ein gehetztes Wild. Ein oder zwei Minuten später war Begum Roshan zur Stelle, wie immer mit jeder Faser ihres Wesens die Krise witternd.

Ghote versuchte, ihr zuvorzukommen und rasch zu berichten, was vorgefallen war, damit sie den Wachmann, den Koch und ein paar andere männliche Bedienstete alarmieren konnte, um Sikander in sein Gefängnis zurückzubringen.

Aber sie war schneller als er.

«Ich wußte es ja, ich wußte es ja», zeterte sie. «Ich wußte es, daß es eines Tages so weit kommen würde. Ich habe ihn immer wieder gewarnt und gewarnt. Aber er wollte ja nicht auf mich hören. Er wollte ja nicht, daß ein Ibrahim ins Irrenhaus kommt. Ich sagte ihm, er werde eines Tages ausbrechen, und jetzt ist es soweit. Jetzt ist es soweit.»

«Ja», sagte Ghote so sanft wie möglich. «Aber bitte, *madam*, können Sie nicht ein paar Leute ausfindig machen, die ihn zurückbringen? Ich konnte ihn nicht richtig fesseln. Er wird sich losreißen, sobald er wieder zu Bewußtsein kommt.»

Doch Begum Roshan schien ihn gar nicht zu hören. Sie rannte zu Raman hinüber, der schlaff auf der Marmorbank lag, krallte ihre Hände in seine zerknitterte und verschmutzte Jacke und schüttelte ihn hin und her.

«Was hast du getan?» rief sie. «Wieso hast du ihn herausgelassen? Wie konnte das passieren? Ich wußte es ja. Ich habe es immer gesagt. Aber keiner hat auf mich gehört. Niemand hört auf mich.»

Raman hatte nur einen kleinen Schmerzenslaut von sich gegeben, als sie ihn an der Schulter ergriff. Aber jetzt versuchte er tapfer zu antworten.

«O Memsahib, Memsahib. Manchmal muß ich doch aufschließen. Ich muß doch das Essen herausholen, das er übriggelassen hat. Aber ich mache das nie, wenn er seinen schlechten Tag hat. Ich habe gedacht, er schläft.»

«Du Dummkopf», schrie Begum Roshan, «du darfst die Tür überhaupt nicht aufmachen! Nie, nie und nimmer. Wenn du sie nur einmal aufmachst, ist es bereits zu spät. Zu spät, du Dummkopf.»

Raman beugte demütig sein Haupt unter dieser Attacke, wobei oben auf dem Kopf, dort, wo das Färbemittel ausgegangen war, plötzlich wieder die grauen Haare sichtbar wurden. Es schien fast als erwarte er, geschlagen zu werden.

Aber dann war hinter ihnen plötzlich eine ruhige Stimme.

«Bist du verletzt, Raman?»

Sir Asif. Er hatte den Lärm gehört, und wie immer in solchen Situationen hatte er den Stock unter den Arm geklemmt und war lautlos, wie um bis zum letzten Augenblick unerkannt zu bleiben, nähergekommen.

Der alte Richter beugte sich über seinen Diener. Sein undurchdringliches Gesicht mit der flachgedrückten Nase strömte Besorgtheit aus.

«Sir, ich konnte nichts machen», ächzte Raman, «Sikander Sahib hat so getan, als würde er noch schlafen. Sir, ich ... habe...»

«Ja, schon gut. Hat er dir etwas getan? Du weißt doch, er hat keinen Verstand, er ist wie ein wildes Tier.»

«Er wollte mich erwürgen. Er hat mich in den Nacken gebissen, Sahib, wie ein Tiger.»

«Laß sehen.»

Der alte Mann knöpfte Ramans Jacke auf und streifte sie ihm behutsam über die Schulter. Ein halbes Dutzend schmaler, aber tiefer Bißwunden wurde sichtbar, die bereits zu bluten aufgehört hatten. Wie der Biß eines Tigers sah das zwar nicht aus, aber doch wie der eines gefährlichen Tiers. Der Richter seufzte.

«Geh jetzt mit Begum Roshan. Sie wird die Wunden versorgen.» Er richtete sich auf. «Und Sikander? Ist jemand bei ihm?»

«Sir», sagte Raman, «Dr. Ghote hat ihn an einen Baum gebunden.»

Sir Asif hatte ihn bis jetzt noch nicht gesehen. Für einen Augenblick verhärtete sich sein Gesicht.

«Was ... was tun Sie hier?»

«Sir», unterbrach ihn Raman, «Dr. Ghote ist Sikander Sahib in den Rücken gesprungen und hat ihn von mir weggezerrt.»

Der Richter sah ihn lange sinnend an.

«Schön, Dr. Ghote», sagte er schließlich, «ich hoffe, ich habe das Vergnügen, Sie beim Mittagessen zu sehen. Aber jetzt wollen Sie mich bitte entschuldigen. Ich muß dafür sorgen, daß mein Sohn wieder in Sicherheit gebracht wird.»

«Ja, Sir Asif», sagte Ghote.

Seine Glieder fühlten sich plötzlich an, als seien sie aus Blei. Mit der bis jetzt verdrängten Erkenntnis, daß ihn Sikander, die Kreatur ohne Kontrollen, wie ihn Sir Asif genannt hatte, ohne Federlesens zerfleischt hätte, wenn sein Handkantenschlag nicht genau gesessen hätte, kam auch die Müdigkeit über ihn.

Er machte sich auf den Weg nach seinem Zimmer, vielmehr: nach dem Zimmer, das einmal seines gewesen war – kaum anzunehmen, daß man in der Zwischenzeit einen anderen Gast dort einlogiert hatte.

Ghote hatte jetzt das übermächtige Bedürfnis, sich für eine Weile zurückzuziehen, sich zusammenzurollen und für niemanden da zu sein.

In dem Zimmer hatte sich nichts verändert. Die Fensterläden standen geöffnet, so daß das Zimmer in grellem Sonnenlicht lag. Es war bereits unangenehm heiß, und bald würde die Hitze gnadenlos sein. Ghote schaltete den Ventilator ein – das hohle Knacken, das der braune Bakelitschalter dabei von sich gab, war ihm nur allzu gut in Erinnerung –, worauf sich der betagte, seltsam windschief von der Decke hängende Apparat mühsam in Bewegung setzte. Er hatte noch die Kraft, die Läden zu schließen, dann taumelte er auf das hochbeinige, harte Bett zu und ließ sich der Länge nach darauf fallen.

Rrr-bock, rrr-bock. Die immer gleiche Botschaft: das Haus steht immer noch, es hat sich nichts geändert, und es wird sich nichts ändern, solange das Haus steht. Rrrr-bock, rrr-bock.

Und doch hatte sich etwas verändert. Allein schon durch die Tatsache, daß er hier war. Er war Bestandteil dieses immergleichen Lebens geworden: die Keilspitze des Commissioners. Durch seine Anwesenheit hatte sich das Leben in diesem Haus verändert: durch ihn war es in eine neue Form gezwungen worden. Aber man hatte ihn sehr schändlich behandelt, hatte ihn sozusagen ausgespien. Wenn er jetzt daran zurückdachte, war ihm klar, daß es früher oder später so hatte kommen müssen. Aber jetzt war er erneut hier. Der Keil ragte wieder ins Haus. Und jetzt hatte er einen ungeheuren Bonus: schließlich war er jetzt der Retter des armen Raman. Diesmal würde man ihn nicht so ohne weiteres ausquartieren können. Dafür bot allein schon das Gerechtigkeitsgefühl des Richters Gewähr, das tief in ihm verwurzelt war und an das er sich unbedingt gebunden fühlte.

Er war jetzt wieder hier, und dieses Mal würde er handeln. Er würde sich Schritt für Schritt nach vorn kämpfen. Natürlich würde Sir Asif das jetzt genau so ungern sehen wie zuvor. Aber dieses Mal würde man ihn nicht zum Stehen bringen können. Und wenn die Fortschritte, die er zu machen gedachte, auch noch so minimal waren: es würde danach in diesem Haus nicht mehr alles beim alten sein. Er mußte dieses Haus aus dem Schlaf der Zeiten reißen, Stück für Stück.

Doch das würde nicht ewig dauern.

Einiges konnte er schon ziemlich bald erledigen. So mußte er zum Beispiel den Heiligen aufsuchen und mit ihm reden, ihn wegen der Jahre der Okkupation ins Kreuzverhör nehmen. Vielleicht waren da irgendwelche Wunden, die auch heute noch eiterten. Aber wenn der Heilige schon wieder einen Schweigetag eingelegt hatte? Abwarten. Vielleicht war es besser, diese Barriere nicht gewaltsam einzureißen, sondern zu warten, bis sie freiwillig beiseite geräumt wurde. Irgendwann einmal mußte es ja doch geschehen. Der Heilige konnte ja nicht bis in alle Ewigkeit schweigen. Außerdem waren damit noch nicht alle Möglichkeiten erschöpft. Da war auch noch Begum Roshan. Auch mit ihr mußte er so bald wie möglich sprechen. Mußte sie nach dieser Hochzeit fragen, die nie stattgefunden hatte, und dabei genau beobachten, wie sie reagierte. Und mit dem Amerikaner mußte er natürlich auch wieder reden, ihn aushorchen wegen des Plans, die Uferbefestigung zu sprengen und den Fluß umzuleiten: herausfinden, ob der Mann aus vernünftigen Motiven handelte oder eher als ein Killer. Und schließlich war noch ein weiteres Gespräch mit dem Richter zu führen. Dazu hatte er jetzt das Recht. Er mußte ihm Auskunft über seine Gäste geben, und über Mr. Dhebar, und diesmal würde Ghote die Informationen, die er brauchte, schon bekommen.

Rrr-bock, rrr-bock, rrr-bock.

Dieser idiotische Ventilator. Viel Lärm um nichts.

Er döste ein wenig, erwachte mit einem Ruck, döste wieder ein. Wachte erneut auf. Zog endlich die Knie auf der harten Unterlage an, zwang sich, die Augen zu öffnen, und warf einen Blick auf die Armbanduhr.

Fast Mittag.

Das Zimmer war jetzt wie ein Ofen. Draußen, das war durch die Ritzen der Fensterläden leicht zu erkennen, vibrierte die Luft vor Hitze. Es herrschte absolute Stille, die nur durch den Ventilator unterbrochen wurde, und auch dessen Grunzen schien träger geworden zu sein.

Er ließ sich vom Bett gleiten und ging in das kleine Badezimmer hinüber. Er wusch sich und spülte sich den Mund mit dem lauwarmen Wasser aus. Danach fühlte er sich zwar nicht erfrischt, aber auch nicht mehr ganz so erschlagen. Dann brachte er seine Kleider in Ordnung. Irgendwann einmal mußte er seinen Koffer aus dem Generatorschuppen holen. Jetzt allerdings hatte er anderes zu tun.

Es war bald Zeit fürs Mittagessen. Sir Asif und die anderen Gäste, inklusive die Schreibmaschinenbenützer unter ihnen, waren jetzt auf ihren Zimmern oder sonst irgendwo im Haus. Gerade die richtige Zeit für ein paar Recherchen. Nicht, daß er sich ein Bein ausreißen wollte, aber es konnte sich ja dies oder das von sich aus ergeben.

Wer zuerst?

Das würde er dem Zufall überlassen.

Er trat auf den Gang hinaus, der genau so dumpf roch wie sein Zimmer, nur außerdem auch noch modrig, und ging nach vorn zu Treppe. Dann ließ er sich träge und schwer, nur gezogen von seinem eigenen Gewicht, Stufe für Stufe hinuntergleiten, was eine winzige kühlende Luftbewegung erzeugte.

Als er endlich neben dem Treppenpfosten stand, in dessen Schnitzereien er so etwas wie einen menschlichen Kopf zu erkennen glaubte, näherten sich Schritte aus dem Gang links. Raman.

«Geht es dir besser?» fragte ihn Ghote.

«O ja, Doktor Sahib. Mir geht es ausgezeichnet. Sie haben mein Leben gerettet, Sahib. Ich möchte Ihnen die Füße küssen.»

Und Raman machte Anstalten, es sogleich zu tun. Ghote mußte ihn bei den Armen fassen, um ihn daran zu hindern.

«Du könntest mir helfen», sagte er rasch.

«O ja, Doktor Sahib. Ich tue alles, was Sie wünschen. Alles, was in meiner Macht steht.»

«So viel ist es gar nicht. Du weißt doch, daß ich die Erlaubnis habe, mit deinem Herrn zu sprechen. Aber er mag nicht immer. Ich hätte gern gewußt, wann es am günstigsten ist. Also wann er nicht ... wann er nicht müde ist.»

Raman schaute ihn an, und in seinem dünnen, eifrigen Gesicht war ausnahmsweise kein Grinsen.

«O Doktor Sahib, ich verstehe, was Sie meinen. Es ist tatsächlich sehr schwierig. Der Richter Sahib ist immer so streng. Aber ...» Er zögerte kurz. «Aber die beste Zeit ist jetzt, glaube ich. Jetzt ist er in der Bibliothek und raucht. Seine Pfeife brennt gut. Jetzt ist es sicher sehr günstig.»

Ghote fühlte einen Stich in der Magengrube. Er hatte ja die Entscheidung, wer sein erster Gesprächspartner sein sollte, dem Zufall überlassen wollen. Aber der Richter war der letzte, mit dem er jetzt zusammentreffen wollte. Und nun hatte ihm der Zufall ausgerechnet ihn zugespielt.

«Ja», sagte er, «du hast sicher recht. Besser kann man es wahrscheinlich nicht treffen.»

Damit drehte er sich um und machte sich auf den Weg in die Bibliothek.

Was hatte er eigentlich zu bieten? Es war ja recht angenehm, sich als die Keilspitze des Deputy Commissioner zu fühlen. Und es war beruhigend, daß man nicht mehr hinausgeworfen werden konnte und daß man sich Schritt für Schritt vorwärts zu kämpfen gedachte. Aber hier stand er vor einer Mauer aus Granit, nein, aus Stahl.

Er spürte, wie ihm über dem Hemdkragen der Schweiß ausbrach.

Er suchte verzweifelt nach Gesprächsstoff für die vor ihm stehende Unterredung.

Und dann fand er ihn.

Er fand Sikander. Er würde mit Sikander hantieren. Aber natürlich nicht so wie beim erstenmal, als der Richter seinen Erpressungsversuch voller Verachtung zurückgewiesen hatte. Nein, das war mit Sicherheit der falsche Weg gewesen. So kann man einem Mann wie Sir Asif nicht kommen. Aber es gab noch eine andere Möglichkeit, wie er sich des bedauernswerten Schwachsinnigen, der inzwischen längst wieder in seinem unterirdischen Gefängnis war, bedienen konnte.

Jetzt, da er einmal ausgebrochen war, mußte man sich ernsthaft überlegen, ob man ihn nicht doch in eine Anstalt brachte, wo man ihn besser bewachen konnte. Ghote wollte dem Richter anbieten, sein Wissen für sich zu behalten, obwohl das einer Pflichtverletzung gleichkam. Er wollte ihm das Angebot aus freien Stücken und ohne Vorbedingung machen – und der Alte würde ihn, als Ausgleich dafür, endlich ins Vertrauen ziehen.

Er klopfte an und hörte durch die massive Tür aus Teakholz, wie er hereingebeten wurde. Seine Hand war so naß, daß sie zunächst vom Türknauf abglitt. Erst beim zweiten Anlauf schaffte er es, sie zu öffnen.

Der Richter saß wie immer in dem hochlehnigen Sessel neben dem Tisch mit der Huka. Das Mundstück hielt er in der Hand.

Die Pfeife blubberte vernehmlich. Es klang kühl und kehlig.

«Sir Asif», begann Ghote, «es gibt da etwas, was ich Ihnen sagen möchte.»

«Kommen Sie herein, mein Lieber. Nehmen Sie Platz, nehmen Sie Platz. Auch ich habe Ihnen etwas zu sagen.»

Ghote schob einen der Sessel etwas näher und setzte sich.

«Sir ...»

«Nein, mein Lieber, lassen Sie mich zuerst. Sie haben mir heute einen unschätzbaren Dienst erwiesen. Sie wissen ja inzwischen Bescheid über Sikander. Er ist schon seit Jahren so. Angefangen hat es allerdings bereits unter den Engländern. Sein fanatischer Patriotismus war nur ein Symptom der Krankheit, die er in sich trug, obwohl wir das damals noch nicht wußten. Ich sagte damals immer, er sei Agitator geworden, weil das der einzige Beruf sei, zu dem er tauge. Was, meiner Ansicht, auf nicht wenige der damaligen Patrioten zutrifft. Leider stellte sich heraus, daß es gerade auf Sikander nicht zutraf. Er war kein Agitator, sondern ein armer Kerl im Zustand der Agitation. Und das wurde dann immer schlimmer, bis er schließlich nicht mehr zurechnungsfähig war. Natürlich habe ich alle möglichen Ärzte konsultiert. Ihr Urteil war einhellig: ein hoffnungsloser Fall. Also beschloß ich , ihn hier unterzubringen. Ich hatte gehofft, damit sei er in Sicherheit. Und ich sah auch keinen Grund, warum ich ihn nicht hier behalten sollte.»

Seine knorrige Hand klammerte sich um die Sessellehne.

«Bis auf den heutigen Tag. Bis heute sah ich keinen Grund, warum er nicht hier bleiben sollte, hier, wo er in Sicherheit war.»

Der alte Mann schwieg.

Ghote fühlte sich emporgehoben und im Gleichgewicht gehalten wie ein Tauchvogel auf stürmischer See.

«Dann, Sir, sehe ich auch meinerseits keinen Grund, warum es nicht dabei bleiben sollte.»

Dabei fixierte er den Richter, was leicht möglich war, denn der mit Büchern vollgestopfte Raum war jetzt viel heller als bei seiner ersten Unterredung mit dem störrischen alten Mann. Die Sonne sorgte trotz der Bambusrollos für ein fast grelles Licht.

Ghote konnte deutlich erkennen, wie sich auf Sir Asifs Gesicht ein Ausdruck von Begehrlichkeit breitmachte, der die schnabelförmige Nase, die tief eingesunkenen Augen, die ganze Gesichtshaut einbezog und der immer stärker wurde. Er hatte dem Richter ein Geschenk angeboten, nach dem er sich mit seinem Vaterherzen aus tiefster Seele sehnte, obschon er an dessen Rechtmäßigkeit zweifelte.

Ghote fühlte sich bitter enttäuscht. Dieser für unbeugsam gehaltene Mensch war drauf und dran, sich ihm zu unterwerfen. Der eherne Wille war weich geworden, schmolz dahin wie Wachs.

Nun war ihm auch das Kinn auf die Brust gesunken, und die Augen waren geschlossen.

Es war still in dem weitläufigen Raum, so still, als habe ihn in den langen heißen Jahren seit seiner Erbauung nie mehr ein Mensch betreten. Sogar die Huka hatte ihr Blubbern eingestellt.

Ghote konnte fast nicht mehr an sich halten. «Nein», war er versucht zu schreien, «sagen Sie es nicht, Sir. Seien Sie lieber wütend. Schmeißen Sie mich raus. Lehnen Sie ab. Weisen Sie mich zurück.»

In dem Moment hob der Richter langsam den Kopf.

«Inspector, ich möchte Ihnen eine Geschichte erzählen. Ein Fall, der sich vor vielen, vielen Jahren ereignet hat, als ich noch Assistent bei einem Steuereinnehmer war. Ich war ein junger Mann, der gerade aus Cambridge zurückgekehrt war. Ich glaubte, die Welt zu kennen wie meine Westentasche, und freute mich wie ein Schneekönig über meine erste Anstellung, in der ich natürlich auch mit zahlreichen juristischen Fragen konfrontiert war.» Die Augen des Richters ruhten nun voll auf Ghote. «Eines Tages führte mich ein Auftrag in ein bestimmtes, nicht ganz kleines Dorf. Ich wußte, daß der Häuptling einiges Interesse an einem Stück Land hatte; ich sollte den Fall selbst bearbeiten. Ich war daher nicht überrascht, als mir bereits am ersten Morgen meines Aufenthalts ein ‹dolly› zugeschickt wurde, wie meine britischen Kollegen das zu nennen pflegten.»

«Also ein ‹dali›, ein Früchtekorb?»

«Sie sagen es.»

Die Unterbrechung schien den alten Mann entschieden ungeduldig zu machen. Er hatte sich entschlossen, klein beizugeben, und wollte das offenbar mit dieser Geschichte verbrämen. Vielleicht wollte er sich damit auch rechtfertigen und legte daher jedes Wort auf die Goldwaage.

«Sie wissen ebensogut wie ich, daß solche Geschenkkörbe durchaus angenommen werden dürfen, sofern sie tatsächlich nur *phool* oder *phal*, also Blumen oder Früchte enthalten. Dieser Früchtekorb nun war ziemlich stattlich ausgefallen. Ich hatte jedoch erst zwei oder drei der kleinen Chikofrüchte, die ich sehr gerne aß, herausgenommen, als ich bereits sah, daß auf dem Boden des Korbs eine Fünfhundert-Rupien-Note lag.»

Wieder wurde Ghote aus tief eingesunkenen Augen scharf fixiert. «Ich war damals, wie gesagt, ein junger Mann, Inspector. Erraten Sie, was ich tat?»

Ghote versuchte nachzudenken. Es wurde natürlich erwartet, daß er antwortete. Und daß er das Richtige erriet. Fünfhundert Rupien waren damals eine Menge Geld. Hatte Sir Asif, hatte der junge Mr. Asif Ibrahim sich bestechen lassen? Wollte er mit der Geschichte sagen, daß man mitunter etwas für falsch halten und trotzdem nicht widerstehen kann?

Kaum. Wenn der junge Mann dem alten, der vor ihm saß, auch nur annähernd ähnlich war, dann hatte er das Geld nicht angenommen, auch wenn es eine Kleinigkeit gewesen wäre, das Stück Papier, das ohne Zweifel leicht nach Gewürzen roch wie alle nicht ganz koscheren Geldscheine, im Jackenärmel verschwinden zu lassen und weiter kein Wort mehr darüber zu verlieren. Nein, damals wie heute hätte Asif Ibrahim sich auch von einer solchen Summe nicht verführen lassen.

«Sie haben den Korb zurückgeschickt, Sir Asif.»

«Genau. Ich habe ihn zurückgeschickt. Ich habe ihn durch meinen untersten Diener zurückbringen lassen.»

Ghote hatte das Gefühl, einen Schlag versetzt zu bekommen. Ihm war, als sei diese ungeheuerliche Beleidigung ihm persönlich zugefügt worden.

«Ja, Inspector, Sie haben ganz recht, spitzen Sie nur die Lippen. Eine absolut eigenmächtige Handlungsweise. Und ich war auch noch stolz darauf, so stolz, daß ich die ganze Angelegenheit bei der nächsten Gelegenheit dem Steuereinnehmer erzählte, einem gewissen Brown.» Der Richter schwieg kurz. Dann fuhr er fort: «Ich erinnere mich noch heute an jedes der Worte, mit denen er mich abkanzelte, bevor er mir eröffnete, daß ich in diesem Dorf zum letztenmal gewesen war. Ich möchte Ihnen gerne, in Kurzform natürlich, seine Worte wiedergeben.»

«Ja, Sir?»

«Er sagte folgendes: Ich bin entsetzt über Ihr Benehmen, aber es ist mir lieber, Sie haben getan, was Sie getan haben, auch wenn Sie damit die Justizverwaltung meines ganzen Bezirks durcheinandergebracht haben, als wenn Sie auch nur das kleinste Anzeichen hätten erkennen lassen, daß Sie dazu neigen, etwas anzunehmen, was auch nur im entferntesten nach Bestechung aussieht.»

Und der Blick des Alten ruhte mit unnachsichtiger Entschlossenheit auf Ghote.

13

Es war wieder Nachmittag. Der Ventilator machte rrr-bock, dann eine lange Pause, dann wieder rrr-bock. Ghote lag auf seinem Bett und fluchte vor sich hin. Die Pointe der Geschichte, die ihm der Richter erzählt hatte, hatte ihn doch sehr hart und unerwartet getroffen. Es war, als hätte sich eine Schlange, die man zertreten glaubte, plötzlich noch einmal aufgebäumt und ihre Zähne in ein saftiges Kalb geschlagen. Es war sträflich leichtsinnig gewesen, darauf nicht gefaßt zu sein. Aber er hatte ja geglaubt, der Richter wolle vor ihm kapitulieren; deswegen war er ja auch so unruhig gewesen. Er hatte gehofft, der Richter würde standhaft bleiben, und gleichzeitig hatte er gefürchtet, er würde kapitulieren. Aber es war genau umgekehrt gekommen.

Er hätte es wissen müssen, das war ihm im nachhinein völlig klar. Sir Asif war immun gegen Bestechungsversuche aller Art, wie er ja auch gegen Erpressung immun war. Weder die Drohung, das Geheimnis des alten Forts in die Welt hinauszuposaunen noch das Versprechen, es gerade nicht zu tun, konnte seiner moralischen Integrität, die lange genug Zeit gehabt hatte zu reifen, etwas anhaben.

Dennoch: er hatte da einen Punkt berührt. Er hatte das Gefühl, dem alten Richter ins Herz geschaut zu haben.

Und die ganze Konstellation hatte er durchaus richtig eingeschätzt. Für Sir Asif war der Gedanke, daß ein Ibrahim, daß sein eigener Sohn in ein – wie war doch das veraltete Wort, das er einmal gebraucht hatte – Irrenhaus gesteckt wurde, zusammen mit gewöhnlichen Verbrechern und Verrückten, unvorstellbar. Aber dieses eine Mal war der Gedanke eben doch gedacht worden. Dieses Mal hatte er die Möglichkeit zumindest erwogen; der Ausdruck, den sein Gesicht gezeigt hatte, war unmißverständlich gewesen.

Aber dann hatte er sie verworfen.

Völlig inkonsequenterweise dachte Ghote plötzlich an das hinter ihm liegende Mittagessen.

Es war die Hölle gewesen. Die Szene stand mit einemmal wieder ganz plastisch vor seinen Augen. Am einen Ende der Tafel thronte unheildrohend der Richter. Am anderen Ende Begum Roshan, mit ruckartigen, zuckenden Bewegungen, immer wieder in panische Konversation ausbrechend oder mit abrupten Einwürfen aufwartend, die dann jeweils von ihrem Vater niedergeknüppelt wurden, mal mit Blicken, mal mit Worten. Zurechtweisungen, wie man sie für ein aufgeregtes Kind bereithält, aber nicht für eine Frau in mittleren Jahren. Dann der Heilige, der wie immer schweigend und mit gekreuzten Beinen auf dem weich gepolsterten Stuhl mit der geschnitzten Lehne saß und offenbar abermals einen Schweigetag hatte. Sein Lächeln allerdings war strahlend und herzlich wie immer. Er warf seine Blicke in die an der Tafel herrschende Spannung, wie man trockene Erde auf ein schwelendes Feuer wirft. Aber selbst diese Wogen allumarmender, strahlender Güte konnten das Feuer nicht ganz löschen, dafür saß der Herd zu tief. Und es war für alle offenkundig, von wem diese Spannung ausging: von niemand anderem als dem Richter.

Doch Ghote war der einzige, der die Ursache kannte.

Die anderen waren alle arme, dieser ätzenden Zunge hilflos ausgesetzte Opfer, freilich jeder auf seine Weise. Raman hatte natürlich wieder einmal das schlechteste Los gezogen; er war von allen der Schutzloseste. Man aß mittags immer nach europäischer Art: eine Suppe, die außer nach Öl nach nichts schmeckte, ein Backhuhn, das so zäh war, daß man es kaum hinunterbekam, und danach etwas, was Raman unter Benützung eines seiner seltenen, dafür aber um so verstümmelteren englischen Wörter den «sweiten Toast» nannte: drei dünne Streifen salzigen Fisch aus der Dose auf kleinen ölgetränkten Toastbroten, von dem nicht existenten «ersten Toast» dadurch unterschieden, daß er nicht zu Beginn, sondern zum Abschluß der Mahlzeit gereicht wurde. Ohnehin war jeder seiner Handgriffe falsch gewesen. Und mit entsprechend herben Worten getadelt worden.

Ghote selbst hatte sich redlich bemüht, einen Teil der richterlichen Schlagwetter auf sich zu lenken, und jedesmal, wenn er es wagte, ein Wort einzuwerfen, sei es in die dahinhinkende Konversation, sei es in das unheilvolle Schweigen, hatte er vollen Erfolg damit gehabt. Schließlich war er die Ursache dafür gewesen, daß die Harmonie beim Teufel war; er mußte also alles versuchen, sie wiederherzustellen.

Mit Father Adam schien man sich in offenem Kriegszustand zu befinden. Angefangen hatte es natürlich mit der Geschichte mit der Uferbefestigung. Aber ausgelöst worden war der Krieg durch irgendeine wohlkalkulierte Bemerkung, die Sir Asif hatte fallenlassen und die den Priester, der krank war und außerdem nur auf Empfehlung von Vetter Karim in Washington hier im Haus, ein Gast also, den man, wenn man die Regeln der Gastfreundschaft ernst nahm, nicht einfach hinauskomplimentieren konnte –, die den Priester so aufbringen mußte, daß er seinerseits etwas Unmögliches sagte. Der Alte war dabei, sich selbst zu bestrafen: er verzieh sich die Begehrlichkeit, die Schwäche nicht, die ihn in der Bibliothek für einen Augenblick in den Klauen gehalten hatte.

«Sie sind also der Ansicht, Father Adam, man hat auf das Eigentum, das seit Generationen im Besitz der Familie ist, keinerlei Anspruch?»

«Natürlich nicht. Eigentum ist Diebstahl. Das ist doch wirklich nichts Neues.»

«Mir ist das durchaus neu. Nicht neu hingegen ist, daß es Gesetze gibt. Und hierzulande wird das Recht auf Eigentum vom Gesetz ausdrücklich garantiert.»

«Richter, soviel ich weiß, war Ihre Übereinstimmung mit den Gesetzen Ihres Landes nicht immer so perfekt. Und wenn ich den *Sputnik* richtig interpretiere, dann sind Sie mit den augenblicklichen Zuständen doch alles andere als zufrieden.»

«Das ist richtig. Unser heutiges Parlament ist eine Schande, eine Schande für alle seine Vorgänger, von der Mutter der Parlamente in Westminster, die ihm das Leben gegeben hat, ganz zu schweigen.»

«Sie reden wie ein Brite, nicht wie ein Inder.»

«Das täuscht. Ich bin Inder. Ich bin hier geboren. Mein Stammbaum ist lupenrein.»

«Nur daß Ihre Vorfahren als Eroberer nach Indien kamen, und daß sie in Blut wateten, oder etwa nicht?»

«Sie wateten keineswegs in Blut, das kann ich Ihnen versichern. Ihr sogenannten Liberalen stellt euch die Welt ziemlich einfach vor. Für euch ist jeder, der mit der Macht umgeht, und dieses Phänomen gibt es nun einmal in der Welt, gleich ein blutbesudelter Mörder.»

«Ich weiß sehr wohl, daß die Welt nicht ohne Gewalt vorstellbar ist. Sie ist nur immer auf der falschen Seite, und ich sähe es gerne, wenn es zur Abwechslung einmal anders wäre.»

«Und wie soll das Ihrer Definition nach vor sich gehen? Indem man jemandem sein Land wegnimmt und es einem Haufen Bauern gibt, die zu dumm sind, um es richtig zu bebauen?»

Der Priester beugte sich nach vorn. Seine Augenbrauen waren stärker zusammengezogen als je, und sein bleiches Gesicht wirkte gefährlich, ja fanatisch.

«Genau, Richter. Wenn man den Fluß ableitet, bedeutet das für Hunderte von Menschen, die jetzt kurz vor dem Verhungern stehen, eine Verbesserung ihrer Lebensbedingungen. Und wenn dafür ein Stückchen Ihrer kostbaren Gärten daran glauben muß: wir haben hier einen Fall, der Gewaltanwendung durchaus rechtfertigen würde, im Notfall sogar rigorose Gewalt.»

Der Richter hatte darauf nicht mehr geantwortet, sondern das Gespräch durch sein Schweigen und durch sein finsteres Gesicht beendet. Aber das Schweigen hatte die Bedeutung dessen, was der Priester gesagt hatte, nur unterstrichen.

Ja, ein Priester mochte er wohl sein, dieser Father Adam – Ghote war sich da inzwischen sicher –, aber war er auch der Mann, der sich gewaltsamer Mittel bedienen würde, um ein Ziel, an das er glaubte, zu erreichen?

Rrr-bock. Rrr-bock.

Was soll das heißen: rrr-bock? Daß sich in dem uralten, schlafenden Haus nichts ändert? Einiges wird sich vielleicht doch, ja mit Sicherheit ändern. Wenn der Richter erst einmal tot ist: wer wird dann wohl nach dem alten Generator sehen, der dich, du lahmender Ventilator, schließlich in Gang hält? Aber vielleicht hast du bis dahin aus freien Stücken deine mühsamen Umdrehungen eingestellt.

Aber als er an den Generator dachte, fiel ihm auch wieder der Blechschuppen unter der Tamarinde ein, der in vielen heißen Sommern ein weißliches Grau angenommen hatte, so wie das ihn umgebende Buschwerk ein weißliches Grün. Und dann kam ihm auch wieder Mr. Dhebars Motorroller in Erinnerung, der zusammen mit seinem ausgebeulten Koffer noch immer in der dunkelsten Ecke des Schuppens stand.

Besser, er ging gleich hinüber und holte den Koffer, statt nach der Nachmittagsruhe einen Diener damit zu beauftragen und womöglich noch Sir Asif auf die Art und Weise, wie er ins Haus zurückgekommen war, aufmerksam zu machen.

Er glitt vom Bett, zog das Hemd an und fuhr in die Hose. Dann zog er die Sandalen an, die er ja schon im Generatorschuppen aus dem Koffer genommen hatte. Seine einzige Krawatte war noch irgendwo beim Bügeln. Sie hatte ihren Zweck, den rasenden Sikander für kurze Zeit im Zaum zu halten, längst erfüllt.

Dann trat er hinaus auf den in völligem Schweigen liegenden Flur. Wenn er seine schweißnassen Zehen energisch gegen die Sohlen der Sandalen stemmte, konnte er das klappernde Geräusch, das sie normalerweise verursachten, vermeiden.

Das alte Haus lag in tiefer Ruhe. Sir Asif war vielleicht beim Einschlafen einer der Gedichtbände aus dem kleinen Büchergestell auf dem Teetischchen aus der Hand geglitten. Begum Roshan warf sich wahrscheinlich auch noch im Schlaf ruhelos umher, doch zweifellos schlief auch sie. Der Heilige lag ausgestreckt auf dem Bettuch auf dem nackten Fußboden und ließ noch im Schlaf ein Lächeln durch seinen weißen Bart schimmern. Father Adams Augenbrauen hatten sich vielleicht endlich entspannt, vielleicht stellte aber auch noch sein Schnarchen einen Protest dar, den es in die ahnungslose Welt zu trompeten galt. Raman ... Irgendwo in den Personalunterkünften mochte auch für ihn eine Schlafstelle sein. Jedenfalls war er für eine Weile der Scheltworte ledig, und mit Sicherheit erschien, falls er träumte, das hufeisenförmige Lächeln auf seinem Gesicht. Wovon er wohl träumte? Vom Süden? Von der Zeit, da er noch ein Kind war und noch keinen Mord begangen hatte? Oder saß er in einem Boot und paddelte, während er sein Matrosenlied sang, durch kristallklare Fluten? Und rings um ihn schliefen die Diener, hatten sich vor der erstickenden Hitze in den Schlaf gerettet.

Selbst in den Rattenkolonien in den leerstehenden Zimmern mochte es jetzt ruhig sein. Die Eichhörnchen mit ihren dunklen Rückenstreifen waren draußen in den Baumwipfeln unter der glühenden Sonne. Keines versuchte, durch defekte Fensterläden in verlassene Zimmer einzudringen, um dort als kleiner, verdorrter Kadaver zu enden.

Und Sikander, drüben unter dem alten Fort: schlief auch er? Oder warf er sich tobend gegen die Gitterstäbe der Tür, weil er sich nicht damit abfinden konnte, daß sein Ausbruchsversuch fehlgeschlagen war?

Auf der weiträumigen Treppe mit dem geschnitzten Geländer klapperten die Sandalen dann doch ein wenig. Aber es würde schon niemand davon aufwachen.

Er schlich hinüber zur Eingangstür und glitt in die grelle, erbarmungslose Sonne hinaus. Er hätte jetzt die Uniformmütze und die Sonnenbrille, die er in Bombay kaum je benützte, gut brauchen können. Aber es mußte auch so gehen.

Nach wenigen Schritten war er über und über mit Schweiß bedeckt, aber nach ein paar weiteren Schritten war der Schweiß bereits wieder weggetrocknet. Der Weg, auf dem er sich befand, war vermutlich der gleiche wie der vom Vorabend, als er hinter Raman hergeschlichen war.

Wie lange das schon wieder her war. Unter dieser tödlichen Sonne verlor man jedes Zeitgefühl.

Jetzt, da die Sonne fast senkrecht von dem fast weißen Himmel brannte, boten die Gärten so gut wie keinen Schatten, und auch die Blütendüfte der Nacht hatten sich in der allgemeinen Dürre verloren.

Vor ihm stand, schwarz gegen den Horizont, die Ruine des Forts. Aber Ghote wandte seine Augen rasch wieder davon ab; zu unangenehm war ihm dieser in seinem Toben nie nachlassende Feind dort. Es war besser, er hielt die Augen auf den Boden gerichtet.

Dann hatte er den Schuppen endlich erreicht. Er drückte die Tür nach oben und zog sie vorsichtig auf. Wahrscheinlich hätte niemand gehört, wenn er sie über den trockenen Boden hätte schleifen lassen, aber er wollte ganz sichergehen.

Im Innern des Schuppens war es kaum weniger heiß als draußen, aber es war eine andere Art von Hitze: sie war nicht so erbarmungslos stechend, eher dumpf, muffig und schwül; sie roch nach altem, in der Erde trocknendem Öl, nach heißem Metall, an dem man sich die Hände verbrennen konnte, und nach verdunstender Batterieflüssigkeit. Das Dunkel im Schuppeninneren war stickig und intensiv.

Ghote tastete sich mühsam an dem Generator, an den alten Batterien und am Öltank vorbei nach hinten, wo, kaum sichtbar, Mr. Dhebars Motorroller stand und daneben sein Koffer.

Der Weg mit dem Koffer zurück zum Eingang war womöglich noch mühsamer.

Aber er hatte keine Wahl.

Sicher: Sir Asif stand tief in seiner Schuld, seitdem er Raman den Zähnen dieser Bestie entrissen hatte. Aber er mußte sich dennoch weiterhin um den alten Mann bemühen, ihn, wann immer sich die Gelegenheit bot, günstig zu stimmen versuchen, denn durch seinen Bestechungsversuch hatte er ohne Zweifel viel Boden verloren. Der Richter war zwar außerordentlich taktvoll gewesen, trotzdem: Ghote war auf der Stufenleiter der Tugenden wieder einige Sprossen nach unten gerutscht.

Ghote gönnte sich eine kleine Verschnaufpause. Dann trug er den Koffer ins Freie, schloß mit einiger Anstrengung die Tür und machte sich auf den Weg. Und abermals dauerte es nur ein paar Schritte, bis die Sonne den Schweiß, der in dem stickigen Schuppen erneut hervorgetreten war, getrocknet hatte.

Der staubige Trampelpfad war ihm nun schon fast vertraut. Aber der Koffer schien Bleigewichte zu enthalten; er mußte alle paar Schritte die Seite wechseln. Die Hitze empfand er jetzt als so ungeheuerlich, als würde ihm ein glühendes Bügeleisen in den Nacken gedrückt.

Als er endlich das Haus erreichte, war in seinem Kopf ein Pochen, als sei sein Hirn Schauplatz eines wütenden Tennisturniers, und seine Augen brannten wie Feuer.

Er wuchtete den Koffer durch die Tür und ließ ihn schwer auf den Fußboden niedersausen. Es gab einen dumpfen Knall, und vor einer halben Stunde, bevor er das Haus verlassen hatte, hätte er sich deswegen noch verflucht. Aber jetzt fehlte ihm einfach die Kraft dazu.

Hier im Haus war es himmlisch kühl. Aber es galt, weiterhin auf der Hut zu sein. Immerhin konnte der Lärm jemanden geweckt haben.

Doch dann hörte er ein Geräusch, auf das er ganz und gar nicht gefaßt war. Irgendwo klapperte eine Schreibmaschine, drückte jemand langsam und mühsam Taste für Taste nieder. Das Geräusch war allerdings in der Halle mit ihrem riesigen Treppenhaus und den konzentrisch auf sie zulaufenden, hallenden Gängen kaum lokalisierbar.

Aber es existierte, und das allein war schon ein ungeheures Erlebnis. Jemand, der zu dieser hitzeflimmernden Stunde auf einer Schreibmaschine schrieb, konnte dies nur in dubioser Absicht tun. Es konnte sich um die Person handeln, die Sir Asif die Morddrohungen schickte.

Ghote mußte also, koste es was es wolle, herausfinden, wo das Klappern herkam. Sich anschleichen und die Tür aufstoßen. Den Menschen, der da über die Schreibmaschine gebeugt saß und seinen nächsten Drohbrief an Sir Asif schrieb, auf frischer Tat ertappen; ihm die Hand auf die Schulter legen und erklären, daß der Spuk zu Ende sei, die Tat mißlungen, der kaltblütig geplante Mord vereitelt.

Dann würde auch dieser ganze lästige Job zu Ende sein. Schluß. Aus. Sir Asif außer Gefahr. Alles in Butter. Er würde abreisen, zurück nach Bombay, zu seinem täglichen Kleinkram.

Er befeuchtete sich die Lippen und drang in den ersten Flur vor. Dieses Mal stemmte er die schweißnassen Zehen wütend gegen die Sohlen seiner alten Sandalen, nahm sie sorgfältig bei jedem Schritt mit in die Höhe, um auf dem Marmorfußboden nur ja kein Geräusch zu verursachen.

Aber schon nach fünf Metern war klar, daß dies die falsche Richtung war. Das langsame, mühselige Klappern der Schreibmaschine – da war zweifellos ein blutiger Dilettant am Werk – war fast nicht mehr zu hören.

Er machte abrupt kehrt. Sein Herz begann wild zu klopfen. Wie, wenn das Klappern deshalb nicht mehr zu hören war, weil man zu Ende war mit der Drohbotschaft?

Aber nein.

In der Halle hörte er es wieder deutlich, wenn es auch ziemlich entfernt klang.

Also wandte er sich in die andere Richtung. Aber diesmal achtete er schon nicht mehr so sehr darauf, kein Geräusch zu verursachen. Er durfte keine Zeit verlieren.

In diesem Flur – es war der mit der Landkarte von Bangladesh – erstarb das Klappern nicht mehr, im Gegenteil: es wurde allmählich immer lauter.

Langsam schlich er darauf zu, jetzt wieder mit äußerster Vorsicht. Ohne Zweifel hatte die Person, die da im verborgenen ihrer Arbeit nachging, die Möglichkeit einer Störung einkalkuliert. Ohne Zweifel zweigte sie einige Aufmerksamkeit auf Geräusche von außerhalb ab, gleichgültig, in welchem Zimmer sie nun zu Gange war. Vielleicht tippte sie gerade deswegen mit so enervierender Langsamkeit. Einmal angenommen, der Amerikaner war der Missetäter: der war ja wahrscheinlich von Kindesbeinen an mit Schreibmaschinen vertraut. Aber gerade schnell schreibende Leute müssen in solchen Situationen immer wieder innehalten und die Ohren spitzen. Vielleicht bekam das Geräusch, das im übrigen immer lauter wurde, gerade dadurch seine Umständlichkeit und Mühseligkeit.

Aber der nächste Buchstabe ließ dann sehr auf sich warten. Das Klappern war verstummt.

Ghote blieb zur Salzsäule erstarrt stehen. Doch dann schüttelte er seine Enttäuschung ab. Das Klappern war aus einem der Zimmer vor ihm gekommen. Wenn jetzt plötzlich Ruhe herrschte, so bedeutete das noch lange nicht, daß er auf der falschen Spur war. Der Schreiber befand sich aller Wahrscheinlichkeit nach in einem der kleinen leerstehenden Zimmer gleich um die Ecke. Sie waren alle bestens geeignet für das unauffällige Verfertigen maschinengeschriebener Botschaften.

Wenn ihn seine Ortskenntnis allerdings nicht im Stich ließ, dann führte dieser Gang in die Küche, kam also durchaus auch als Fluchtweg in Frage: nicht gerade für den Amerikaner, auch wohl kaum für den Heiligen, um so mehr aber für Begum Roshan.

Er ließ alle Vorsichtsmaßregeln fahren und hechtete mit heftig klappernden Sandalen um die Ecke. Die Schreibmaschine hatte ihrerseits nicht wieder zu klappern begonnen.

Er hatte keine Wahl. Er wirbelte herum und stieß die erste Tür auf.

Aber ein kurzer Blick in das Zimmer überzeugte ihn davon, daß es leer war. Möbel unter weißen Überzügen und eine Luft, die so reglos war, daß er glaubte, ein Loch herausstechen zu können.

Also riß er die nächste Tür auf. Das gleiche schwere Schweigen. Keinerlei Anzeichen, daß da mal ein Mensch gewesen sein könnte.

Die nächste Tür. Keine Zeit verlieren! Den Türknauf nach links drehen, die Tür aufstoßen und ...

Es war selbst in dem diffusen Licht, das durch die rissigen Fensterläden kam, nicht zu verkennen: der kleine Tisch beim Fenster, das einzige Möbelstück, das nicht mit Tüchern verhängt war. Und darauf eine Schreibmaschine. Eine altmodische Büro-Schreibmaschine.

Doch war kein Papier eingespannt. Und es fehlte auch die Schreibkraft, die sich tippend darüberbeugte. Es war überhaupt niemand da.

14

Ghote konnte sich lange nicht losreißen von dem Anblick. Die Maschine mußte doch irgendwelche Aufschlüsse geben können. Es war schließlich noch keine zwei Minuten her, nein, nicht einmal eine, daß da einer gesessen und die Tasten niedergedrückt hatte. Vor kaum zwei Minuten war da noch ein Papier eingespannt gewesen, auf das man Buchstaben getippt hatte, Buchstaben, die sich ohne jeden Zweifel zu einer weiteren Todesdrohung für Sir Asif Ibrahim, den Verantwortlichen des Madurai-Prozesses, zusammenfügten.

Aber jetzt war nichts mehr da, nichts mehr von den verderbenbringenden Gedanken, die gleich Todesstrahlen durch die enge Anschlagöffnung gejagt worden waren.

Oh, ein paar Fingerabdrücke würden natürlich zurückgeblieben sein, dort, wo sie der flüchtige Verfasser nicht mehr hatte abwischen können. Auch von den anderen Gelegenheiten her – man hatte ja schon etliche Drohbriefe geschrieben – mochten noch welche da sein, auf die Ghote natürlich schon früher hätte stoßen können, wenn eine Durchsuchung des riesigen Hauses überhaupt ein realistischer Gedanke gewesen wäre. Aber dafür hätte man mindestens zehn Leute gebraucht.

Und wenn sich das alles in vertrauterer Umgebung abgespielt hätte, in Bombay zum Beispiel, und nicht hier an diesem gottverlassenen Ort, wo man von allen Hilfsmitteln abgeschnitten war, dann wäre es eine Kleinigkeit gewesen, die Schreibmaschine zu beschlagnahmen, sie zu versiegeln, den Fingerabdruck-Spezialisten zu schicken und von allen Verdächtigen Fingerabdrücke zu nehmen. Die Angelegenheit hätte in ein paar Stunden erledigt sein können. Aber er war hier nicht in Bombay. Bis die Schreibmaschine endlich angekommen wäre, der Himmel weiß auf welchen Umwegen, wäre es längst zu spät gewesen. Es gab schließlich einen Termin für Richter Asif Ibrahim.

Alle diese Gedanken schossen ihm beim Anblick der Schreibmaschine durch den Kopf. Wahrscheinlich vergingen währenddessen kaum zwei Sekunden.

Dann drehte er sich ruckartig um, rannte zur Tür des dämmrigen Zimmers und jagte den Gang entlang auf den Küchentrakt zu.

Der Unbekannte hatte vor höchstens zwei Minuten seinen letzten Buchstaben zu Papier gebracht. Er mußte doch noch zu erwischen sein. Selbst wenn er sich noch so schnell aus dem Staub machte: das Papier mußte er doch noch immer bei sich haben.

Der Perlenvorhang am Ende des Gangs war natürlich kein Hindernis.

Dahinter kam ein weiterer Abschnitt des Flurs, aber auch hier war niemand zu sehen. Der einzige Unterschied zu dem Abschnitt vor dem Vorhang war, daß die Wände hier nicht weiß gekalkt sondern naturbelassen waren, also eine lehmig rötliche Farbe trugen. Unter der Decke entlang liefen breite Holzregale, auf denen dicht gedrängt Büchsen, Flaschen, Kartons und Taschen standen. Dort konnte sich kein Mensch verborgen halten, und sei er noch so winzig.

Ghote rannte weiter.

Und kam schließlich zur Küche selbst. Ein großer, kahler Raum mit einem geräumigen Kamin. Und da das Holz in diesem Kamin noch glomm, herrschte eine schier unerträgliche Hitze. An den Wänden waren Netze und runde Drahtbehälter angebracht, in denen weitere Lebensmittelvorräte aufbewahrt wurden. Was man sonst noch zum Kochen benötigte, stand in Grüppchen und Klumpen auf dem Boden herum: Dutzende betagter Degshas aus Eisen in allen Größen von einer Art Tasse bis zu Kesseln. Dann eine schwere, flache Pata mit einer runden Vaniata, ein umfängliches Brett für die Zubereitung von Puris und Chapattis, ein riesiger Mörser aus Eisen samt Stößel. Der einzige Gegenstand, der darauf hindeutete, daß hier nicht alles seit zwei oder drei Jahrhunderten beim alten geblieben war, war ein hoher alter Kühlschrank.

Und der ließ, noch während Ghote nach einem menschlichen Wesen Ausschau hielt, plötzlich ein rüttelndes Stöhnen vernehmen und schaltete sich dann mit einem pochenden Geräusch ein. Ghote kam ein verwegener Gedanke an. Mit einem Satz war er bei der Tür und riß sie auf.

Aber kein bärtiger, safrangelb gekleideter Heiliger und kein lässig angezogener amerikanischer Priester mit eckigen Augenbrauen waren zu sehen. Niemand bibberte vor Kälte im kühlen Versteck. Man erblickte nur lauter Gestelle und Bretter, auf denen Töpfe, Schalen und Gläser in heftiger Unordnung durcheinanderstanden. Milch, Saft von der Tamarinde, ein kräftiges Stück Kulfi, das wie Eiscreme aussah – die Reste des ersten Abendessens, an dem er teilgenommen hatte. Und sonst noch verschiedene, schwer definierbare Sachen.

Drohbriefe…

Langsam schloß er den Kühlschrank wieder. Und dabei sah er, daß es hier eben doch Spuren menschlicher Anwesenheit gab. Zwischen dem Ungetüm von Kühlschrank und der Wand war nicht viel Platz, aber er genügte zwei staubigen Füßen und zwei runzligen Knöcheln, in Richtung Küchenmitte hervorzuragen.

War das der Heilige, der sich auf diese Art zu verstecken suchte? Oder der weiße Naxalit? Begum Roshan konnte es aus dem einfachen Grund nicht sein, da sie silberne Ringe an den Zehen trug.

Es war Raman, und er schlief fest. Er hatte sich eine Decke auf den Boden gelegt und sich darauf zusammengerollt. Er atmete tief, man konnte auch sagen: er schnarchte fast. Das hufeisenförmige Lächeln war nicht zu erkennen. Ob er wohl träumte? Von Booten, die durch grünes, kristallklares Wasser glitten?

Es hatte keinen Sinn, ihn zu wecken. Wahrscheinlich war der Mann, der die Schreibmaschine benutzt hatte, hier durchgekommen und durch den überwölbten Gang am anderen Ende des rauchigen Raums entkommen. Ghote hielt sich daher nicht weiter auf – er hatte für die Küche allenfalls ein paar Sekunden gebraucht –, sondern er hastete sogleich weiter.

Hinter dem Gang lag ein weiterer Vorratsraum, offenbar für die mehr sperrigen Sachen. Bottiche und Kisten standen ringsum an den Wänden, und ausgebeulte Jutesäcke. Ghote genügte ein kurzer Blick: hier war niemand. In die gegenüberliegende Wand jedoch war eine Tür eingelassen, eine schwere, wuchtige Angelegenheit.

Ghote rannte auf sie zu, schob den Riegel beiseite und riß sie auf. Mit einemmal stand er in der grellen Sonne: die Tür ging irgendwo an einer der Schmalseiten des Hauses ins Freie, vielmehr in eine Art Hofraum oder Lichthof mit einem tropfenden Wasserhahn in der Ecke. Die Tropfen wirkten in der gleißenden Helligkeit wie Diamanten. Aber ein Mensch war auch hier nicht. Rechts ging ein Torweg geradewegs in die Gärten über, die das Haus umgaben: dichtes, trockenes Buschwerk, hohes, klumpiges Gras, Erdmulden und überhaupt vielerlei Gelegenheiten für flüchtendes Volk, sich zu verstecken, bis die Gefahr vorüber war.

Ghote hatte den Schreibmaschinenschreiber aus den Augen verloren. Er war ihm entkommen.

In wilder Wut rannte er ins Haus zurück, stampfte durch den Vorratsraum in die Küche und rammte dem schlafenden Raman bedenkenlos den Absatz seiner Sandale in die Hüfte.

Vielleicht war Raman einen Augenblick lang wach gewesen und hatte, so unwahrscheinlich das war, jemand durch die Küche hasten sehen. Ghote erwartete allerdings nicht ernsthaft eine hilfreiche Antwort.

Er bekam auch keine. Ramans Erwachen dauerte eine gute Weile. Er blinzelte verschlafen vor sich hin und schien erst überlegen zu müssen, wer da über ihm stand. Aber dann lächelte er plötzlich, rappelte sich auf und verbeugte sich.

Ghote konnte endlich seine Frage stellen.

«O nein, Doktor Sahib. Ich habe geschlafen. Und geträumt, Doktor Sahib. Ich war ganz weit weg, unten im Süden.»

«Und du bist nicht gestört worden? Du hast nichts gehört, niemand, der hier durchrannte?»

«Nein, Sahib, nein. Nur die Vögel. Im Traum natürlich.»

Ghote verzichtete auf weitere Fragen.

Das letzte Stückchen Hoffnung war dahin, zerstoben im Wind der harten Tatsachen. Ghote fühlte, wie er unter der Last der Enttäuschung langsam zusammenzubrechen drohte. Er war so nahe dran gewesen. Er hatte ihn schon gehört, hatte schon gehört, wie er eine weitere Drohbotschaft schrieb: derjenige, dessentwegen er den langen Weg hierher zurückgelegt hatte. Es war wie ein Geschenk der Götter gewesen. Und er hatte seine Chance nicht genutzt.

Er war nun davon überzeugt, daß ihn der Schreibmaschinenschreiber gehört hatte, auch wenn er sich noch so sehr bemüht hatte, leise zu sein. Er hätte ihn nicht zu Ende schreiben und dann in aller Ruhe entwischen lassen dürfen, nur aus purer Angst, selbst nicht bemerkt zu werden. Nein, die Schuld lag allein bei ihm. Er hatte diese einmalige Chance vertan.

Er wandte sich um, durchquerte abermals den Vorratsraum und den Lichthof, wobei er sich des monoton vor sich hin tropfenden Wasserhahns wegen beeilte, und trat in die sonnenglühenden Gärten hinaus.

Und dort erblickte er Mr. Dhebar, der den Kopf gesenkt hielt und überhaupt ein Bild tiefster Niedergeschlagenheit bot, auf sich zutrotten.

Sofort erwachten seine Lebensgeister wieder. Der Anblick des *Sputnik*–Herausgebers, der so offenkundig deprimiert aussah und sein birnenförmiges Haupt so traurig hängen ließ, wirkte mitsamt dem sorgfältig gefalteten, über den plumpen Hüften aber doch recht angeschmutzten Dhoti ausgesprochen aufmunternd auf Ghote.

Die Hitze war vergessen. Er rannte spornstreichs auf Mr. Dhebar zu.

«Mr. Dhebar», rief er in scharfem Ton, «was tun Sie hier? Sind Sie im Haus gewesen? Was tun Sie hier in der Sonne?»

«Oh, mein Lieber», sagte Mr. Dhebar, als er sein Gegenüber erkannt hatte, voll dröhnender Trauer, «oh, mein Lieber.»

«Antworten Sie bitte. Sind Sie eben im Haus gewesen?»

Es klang dermaßen drängend, daß Mr. Dhebar gar keine Zeit fand, darüber befremdet zu sein, daß ihn ein Doktor der Philosophie derart mit Fragen bombardierte.

«Nein, Sir, nein», antwortete er wie aus der Pistole geschossen, «ich war nicht im Haus. Ich bin mit dem wöchentlichen Bus bis ins Dorf gefahren und dann zu Fuß hierher gekommen.»

Mr. Dhebar trug den Beweis für die Richtigkeit seiner Aussage am Leib: seine Füße waren unter einer dicken Staubschicht kaum mehr zu erkennen, der Dhoti war unten mehr rot als weiß, und die Schultern ließ er etwa so tief hängen wie Ghote, nachdem er seinen schweren Koffer aus dem Generatorschuppen geschleppt hatte. Eher noch tiefer.

Konnte man also davon ausgehen, daß sich der Bursche zu der Zeit, als die Schreibmaschine klapperte, nicht im Haus aufgehalten hatte? Fest stand nur, daß er zu Fuß gekommen war. Aber vielleicht war er schon vor einer halben Stunde angelangt. Er hatte dann eben bereits die Gärten durchquert, während Ghote sich noch im Schuppen mit seinem Koffer herumplagte. Falls das der Fall war, gab es für Mr. Dhebar nur eins: zu lügen und auf seinen Lügen zu beharren.

Ghote hätte sich ohrfeigen können, daß er seine Frage nicht in einer etwas allgemeineren Form gestellt hatte. Jetzt war es zu spät. Aber er mußte retten, was zu retten war.

Er räusperte sich. «Aber habe ich Sie nicht erst vor ein paar Minuten gesehen, wie Sie gerade aus einem Zimmer des Küchentrakts kamen?»

«O nein, nein, mein Lieber. Dafür hätte ich doch im Haus sein müssen.»

«Aber weswegen sind Sie überhaupt hier?»

«Wegen meines Motorrollers, mein lieber Doktor.»

Ghote fühlte sich plötzlich wie ein begossener Pudel. Er hatte bis jetzt keinen Gedanken an die Frage verschwendet, wie der Herausgeber, der sich schließlich mehr als zuvorkommend verhalten hatte, wieder zu seinem Roller kommen sollte.

«Ach ja, richtig, der Motorroller. Der ist in Sicherheit. Absolut in Ordnung alles. Ich habe ihn im Generatorschuppen untergestellt. Sie wissen, wo das ist?»

«Ja, in der Nähe des Forts, am anderen Ende der Gärten.» Mr. Dhebar schickte einen Blick voller Trauer über das doch recht beträchtliche Stück sonnenglühender Erde, das sich zwischen ihnen und der Tamarinde dehnte.

«Ja, genau. Aber Sie brauchen die Maschine doch hoffentlich nicht sofort? Sie müssen mit hineinkommen und sich ein wenig ausruhen. Raman bringt Ihnen sicher ein Glas Wasser.»

Der Herausgeber wurde ganz munter bei diesem Vorschlag.

«Ah ja, das wäre herrlich. Ein wenig ruhen. Nur ein paar Minuten. Und ein Schluck Wasser. Vielleicht bleibe ich auch bis zum Tee. Und wenn Begum Roshan ihn serviert ... Da wären alle meine Mühen belohnt.»

In Ghote ging eine Warnflagge hoch.

«Ihre Mühen?» fragte er mit scharfem Unterton. «Wieso haben Sie sie überhaupt auf sich genommen? Diesen ganzen Weg in der Hitze? Brauchen Sie Ihren Motorroller denn tatsächlich so dringend?»

«Ja», sagte Mr. Dhebar, der sich auf die Frage stürzte wie ein dressierter Delphin auf einen Fisch. «Ich brauche ihn sofort. Es ist sehr wichtig.»

«Aber gerade wollten Sie doch noch zum Tee bleiben? Das ist doch noch eine ganze Weile.»

«Ich ... äh ... das ist ...»

«Ja?»

Ghote stand unerschütterlich vor der vierschrötigen Herausgeber-Figur in der unverändert glühenden Sonne und wartete auf eine Antwort.

Mr. Dhebar fuhr sich mit der Zunge über die dicken, ausgetrockneten Lippen.

«Es ist nicht leicht zu erklären.»

«Versuchen Sie es trotzdem.»

Mr. Dhebar hätte ja sagen können, er denke gar nicht daran, einem Doktor der Philosophie Rechenschaft über seine Taten und Absichten zu geben, und seien sie noch so widersprüchlich, aber Ghotes Haltung war so eindringlich und unnachgiebig, daß er auf diese Idee gar nicht kam. Er suchte im Gegenteil verzweifelt nach einer überzeugend klingenden Antwort.

Als sie dann endlich kam, kam sie für Ghote sehr unerwartet.

«Doktor ... Doktor, da ist etwas, was Sie vielleicht wissen sollten. Ich dachte eigentlich nicht, daß ich es jemals einem Menschen erzählen würde. Bevor es an der Zeit ist. Bevor die Öffentlichkeit ohnehin davon erfährt.»

Ghote wartete. Es war nun nicht mehr nötig, Mr. Dhebar die Würmer aus der Nase zu ziehen. Er hatte angefangen zu reden, das übrige würde sich von allein ergeben.

Die Sonne wirkte jetzt wie eine Schraube, die ihm unerbittlich in den Kopf gedreht wurde.

«Doktor, Sie kennen mich ja. Ich bin nicht ganz ungebildet. Graduiert. Einigermaßen gute Zeugnisse. Ich bin Herausgeber eines unabhängigen Wochenblatts.» Trockenes, unterdrücktes Husten. «Aber ich weiß auch, wo mein Platz ist. Ich weiß ganz genau, wie weit ich gehen kann. Ich glaube, ich brauche mich nicht zu verstecken. Ich habe einiges aus mir gemacht. Aber ... aber Sir Asif ...»

Mr. Dhebar blieb vorübergehend stecken.

Ghote hatte gespannt zugehört, nicht aus kühler Überlegung, sondern sozusagen intuitiv, denn etwas in seinem Innern sagte ihm, daß das, was Mr. Dhebar zu erzählen im Begriff war, bei seinen Überlegungen eine erhebliche Rolle spielen könnte. Doch jetzt, da Mr. Dhebar innehielt, schoß seine Neugier hoch wie die Quecksilbersäule eines Thermometers, das man aus dem Kühlschrank nimmt und in die Nachmittagssonne trägt.

Sir Asifs Name war gefallen. Und dann hatte der Bursche gezögert, offenbar erschrocken vor den Konsequenzen.

Aber es gab jetzt kein Zurück mehr. Jetzt nicht mehr. Der Bursche hatte den Punkt, der ihm erlaubt hätte zu schweigen, bereits überschritten. Er kannte das aus zahllosen Verhören; er wußte, wie das war, wenn Menschen gestanden, und seien es die fürchterlichsten Verbrechen.

Also wartete er geduldig, bis Mr. Dhebar wieder zu sprechen anfing. Und Mr. Dhebar fuhr fort.

«Doktor, Sir Asif Ibrahim steht so hoch über meiner nichtswürdigen Existenz wie der Kanchenjunga über einem Maulwurfshügel. Doktor, ich ... werde Sir Asifs Tochter heiraten.»

Falls der Herausgeber gedacht hatte, er würde Ghote damit überraschen: seine Rechnung wäre voll aufgegangen.

Ghote stand wie angewurzelt da und konnte vorerst nichts tun als glotzen.

Dann spürte er plötzlich wieder die Sonne. In der Augengegend meldete sich ein pochender Schmerz.

Mr. Dhebar war also drauf und dran, die Linie zu überspringen: die Linie, die einmal ein Abgrund gewesen war. Begum Roshan und dieser Rechtsanwalt aus dem Süden, der ein Hindu gewesen war, hatten diese Linie nicht überschreiten dürfen. Es war im übrigen klar, wer sie so schroff – allerdings damals mit voller Rückendeckung durch die Gesellschaft – gezogen hatte: kein anderer als Sir Asif. Es war selbst heute, da es genug Eheschließungen zwischen den Kasten und Religionen gab, kein leichtes, diese Linie zu überschreiten.

Aber nun bekam alles, was der Herausgeber während ihrer kurzen Bekanntschaft von sich gegeben hatte, einen Sinn. Das schwelgerische Entzücken des Burschen noch an den gewöhnlichsten Höflichkeitsfloskeln, wenn sie nur von Begum Roshan stammten. Die Art und Weise, wie er Ghote die ganze *Sputnik*-Redaktion zur Verfügung gestellt hatte, kaum daß Begum Roshans Name gefallen war. Die Geschichte von ihrem Heiratswunsch und die nachfolgenden Bemerkungen über die Tatsache, daß nichts daraus wurde. Und das ganze Zeug, daß es heute ganz anders geworden sei und dergleichen. Er mußte ja Stunden und Stunden vor seinen ausgetrockneten Zeitungsstapeln gesessen und gearbeitet haben, bis er die Geschichte im *Hindu* mit allen ihren Details entdeckt hatte. Und schließlich diese Bereitwilligkeit, seinen wertvollen Motorroller herzuleihen, ohne wirklich stichhaltige Gründe dafür genannt zu bekommen.

Und jetzt ... Jetzt war er natürlich nicht nur wegen des Rollers den ganzen weiten Weg aus der Stadt hierher gekommen: er wollte sich auch gleich die Dankbarkeit der Angebeteten für seine selbstlose Tat abholen. Kein Wunder, daß ihn die Aussicht auf den Tee mit Sir Asif und dessen Tochter zu entzücken schien.

Und dessen Tochter ... Würde denn dieser stolze Mann, der Ghote erst vor kurzem ohne jeden Anflug von Skrupeln seine doch eher blutrünstige Familiengeschichte erzählt hatte, seiner Tochter jemals erlauben, den kleinen Emporkömmling von Herausgeber, den er so offenkundig verachtete, zu heiraten? Der Mann hatte doch aus dem einzigen Grund verhindert, daß sie einen jungen, aufstrebenden Anwalt heiratete, weil es sich bei ihm um einen Hindu handelte. Und jetzt, da es sich wieder um einen Hindu handelte, noch dazu um einen keineswegs aufstrebenden, sollte er plötzlich für die Hochzeit sein?

Eher würde er sich umbringen.

Ghote setzte sich gedankenschwer in Richtung auf das Haus in Bewegung. Es gab zwei Möglichkeiten. Entweder setzte der Mann mit dem umständlich gefalteten Dhoti, dem soliden Bauch und dem birnenförmigen Kinn, der jetzt da neben ihm auf das Haus zuging, diese Nachricht kaltschnäuzig in die Welt, weil das auf den betagten Richter unter Umständen tödlich wirken konnte. Oder aber das ging schief, dann mußte er ihn eben auf andere Weise töten, um seine Tochter heiraten und das Haus erben zu können. Dann war er der Besitzer der Juwelen, des Landes ringsum, ja des richterlichen Ansehens.

Möglich war das durchaus. Aber natürlich nicht beweisbar.

15

Das massig wirkende Haus lag jetzt unmittelbar vor ihnen; Ghote war inzwischen einen Schritt voraus. Er brauchte Mr. Dhebar nicht an der Seite zu bleiben: die unbarmherzig niederprallende Sonne würde ihn so sicher ins Haus treiben, das Schatten, ja Kühle versprach, wie eine Abordnung schwer bewaffneter Polizei. Aber wenn sie erst einmal drinnen waren, durfte er ihn nicht aus den Augen verlieren.

Mr. Dhebar hatte ein Motiv. Um Begum Roshan heiraten zu können, zwang er dem Richter eine Situation auf, in der es ihm unmöglich war, gegen die Heirat zu opponieren. Es galt also, Mr. Dhebar zu überwachen wie einen Schwindler, denn vielleicht bot sich ihm bald die Gelegenheit, seinen Plan weiter zu verfolgen und einen weiteren Brief so zu deponieren, daß Sir Asif ihn finden mußte. Und der neue Brief mußte durchaus nicht auf der Schreibmaschine in der *Sputnik*– Redaktion getippt worden sein.

Aber Ghote sollte noch nicht so schnell Zuflucht in der Kühle finden. Sie waren auf etwa drei Schritte an den schmalen schattigen Streifen herangekommen, den das drohend vor ihnen aufragende Haus jetzt allmählich zu werfen begann, als er aus den Augenwinkeln plötzlich eine Bewegung in den hinter ihnen liegenden Gärten wahrnahm.

Nichts, was auf einen Aufruhr hindeutete. Aber die Gärten lagen so reglos unter der sengenden Sonne, daß jede Bewegung die Aufmerksamkeit fesseln mußte. Ein paar Augenblicke wußte er nicht, was das sein könnte; er stand nur da, blinzelte in die Sonne und kam sich wie ein Idiot vor, daß er überhaupt stehengeblieben war.

Aber dann sah er es: hinter einer weitläufigen, völlig überwucherten Kolonie von Oleanderbüschen bewegte sich kaum sichtbar etwas Safrangelbes und entfernte sich mit langsam abgemessenen Schritten in die andere Richtung.

Der Heilige.

Also trieb auch er sich im Freien herum! Das war natürlich nicht verboten. Aber zu dieser Zeit zog sich jeder, der es sich leisten konnte, an einen einigermaßen kühlen Ort zurück – und sei es ein hartes Bett unter einem alten, wirkungslosen Ventilator –, um dort zu schlafen oder sich wenigstens so lange nicht zu rühren, bis die ärgste Hitze vorüber war. Aber es war nun einmal nicht zu leugnen, daß noch vor kurzem in einem der Zimmer jemand getippt hatte und dann hier heraus in die Gärten geflüchtet war.

Vielleicht hatte Mr. Dhebar doch die Wahrheit gesagt. Und vielleicht stammten die Drohbriefe doch nicht von ihm, selbst wenn er noch so sehr Sir Asifs Tochter zu heiraten wünschte. Aber vielleicht doch? Vielleicht trug er gerade jetzt so einen Brief bei sich und wartete nur darauf, sich seiner in einem unbeobachteten Augenblick zu entledigen.

Was also war zu tun?

Mr. Dhebar trottete immer noch arglos auf das Haus zu; er war um einiges langsamer als Ghote. Er wirkte nun wieder ganz so, als sei er tatsächlich den ganzen Weg vom Dorf her zu Fuß gegangen und wolle sich, sobald er nur das Hausinnere erreicht hatte, auf die nächste Bank fallen lassen und sich nur noch der Hoffnung auf einen kühlenden Drink hingeben.

Währenddessen entfernte sich der Heilige immer mehr.

Ghote straffte die Schultern. Er mußte noch einmal in die Sonne hinaus.

Der Heilige war etwa hundertfünfzig Schritt weit voraus. Er ging gemächlich seines Wegs und trug sein weißes Haupt hoch erhoben. Die sengende Hitze schien er nicht zu beachten.

Ghote beschleunigte seine Schritte. Bald war klar, in welche Richtung ihn der Heilige führte: er ging auf die kleine Erhebung zu, auf der sich, leicht flimmernd, das Fort abzeichnete.

Er wandelte also wohl nicht deshalb in der Hitze, weil man ihn beim Schreibmaschineschreiben gestört hatte, trug wohl auch kaum einen Drohbrief mit sich. Er hatte zu der Zeit, als man es für unumgänglich hielt, die Engländer ins Meer zu werfen, einen Schüler gehabt, und diesen Schüler schien er besuchen zu wollen.

Würde es sich lohnen, die beiden zu belauschen? Oder sollte er nicht lieber umkehren und nach Mr. Dhebar schauen, der vielleicht doch nicht ganz so erschöpft war wie es den Anschein gehabt hatte und der jetzt vielleicht auskundschaftete, wie er seinen neuen Brief an Sir Asif loswerden konnte?

Das Kopfweh, das sich bereits gemeldet hatte, als Mr. Dhebar auf ihn zugekommen war, hatte sich zu einem schier unerträglichen Schmerz ausgewachsen, der mit einem wilden, regelmäßigen Pochen gegen die Augäpfel und das Trommelfell drückte.

Was der Heilige seinem Schüler mitzuteilen hatte, stand möglicherweise in keinerlei Verbindung mit den Mysterien, die, gleich den Rattennestern in den leeren Zimmern, unter dem Dach des fast überirdisch weißen Hauses verborgen waren. Aber in einem intimen Gespräch zwischen zwei Personen, die beide mit der Geschichte dieses Hauses vertraut waren, konnte genausogut auch einiges zur Sprache kommen, das Licht in die Sache brachte.

Und Mr. Dhebar hatte ja nun wirklich sehr erschöpft ausgesehen. Wirklich.

Die Entscheidung war klar. Er fuhr sich mit der trockenen Zunge über den ausgedörrten Gaumen und hastete weiter. Die Hitze war so unerträglich, daß er durch Feuer zu laufen meinte.

Vor ihm wandelte der Heilige mit Stetigkeit auf sein Ziel zu, wobei sein Gewand in der ihn umgebenden Stille seltsam schwer wirkte. Dann erreichte er den Fuß der Böschung und stieg mit immer gleichen Schritten die Stufen hinauf, die hier und dort in die Erde eingelassen waren. Es wirkte, als habe er den ebenen Boden gar nicht verlassen.

Ghote hielt im Schutz des Generatorschuppens kurz an, wo er schon am Vorabend gestanden und beobachtet hatte, wie Raman sein Tablett mit den Speisen für Sikander durch das Mondlicht balancierte. Heute ging an Ramans Stelle die safrangelbe Figur mit geübten Schritten an der Mauer entlang und verschwand durch den engen Spalt im Fort.

Jetzt rannte auch Ghote auf die kleine Erderhöhung zu. Die Böschung nahm er in einer Art Sturmlauf, drückte sich flach gegen die rötliche Mauer, die, bei Tag besehen, doch erhebliche Erosionsspuren aufwies und eine ungeheure Hitze ausströmte, und glitt dann an ihr entlang auf den spaltförmigen Mauerdurchlaß zu. Dort blieb er noch einmal stehen, um zu lauschen. Zuerst war nur das schwache Zirpen der Insekten ringsum zu hören, doch dann glaubte er auch das Geräusch nackter Füße ausmachen zu können: der Heilige schien unmittelbar unter ihm den schmalen dunklen Gang entlangzugehen.

Er zählte bis zehn, wobei er sich zwang, besonders langsam zu zählen, und glitt dann ebenfalls in den Mauerspalt.

Die Dunkelheit, die ihn im Innern des Forts umfing, wirkte nach der gleißenden Helle draußen zunächst wie eine Wand. Doch war jetzt das Patschen der Heiligen-Füße unter ihm deutlich zu hören. Ghote wußte, daß vor ihm zwölf Stufen lagen, und er begann, sie vorsichtig hinunterzusteigen.

Als er ebenen Boden erreicht hatte, hielt er abermals inne. Erst als er sich überzeugt hatte, daß der Heilige unverdrossen auf Sikanders Gefängnis zustrebte, setzte auch er sich wieder in Bewegung, wobei er, wie beim erstenmal, die Hände nach beiden Seiten ausstreckte, bis er mit den Fingerspitzen die fledermauskotigen, glitschigen Wände berührte.

So kam er bis zu der Biegung im Gang, von der aus er gestern den schwachen Lichtschimmer gesehen hatte, der ihm definitiv bewies, daß in dieser stinkenden Finsternis jemand verborgen gehalten wurde. Er überlegte noch, ob das Licht auch dieses Mal, nach Sikanders Ausflug in die Freiheit, dasein würde, als er es auch schon vor sich sah. Und davor zeichnete sich die wuchtige Silhouette des Heiligen ab.

Ghote ging in die Hocke und streckte den Kopf um die Ecke. Von hier aus konnte er alles hören – vorausgesetzt, die beiden sprachen durch die Gittertür miteinander – und wurde, falls sich der Heilige in seiner Arglosigkeit plötzlich umdrehte, selbst nicht gesehen.

Ob es wirklich zu einem Gespräch kam? Schließlich hatte sich der Heilige der Schweigsamkeit geweiht.

Er schien tatsächlich nichts reden zu wollen. Statt einfach Sikander beim Namen zu rufen und damit seine Anwesenheit anzuzeigen, ließ er die Hände über die eisernen Gitterstäbe gleiten, bis sie einen feinen, singenden Ton von sich gaben.

Doch schien dieser Ton keine Antwort hervorzurufen. War Sikander gar nicht mehr hier? Oder schlief er? Oder lag er tief hinten in seinem Verlies, grollend und über seinen fehlgeschlagenen Fluchtversuch nachgrübelnd?

Dem Heiligen indes schien es nichts auszumachen, daß er keine Antwort bekam. Er wartete etwa eine halbe Minute, dann ließ er sich mit gekreuzten Beinen unmittelbar vor der Gittertür auf dem Boden nieder und begann abermals mit den Fingern über die Gitterstäbe der Tür zu streichen wie über eine Harfe. Es dauerte nicht lange, und der ganze Gang war von diesem singenden Geräusch erfüllt.

Dann war die Antwort plötzlich doch da, und zwar mit einer Heftigkeit, die um so schockierender wirkte, als sie in krassestem Kontrast zu dem harmonischen Summen ringsum stand: schlagartig war wieder dieses tierische Gebrüll da, das er schon kannte, und im selben Augenblick erschien der Verrückte vorn am Gitter, schlug wie wild darauf ein und rüttelte daran, als wollte er es aus seiner Verankerung reißen, wobei er ununterbrochen diese gellenden Schreie ausstieß, die aus der Tiefe seines ungeheuren Brustkastens zu kommen schienen.

Der infernalische Lärm kam in Wellen, wie Ghote es schon einmal erlebt hatte, als er selbst diesem rasenden Wesen gegenüber gestanden hatte. Aber wie beim erstenmal begann er endlich abzuebben.

Wenn der Heilige sprechen wollte, so war jetzt die Zeit dafür.

Das Brüllen war inzwischen zu einem tierischen Knurren abgeflaut, doch war sonst immer noch nichts zu hören.

Bald war klar, daß auch weiter nichts zu hören sein würde. Der Heilige hielt sich auch hier in der Finsternis, wo ihn nur der Verrückte hören konnte, an sein Gelübde. Es galt hier so unumstößlich wie in der steifen Atmosphäre des Hauses.

Genau so sicher war aber auch, daß die auf gekreuzten Beinen sitzende Gestalt vor dem Gitter mit der Gestalt dahinter in eine Art Kommunikation getreten war. Zwischen ihm und Sikander war es schließlich nicht anders gewesen. Wahrscheinlich lächelte der Heilige, zeigte er aus seinem eckigen, vollen Bart sein inniges Lächeln, das war wie der Strahl der Sonne. Nur brannte es nicht, war nicht feindselig: es wärmte, es durchdrang einen bis ins Innerste, ließ einen dahinschmelzen.

Dennoch erlitt Sikander einen weiteren Tobsuchtsanfall. Seine abgerissenen Schreie hallten in der engen Finsternis des Ganges schauerlich wider.

Ghote sah das verzerrte Gesicht vor sich, die wild arbeitenden Muskeln, stellte sich wieder das Nichts hinter diesen Grimassen und Verrenkungen vor: dieses Nichts aus blankem Zerstörungswillen. War das Lächeln des Heiligen, das er am eigenen Leib erfahren hatte, dem er sich unterworfen hatte, dafür zu schwach?

Vielleicht doch nicht. Der Tobsuchtsanfall ging dieses Mal ziemlich rasch vorüber, ohne daß sich die vor der Gittertür kauernde Gestalt auch nur um einen Fingerbreit von der Stelle gerührt hätte.

Der Kampf, der hier unten in dieser fast vollständigen, nach Fledermäusen stinkenden Finsternis ausgetragen wurde, dauerte an, Minute um Minute. Dann wurde offenkundig, daß das Lächeln des Heiligen den Sieg erringen würde. Sikander rüttelte zwar in Abständen immer wieder an seiner Gefängnistür, aber die Anfälle wurden von Mal zu Mal schwächer. Und jedes Mal klangen die gellenden Schreie weniger überzeugt.

Ghote beobachtete den Wettkampf von seinem Posten hinter der Mauerbiegung mit solcher Faszination, daß er gar nicht an seine schmerzenden Glieder dachte und manchmal sogar sein pochendes Kopfweh vergaß.

Schließlich war es soweit: Sikander war absolut ruhig geworden. Ob der Heilige nun endlich etwas sagte? Vielleicht wich er doch noch von dem selbstauferlegten Gelübde ab – zum Segen des armen Wesens vor ihm.

Aber das Schweigen hielt an. Ghote konnte jetzt sogar auf diese Entfernung das Geräusch des tropfenden Wassers hören, das so winzig war, daß es lediglich das Trommelfell zu streicheln schien.

Und immer noch dauerte die Stille fort. Der Heilige kauerte reglos an seinem Platz, und jenseits der Tür war der wie geläutert wirkende Verrückte von Minute zu Minute deutlicher zu sehen.

Er war es, der schließlich zu reden begann. Er sprach mit tiefer Stimme. Sein Englisch war ruhig und einwandfrei; in der sie umgebenden Stille war jedes Wort zu hören.

«Du bist wieder gekommen, mein alter Freund?»

Eine Antwort schien er nicht zu erwarten, und er bekam auch keine. Jedenfalls keine, die sich in Worten artikulierte.

«Willst du mir diesmal nichts erzählen? Nichts? Nichts über diese verdammten ...»

Die letzten Worte waren bereits wieder in einer nervös überhöhten Tonlage gesprochen. Doch ging das schnell vorüber. Man konnte sich unschwer vorstellen, was geschah: das Lächeln des Heiligen hatte die Flamme gelöscht, noch bevor sie hatte emporzüngeln können.

«Aber es ist doch noch immer nicht zu Ende. Es geht doch weiter draußen? Die Unterdrückung. Die Ungerechtigkeit. Der Kampf dauert schon jahrelang, und wir haben nichts erreicht. Nicht das geringste.»

Sprich doch! Ghote wünschte, er könnte die dort sitzende Gestalt hypnotisieren: sprich, rede mit ihm, erklär ihm alles! Jetzt wird er dir zuhören, so sprich doch mit ihm. Sag ihm, daß er keinen Grund mehr hat für seinen Zorn. Sag ihm, daß die Tage der Briten längst vorüber sind. Daß Indien frei ist. Ein stolzes, freies Land ...

Aber dann riß er sich zusammen. Es gab Dinge, die sollte man gerade einem Heiligen, der die Wahrheit liebte, nicht in den Mund legen. Aber das eine konnte er der armen Kreatur doch sagen: daß die britische Herrschaft zu Ende war. Und daß Indien, ob nun zum guten oder zum schlechten, ein freies Land war. Und daß das, was ihn so krank gemacht hatte, nicht mehr existierte.

Das zumindest mußte er ihm doch sagen. Das war doch das geringste, was ein Mensch für einen anderen tun konnte.

Aber der Heilige saß weiterhin reglos auf seinen Fersen.

Und dann, kurz bevor Ghote von dem unkontrolliert emporschießenden Bedürfnis übermannt wurde, selbst die gute Nachricht in die Stille zu schreien, begann Sikander wieder zu sprechen.

«Wir haben keine Wahl. Wir müssen weiterkämpfen. Immer weiterkämpfen. Und wenn ich nicht mehr mit dem Gewehr, mit Dynamit, mit dem Schwert kämpfen kann, dann werde ich auf andere Weise weiterkämpfen: mit den Waffen des Geistes. Mein Freund, bist du bereit, ein weiteres Memorandum für mich zu befördern? Wir müssen an den Kaiser von Indien appellieren, er ist jetzt unsere einzige Hoffnung. Vielleicht finden wir bei ihm Gerechtigkeit. Vielleicht.» Die klagende Stimme hielt inne. Dann fing sie von neuem an: «Mein alter Freund, ich bin eben dabei, ein neues Memorandum zu verfassen. Kannst du morgen kommen und es abholen? Bist du dazu bereit?»

Er bekam keine Antwort, oder wenn er sie bekam, bestand sie nicht in Worten. Aber selbst über diese Entfernung war seinem Gesicht abzulesen, daß ihm Erfüllung für seine Bitte verheißen worden war. Der Heilige hatte statt einer Antwort gelächelt, und das Lächeln hieß «Ja».

Das war für Ghote der Zeitpunkt, sich zurückzuziehen. Der Heilige hatte dieses Wrack eines Menschen besucht, der einmal sein Jünger gewesen war: einer seiner Jünger aus Kriegszeiten, nicht einer von den vielen anderen, die er in Friedenszeiten hatte. Er hatte versprochen zu tun, was der Verrückte von ihm wollte. Er hatte ihm ein Stückchen Freiheit gebracht. Aller Wahrscheinlichkeit nach würde er seinen Besuch jetzt bald beenden.

Bei einem Mann von seinen Geisteskräften war es, wenn er sich umdrehte, nicht ausgeschlossen, daß er ihn sah. Ja, man konnte befürchten, er würde ihn selbst durch die Mauern hindurch erkennen.

Also stand er mit steifen Gliedern auf und ging durch den engen, dunklen, stinkenden, glitschigen tunnelartigen Gang auf die ins Freie führende Treppe zu.

Dann stand er wieder in der erbarmungslosen Sonne.

Als er die kleine Böschung hinunterkletterte und in das staubige, ausgedörrte Buschwerk der Gärten eintauchte, wußte er, daß er vieles gelernt hatte.

Tatsache war, daß der Verrückte unter dem Fort – Gott, war es hier heiß, die Sonne machte einen regelrecht schwindeln – mit der Außenwelt in Verbindung stand. Und er schrieb Briefe: er verfaßte, was Raman «Memboranden» genannt hatte. Vielleicht hatte er sogar eine Schreibmaschine drunten in seinem Verlies, für seinen Privatgebrauch: ein Spielzeug, mit dem er sich beschäftigen konnte. Vielleicht benützte er den Heiligen, ohne daß der es wußte, als Boten für die Drohbriefe an seinen Vater, oder er ging ihn zumindest um solche Botendienste an. Und die Briefe enthielten Todesdrohungen.

Es erschien allerdings unwahrscheinlich, daß der Heilige in so etwas einwilligen würde. Aber möglich war alles. Man darf nicht vergessen, daß Heilige oft ihre eigene Logik haben. Vielleicht sah Anand Baba keinen Grund, warum man Sir Asif nicht bedrohen sollte. Vielleicht schätzte er die Sache auch so ein, daß Sir Asifs Erdenleben lange genug gedauert hatte und man ihm ein Ende bereiten sollte. Wofür sich der dreißigste Jahrestag des Madurai-Prozesses wärmstens empfahl. Möglich war es. Durchaus.

16

Bald würde die Hitze ihren Höhepunkt überschritten haben und das riesige, im Schlaf liegende Haus zu neuem Leben erwachen. Aber noch war es nicht soweit, als Ghote aus der flimmernden Sonne wieder in den Schatten der Halle getaumelt kam. Sein monströser Koffer lag immer noch dort, wo er ihn fallen gelassen hatte – wie lange das schon wieder her war –, als er von seinem Versteck im Generatorschuppen zurückkehrte und plötzlich von irgendwoher das hoffnungsfroh stimmende Klappern einer Schreibmaschine gehört hatte.

Er seufzte.

Sicher: er hatte diese einmalige Chance nicht genutzt. Aber die Zeit, die er in der Nachmittagssonne verbracht hatte, war auch nicht ganz nutzlos gewesen. Er hatte einige unerwartete Fakten über den Gefangenen zu Tage gefördert, wodurch seine Arbeit ganz neue Aspekte gewonnen hatte. Und er war auf Mr. Dhebar gestoßen, der durch die Gärten schlich, wenn Schleichen nicht ein viel zu energisches Wort für Mr. Dhebars wirklich ganz und gar depressive Gangart war.

Sollte er nicht lieber gleich eruieren, wo sich der Herausgeber in diesem Augenblick aufhielt? Sicherstellen, daß nicht schon wieder ein Drohbrief an einer Stelle deponiert worden war, an der ihn Sir Asif finden mußte?

Oder war es nicht besser, er brachte erst seinen Koffer auf sein Zimmer, bevor ihn Sir Asif noch zu Gesicht bekam und sich an das frühere Benehmen seines Gastes, das ein unmögliches war, erinnert fühlte?

Er wuchtete den Koffer hoch, was ihn selbst in die Schräglage drückte, ließ den Kopf schwer zur Seite fallen und begann leise die Treppe hinaufzusteigen.

Aber dann hörte er durch die heiße, stehende Luft von oben unmißverständlich das Geräusch von Tritten. Jemand, der Schuhe trug, kam die Treppe herab.

Er schaute, wie auf frischer Tat ertappt, nach oben und vergaß dabei ganz seinen schweren Koffer. Vor ihm stand der mysteriöse Priester, stand Father Adam, der weiße Naxalit.

Ghote zwang sich zur Ruhe.

«Guten Tag, Father.»

«Mort. Mort. Sie sollten mich wirklich Mort nennen, mein Lieber.»

«Ja. Ja, natürlich. Ich vergesse das leider immer wieder. Sie müssen überhaupt entschuldigen ... Unsere indischen Umgangsformen sind vielleicht etwas formell.»

«Sie sind nur ein Indiz, mein Lieber, ein Symptom.»

Es war klar: er hatte jetzt zu fragen, wofür sie ein Symptom waren. Aber er fürchtete die Antwort bereits im voraus zu kennen. Wenn er hingegen nichts sagte, würde man ihn samt seinem Koffer passieren lassen, ohne weitere Bemerkungen und Fragen, seine nachmittäglichen Aktivitäten betreffend.

«Wofür bitte sind die indischen Umgangsformen ein Symptom?»

«Für eine gewisse Beschränktheit der Mentalität. Für das starre Festhalten an längst überholten Verhaltensweisen, die dem Volk überdies von irgendwelchen Eroberern aufgezwungen wurden. Für die ökonomische Abhängigkeit von der bürgerlichen Morallehre.»

«Für das alles?» wollte Ghote sagen. Aber die etwas formellen indischen Umgangsformen hinderten ihn daran.

«Na ja», sagte er statt dessen. «Man kann diesen Standpunkt einnehmen, obwohl, wenn ich ganz ehrlich sein will: ich habe kein Wort verstanden.»

«Dieses Land versteht überhaupt nichts. Das ist ja die Misere, mein Lieber. Aber warum schleppen Sie sich eigentlich so ab mit dem Koffer? Schlafen die Diener denn alle?»

Das nun empfand Ghote als besonders unfair. Der Bursche sollte den Koffer doch übersehen! Und daß ein naxalitischer Priester gleich an Diener dachte! Er hätte stolz darauf sein müssen, seine Lasten und Bürden selbst zu tragen und das auch von anderen zu erwarten.

Aber statt daß der Mann schlief wie alle anderen, stand er gestiefelt und gespornt vor ihm. Da war es doch leicht möglich, daß er schon länger auf war und in dem schattigen kleinen Zimmer unten an der Schreibmaschine gesessen hatte.

Ghote hätte es allzu gern gewußt. Und weiteren ihn in Verlegenheit bringenden Bemerkungen wollte er auch ausweichen. Also stellte er seinerseits eine Frage.

«Aber Sie, Mort, wieso schlafen Sie nicht zu einer so heißen Tageszeit?»

Er war sehr stolz auf das «Mort». Er hatte es geschickt eingebaut, es hatte ganz selbstverständlich und lässig geklungen. Aber er hätte seine Frage etwas geschickter formulieren müssen. Sie war viel zu platt; der Bursche konnte sich in aller Ruhe irgendwelche Ausreden einfallen lassen. Aber offensichtlich dachte er gar nicht daran. Er stand nur einfach da auf seiner Treppenstufe und sagte gar nichts.

War die Frage am Ende ein besonders geschickter Streich gewesen, der den anderen mit einemmal aus dem Sattel gehoben hatte, wo er sich gerade in aller Ruhe eingerichtet hatte?

Endlich kam eine zögernde Antwort. «Ein Buch. Ja, wirklich. Ich hatte einfach Lust auf etwas Lesbares, und da dachte ich, ich gehe mal runter in die Bibliothek.»

Die Geschichte klang nicht sehr glaubwürdig.

Ghote hakte nach. «Aber Mort, Sie wissen doch sicher genausogut wie ich, was für Bücher in der Bibliothek stehen. Gesetzbücher und Urdu-Lyrik.»

Das schien ihn denn doch aus der Fassung zu bringen. Bald würde er diesen Priester, diesen Naxaliten so weit haben.

Aber der wirkte plötzlich wieder ganz entspannt. Ein Lächeln trat in sein Gesicht, und die schwarzen Augenbrauen rückten auseinander.

«Ich fürchte, Sie haben mich ertappt, Ganesh.»

Einen Sekundenbruchteil lang glaubte Ghote entgegen aller Wahrscheinlichkeit, er werde gleich ein Geständnis zu hören bekommen: hier und jetzt, auf den Stufen dieser breiten, hölzernen Treppe. Aber dafür hatte die Bemerkung zu nonchalant geklungen: nicht nach dem Beginn eines ernsthaften Bekenntnisses.

«Ertappt? Wie meinen Sie das?»

Der Priester lächelte wieder. «Ich muß Ihnen etwas beichten. Eine Sünde.»

Kann das sein? Ist das möglich? Ist das Verschicken von Todesdrohungen für diesen Burschen eine solche Bagatelle, daß er es grinsend gestehen kann? Zwar, er hatte von der Sünde schon mehrmals als von etwas gesprochen, was seine Geltung verloren hatte, aber wollte er sich jetzt auf seine Kosten lustig machen?

«Ja?» sagte Ghote steif und mit einem Anflug von Strenge.

Aber noch war es nicht soweit mit dem Geständnis. Statt dessen kam ihm der Priester erst einmal ein paar Stufen entgegen und lehnte sich mit provozierender Lässigkeit gegen das geschnitzte Geländer.

«Wissen Sie», sagte er, «ich kann mich genau erinnern ... als Kind ... ich wuchs in einem sehr katholischen Elternhaus auf. Sehr fromm, sehr gottesfürchtig ... na ja, jedenfalls weiß ich genau, daß es da eine Sache gab, die mich wirklich erschreckte. Wenn ich sie tat und auch, wenn ich nur daran dachte. Ich nehme an, ich war ein ganz normaler Junge, der auch mal log, jedenfalls war das weiter kein Problem. Ich ging einfach zur Beichte, erzählte dem Pfarrer, woran ich mich erinnerte, sprach dann mein Gebet, und die Sache war erledigt. Die Kirche war damals ganz schön hinter der Zeit zurück. Aber da war diese eine Sache.»

Der Priester unterbrach sich abrupt.

Ghote hatte währenddessen die Ohren gespitzt und ihn genau beobachtet. Diese «Sache» war offenbar nicht von Pappe; hinter dieser lässigen Attitüde war deutlich zu erkennen, daß ihn das immer noch umtrieb. Es galt ruhig abzuwarten, bis er die Grenze, die sich plötzlich zwischen ihnen abzeichnete, zu überspringen in der Lage war.

Father Adam lächelte ein wenig schief. «Na ja, es war das mit der Masturbation, würde ich sagen. Irgendwie hatte sich in mir die Überzeugung festgesetzt, daß sie genau das meinten, wenn sie von der Sünde wider den Heiligen Geist sprachen. Eine Sünde, die nicht einmal Gott selbst vergeben kann. Ich war in einem verdammt seltsamen Zustand. Natürlich war ich scharf darauf. Ich war regelrecht verrückt danach.

Und gleichzeitig mußte ich immer denken: ‹Gott sieht mich, er sieht mich auch in diesem Augenblick, und das bedeutet, daß es aus ist mit mir und daß keine Hoffnung mehr besteht für mich. Daß sich die Hölle schon unter mir geöffnet hat, gleichgültig, was ich in meinem vor mir liegenden Leben sonst noch tue.›»

Na schön, dachte Ghote, na schön. Es gab schließlich jede Menge Jungen, denen es genauso ging. Er hatte Kameraden gehabt, die ähnliches durchmachten, zwar nicht mit dem wachsamen Christengott über ihnen, aber im Grunde ... Warum erzählte Father Adam ihm das alles? In welcher Beziehung stand das zu der Tatsache, daß der Bursche zu dieser lähmend heißen Tageszeit durch das Haus spazierte?

«Ja und?» fragte er mit einem Unterton von Ungeduld.

Der Amerikaner grinste. «Na ja, eines Tages habe ich es dann eben doch getan. ‹Und wenn der Himmel über mir zusammenbrechen sollte›, sagte ich mir, ‹und wenn ich mit Blitz und Donner zur Hölle fahren sollte, ich tu's einfach.› Und ich hab's getan. Aber der Himmel ist nicht zusammengebrochen. Und die Erde hat sich weitergedreht wie seit Millionen von Jahren. Allmählich wurde mir dann klar, daß das weder mit dem Himmel noch mit der Hölle irgend etwas zu tun hatte. Vermutlich hat dieser Nachmittag damals in Boston mich gelehrt, die tiefe Wahrheit der Situationsethik zu sehen, obwohl es diesen Terminus damals noch gar nicht gab.»

Und wieder dieses etwas schiefe, fast mißbilligende, keineswegs sehr anziehende Lächeln.

«Bitte, was ist das, Situationsethik?»

Der Priester wirkte wie vor den Kopf gestoßen. «Sie sind Doktor der Philosophie und wissen nicht, was Situationsethik ist?»

Ghote fühlte, wie ihm aus lauter Scham die Kniekehlen feucht wurden.

«Doch», sagte er hastig, «natürlich. Nur ... In Indien nennen wir das Ethik der Situation.»

Ob das verfing?

Aber ja.

«Ach so», sagte der Amerikaner. «Aber ich bin wahrscheinlich immer nur wie eine Katze um den heißen Brei herumgegangen. Ich fürchte, in Wirklichkeit bin ich unterwegs zu einem Diebstahl. Und dabei bin ich hier Gast.»

«Diebstahl? Was denn für einen Diebstahl?» Ghote war völlig verwirrt.

Aber der Priester lächelte ihn nur kläglich an.

«Na ja, diese Eisbox in der Küche. Dieses eisartige Zeug. Wie nennen Sie das hier doch gleich? Kulfi. Ich kann da einfach nicht widerstehen.»

Damit setzte sich der Priester in seinen Khakihosen in Bewegung, spurtete an ihm vorbei die Treppe hinunter und verschwand Richtung Küche.

Ghotes Verwirrung wollte sich nicht legen.

Was sollte das alles? Hatte der Mann die Wahrheit gesagt? Aber was bedeutete die Wahrheit überhaupt für so jemanden? Was hatte es mit dieser Situationsethik auf sich? Er mußte das herausfinden, bei der kleinen Schwindelei von vorhin konnte er es nicht bewenden lassen. Vielleicht bedeutete es, daß der Priester viel zu hoch über den Leuten stand, die so banal waren, immer die Wahrheit zu sagen. Aber wenn das so war: was hatte das für Konsequenzen für seine Haltung gegen Sir Asif?

Sir Asif. Er suchte besser sein Zimmer auf, bevor der Richter aufstand. Er sollte ihn nicht so sehen, mit dem ...

Aus dem oberen Stockwerk hörte man ein kleines, fast unmerkliches Geräusch. Als Ghote nach oben blickte, stand der Richter auf dem oberen Treppenabsatz.

«Nach meiner Definition», sagte die kühle, genau artikulierende Stimme, «nach meiner Definition, Dr. Ghote, besagt die Situationsethik folgendes: in moralischen Fragen hängt das richtige Verhalten nicht von allgemein gültigen Prinzipien ab, sondern von den Umständen der jeweiligen Situation. Situationsethik ist, wenn Sie so wollen, wenn sich ein Mann jedesmal erneut die Frage stellt: ‹Soll ich das Individuum, dem ich als Feind gegenüberstehe, töten oder nicht?›»

Jetzt war Ghote womöglich noch mehr verwirrt. Er hatte das Gefühl, in seinem Kopf wimmle es wie vor dem Victoria-Bahnhof in Bombay zur morgendlichen Rushhour: einander stoßende und drängelnde Menschen, die in alle möglichen Richtungen strebten, heftig herumkurvende und -hupende Autos, schmale lange Karren, in deren Zügeln Kulis hingen, ein unübersehbares Meer von Fahrrädern, die so ungehemmt klingelten, als seien nicht die Pedale die Kraftquelle, sondern die Klingeln. Dazwischen Einspänner, die nur schwerfällig und ruckweise vorwärts kamen, und ein Heer von Angestellten aus den Büros in allen Rassen und Hautfarben, die wild durcheinander liefen und offenbar durch die Bank eine gefährliche Verspätung aufzuholen hatten.

Sir Asif hatte sich geweigert, ihm Einzelheiten über seine Gäste zu erzählen. Aber wollte er ihm jetzt durch die Blume zu verstehen geben, daß die Todesdrohungen von dem Amerikaner stammten? Oder hatte er einfach das erste Beispiel gewählt, das ihm einfiel? Aber vielleicht war es doch mit Vorbedacht geschehen: vielleicht zielte es darauf ab, im Kopf dieses Doktors der Philosophie, der immer um einen herum war und einem lästig fiel, Verwirrung zu stiften. Vielleicht wirkte Ghote auf den Richter wie ein übereifriger Nebenanwalt, der kühn genug war, die Geduld des Gerichtshofs mit irgendwelchen absurden Argumenten zu strapazieren.

Ghote schüttelte sich – so weit man sich eben mit einem schweren Koffer in der Hand schütteln kann.

«Ich danke Ihnen, Sir. Ich habe eben sehr viel gelernt.»

«Aber nicht doch, mein Lieber. Sie wissen sehr wohl, daß ich in Ihrer Schuld stehe. Ich wäre mehr als glücklich, wenn ich ein wenig davon abgetragen hätte.»

Konnte er den Koffer noch hinter seinen Rücken bugsieren? Oder war es dafür schon zu spät?

«Ich werde mich übrigens noch einmal zurückziehen und erst zum Tee wieder erscheinen. Und Ihnen, mein lieber Doktor, rate ich dasselbe: bringen Sie Ihren Koffer auf Ihr Zimmer und legen Sie sich hin. Es ist außergewöhnlich heiß heute.»

Damit drehte sich der alte Mann um und entfernte sich mit langsamen Schritten.

Ghote wartete noch eine Weile, bis er sicher war, daß der Richter die Tür seines Zimmers hinter sich geschlossen hatte. Dann ging er mit leicht zitternden Knien die Treppe hinauf. In seinem Zimmer ließ er den schweren, grauenhaft gelben Koffer fallen und warf sich auf das Bett.

Der Ventilator über ihm vollführte noch immer seine mühseligen Umdrehungen. Und noch immer klang es so, als wolle er jeden Augenblick zum Erliegen kommen. Rrr-bock, rrr-bock.

Er fühlte sich ungeheuer erleichtert.

Die Vorstellung, wie Sir Asif reagieren würde, wenn er den Koffer sah, hatte ihm wahre Alpträume verursacht. Wie töricht! Natürlich war sich der Alte der Tatsache bewußt, daß er ihn vor kaum vierundzwanzig Stunden aus dem Haus geworfen hatte. Aber dann hatte er ihm, durch einen Zufall begünstigt, einen Gefallen, nein, einen großen Dienst erweisen können, und das vergaß der Alte nicht, jedenfalls nicht wegen eines Koffers, und sei er zehnmal nur aus Pappe.

Aus irgendwelchen Gründen hatte er um das zerbeulte Ding eine Mauer aus Ängsten und Verlegenheiten errichtet. Es hatte überhaupt keine Notwendigkeit bestanden, ihn aus dem Schuppen zu holen. Er hatte sich völlig unsinnig in einen bösen Tagtraum hineingesteigert. Und hatte dann ein weiteres Mal Glück gehabt: daß Sir Asif durch seine Unterhaltung mit Father Adam aus seinem Zimmer gelockt worden war und das ominöse Ding gesehen hatte. Er hatte sich wirklich völlig überflüssigerweise zum Narren gemacht.

Er seufzte tief.

Ein bißchen Selbsterkenntnis konnte nicht schaden. Aber sehr viel weiter kam er damit auch nicht. In geheimnisvolles Dunkel gehüllt blieb die Person, die in dem Raum im Erdgeschoß getippt hatte, blieben die Absender und Übermittler der Drohbriefe. Er konnte nicht einmal mit

Sicherheit sagen, ob man den Richter zum Jahrestag des Madurai-Urteils wirklich töten wollte.

Aber dann entfaltete das regelmäßige, rhythmische rrr-bock des Ventilators doch noch seine Wirkung. Ghote schlief ein.

17

Als er einige Zeit später aus dem Schlaf aufschreckte, war ihm auch ohne einen Blick auf die Armbanduhr klar, daß der Tee schon begonnen hatte. Schlaftrunken und fluchend stand er auf und ging zu dem schmalen Schrankspiegel hinüber, um seine zerknitterten Kleider in Ordnung zu bringen. Die Krawatte war immer noch beim Bügeln. In diesem Zustand Sir Asif unter die Augen zu treten, bedeutete schon wieder eine Peinlichkeit.

Aber dann riß er sich zusammen.

Das war alles Unsinn. Er lud sich da nur freiwillig wieder eine Last auf die Schultern. Der Richter wußte schließlich, was los war mit der Krawatte. Es war nur logisch, daß er ohne sie zum Tee erschien. Und Sir Asif kalkulierte zweifellos auch ein, daß ein Gast, der den Tag mit einem so gefährlichen Kampf, noch dazu gegen seinen Sohn, begonnen hatte, das Recht auf einen längeren Nachmittagsschlaf hatte.

Nein, er mußte aufpassen, daß er diese inneren Mauern nicht zu hoch werden ließ; die hatten vermutlich ohnehin nur eine Alibifunktion: wenn er vor Sir Asif zitterte, konnte er es sich nämlich schenken, aus gleichberechtigter Position Forderungen an ihn zu stellen. Das war es doch. Er hatte Angst vor dem Mann. Der Richter, also das mutmaßliche Opfer, war zwar immer als sein Gegner aufgetreten. Ghote hatte von Anfang an eine gewisse Scheu vor ihm entwickelt, was ihn wiederum in die Lage versetzte, vor sich selbst so zu tun, als habe sein Gegner irgendwelche unbilligen Vorteile, während er unfairerweise von vornherein benachteiligt war, zum Beispiel durch den Besitz eines solchen Koffers. Sein Unterbewußtsein hatte alles so gedeichselt, daß er den Tatsachen nicht ins Gesicht sehen mußte. Und die bestanden darin, daß er dem Richter Widerstand entgegensetzen mußte, daß er es auf einen Schlagabtausch ankommen lassen mußte. Schlag auf Schlag. Psychologisches Florett.

Das gefiel ihm, und es war ihm sogar auf englisch eingefallen. Psychologisches Florett. Bei den Urteilen, die Richter Asif Ibrahim gefällt hatte, war zwar vermutlich keine Psychologie im Spiel gewesen, aber wie auch immer, dieser Einfall, den Richter mit Psychologie zu bekämpfen, war nicht ohne Glanz. Er fühlte sich erheblich besser.

Er warf noch rasch einen Blick in den Spiegel und fand sich passabel. Er knipste den Ventilator aus, es klickte hohl, und unmittelbar darauf begann das Ding im Todeskampf zu stöhnen. Dann verließ er sein Zimmer und ging hinunter zum Tee.

Sie waren schon alle auf der weiträumigen Terrasse unter dem säulengetragenen, schattenspendenden Dach versammelt: Sir Asif, Begum Roshan, ihr zur Seite Mr. Dhebar, Father Adam und der Heilige. Die Sitzordnung war die gleiche wie am Vortag. Auf dem spindelbeinigen Messingtisch waren wie gestern und in der gleichen Reihenfolge wie gestern dieselben Platten wie gestern arrangiert, und wie gestern gab es Gurkensandwiches, Currygebäck und Kekse mit einem rosa Zuckerguß, der in der Hitze weich wurde. Gab es denn in diesem Haus überhaupt keine Abwechslung? Würde denn Sir Asif bis zu seinem Lebensende, bis zu seinem letzten Atemzug die Rolle des Widerspenstigen spielen?

Psychologie, repetierte Ghote bei sich, Psychologie. Denn er war auf der Suche nach einer Entschuldigung für seine Verspätung.

Es hatte sich übrigens doch etwas verändert: obwohl Ghote zu spät kam, war Raman diesmal nicht wie gestern, als Ghote das unterirdische Verließ entdeckt hatte und zu spät zum «Drink vor dem Abendessen» erschienen war, daran gehindert worden, die Gäste zu bedienen.

Ja, ja, der Doktor der Philosophie, der heute früh Raman davor bewahrt hatte, zerfleischt zu werden, war in den Augen des Richters ein ganz anderer als derjenige, den man ihm gegen seinen Willen zum Aufpasser bestellt hatte. Der halsstarrige alte Mann war also doch noch in der Lage, seine Meinung zu ändern. Wenn es sein mußte. Und bei ganz besonderen Gelegenheiten.

Ghote ließ sich in dem großen Korbsessel nieder, der für ihn bereitstand. Begum Roshan schenkte Tee ein, und er bekam gleich die erste Tasse. Und dann kam auch schon Raman mit den Gurkensandwiches und dem Currygebäck auf ihn zu.

Er bediente sich ohne viel Federlesens, denn er mochte Curry.

«Gut, daß Sie da sind», begrüßte ihn Sir Asif. «Ich stehe nämlich schon wieder unter Beschuß. Father Adam tadelt mich wegen meines Standpunkts in der Todesstrafe. Hoffentlich finde ich in Ihnen einen Verbündeten.»

Todesstrafe. Das Urteil im Madurai-Prozeß. Bastelte Father Adam wieder an einer Todesdrohung – nur daß sie diesmal nicht in brieflicher Form hinterlegt wurde, sondern verbal? Vielleicht hatte er sie vorhin schreiben wollen und war nicht fertig geworden, weil Ghote ihn gestört hatte.

«Oh, Sir», sagte er, «ich bin absolut davon überzeugt, daß Sie sich selbst am besten verteidigen können.»

«Vielleicht. Aber als ich noch auf der Richterbank saß, mußte ich die streitenden Parteien oft genug davor warnen, ihre Sache selbst vorzutragen. Dazu neigen besonders politische Angeklagte. Der Madurai-Prozeß, von dem Sie vielleicht gehört haben, war ein typisches Beispiel dafür. Die Angeklagten haben sich allerdings damals meine Ermahnung zu

Herzen genommen und für eine ordnungsgemäße Vertretung gesorgt.»

Dieser alte Fuchs, dachte Ghote. Nennt den Prozeß einfach beim Namen: einfach so. Das war wieder einmal typisch für ihn. Dieser unbußfertige alte Fuchs.

Oder nein. Nicht unbußfertig: unnachgiebig. Das traf die Sache besser. Er lebte in der Überzeugung, damals das einzig Richtige getan zu haben, und seither war nichts geschehen, was ihn von dieser Meinung hätte abbringen können.

Und offenbar war er boshaft genug, diesen weißen Naxaliten damit aufzuziehen.

«Nicht daß Sie in diesem Prozeß den Argumenten der Verteidigung allzu viel Aufmerksamkeit geschenkt hätten, Richter.»

Der weiße Naxalit hatte nach dem Köder geschnappt wie ein gehorsamer Fisch.

Der Richter warf ihm einen Blick zu. Er saß aufrecht in seinem hochlehnigen Korbsessel und hielt den Silberknauf seines Ebenholzstockes mit seinen stark geäderten Händen umklammert. Die weiße, gestärkte Pagri hob sich scharf gegen die regungslose Luft ab.

«Und was veranlaßt Sie zu dieser Annahme, Father Adam?» fragte er. «Wie wollen Sie eine solche Behauptung über einen Prozeß, der zu einer Zeit stattfand, als Sie noch nicht einmal geboren waren, beweisen?»

«Man muß nicht dabei gewesen sein und kann trotzdem Bescheid wissen.»

«Stimmt. Das muß man nicht. Aber ich darf Sie vielleicht dahingehend belehren, daß man zumindest über einige zuverlässige Zeugen verfügen müßte. Haben Sie solche Zeugen?»

«Ich habe genug darüber gelesen.»

«Ach ja? Ich glaube fast, ich könnte Ihnen den Titel des Buchs nennen, aus dem Sie Ihre Erkenntnisse bezogen haben. Gleich nach der Unabhängigkeit ist eine ganze Menge von diesen pseudohistorischen Elaboraten erschienen, die diese Zeit zum Thema hatten. Und eines dieser Bücher hat sich auch ausführlich über den Madurai-Prozeß verbreitet.»

«Vielleicht habe ich meine Kenntnisse tatsächlich aus einem dieser Bücher. Vielleicht sogar aus dem, auf das Sie jetzt anspielen. Aber das ändert doch nichts an den Tatsachen. Sie waren von Anfang an entschlossen, diese Leute für schuldig zu befinden, und Sie waren auch von Anfang an entschlossen, sie hängen zu lassen.»

Und über den Teetisch, auf dem die Platten mit den Gurkensandwiches wieder in ihrer alten Anordnung standen, rollten glühende Zornesblitze.

Doch Richter Sir Asif Ibrahim schien nichts aus der Ruhe zu bringen. Das wie gemeißelt wirkende Gesicht mit der plattgedrückten Nase blieb reglos.

«Nein, mein lieber Father», sagte er, ohne die Stimme zu heben, «ich habe mich vor jedem Prozeß, bei dem ich den Vorsitz hatte, vergewissert, daß ich nach allen Seiten offen bin. Und am Ende habe ich immer das mir angemessen erscheinende Urteil gesprochen.»

«Das glaube ich erst, wenn Schweine fliegen können. Sie sind nun einmal Richter, und die sind alle gleich. Sie sind dazu erzogen worden, Ihre Meinung für die allgemein gültige zu halten. Und die der Polizei. Ja, vielleicht lassen Sie auch mal, wenn die Beweise allzu anrüchig sind, einen armen Teufel laufen und meinen Wunder was Sie damit geleistet haben. Aber ansonsten handeln Sie doch im Auftrag der Gesellschaft, oder was Sie eben für die Gesellschaft halten, also der Repression, der Unterdrückung der Habenichtse zugunsten der Besitzenden.»

Der Richter schien auch angesichts dieser Tirade noch völlig ruhig zu bleiben.

Ghote, der die Rolle eines stillen Beobachters spielte, wünschte sich, er hätte verschlafen und die ganzen Gurkensandwiches und diese kleinen Plätzchen mit dem zerlaufenden rosa Zuckerguß nie gesehen.

«Nein, Father, Sie irren. Auch unter den Richtern gibt es solche und solche. Zwar: ich wünschte, wir wären alle gleich. Vielleicht wäre es dann besser. Aber wir sind auch nur Menschen, und die absolute Gerechtigkeit ist eine große Bürde. Ich gebe zu, es gibt Richter, die vorher einfach die Akten durchblättern und den Prozeß dann mit ihrem angelesenen Wissen durchpeitschen. Bei denen liegt das Urteil oft schon von vornherein fest, da mögen Sie recht haben, und sie lassen sich wohl nur noch durch krasseste Beweismittel erschüttern. Aber ich bitte Sie, mir zu glauben, daß das zumindest in Indien eine Seltenheit ist. Und das schon seit langer Zeit.»

«Das kann ich mir nicht vorstellen. Schön, Sie mögen vielleicht wirklich daran glauben, selbst wenn Ihnen das tägliche Leben das Gegenteil beweisen sollte. Sie sind schlicht voreingenommen, wenn Sie dermaßen auf die Gerechtigkeit Ihrer Gerichte pochen. Wahrscheinlich sind Sie sich nicht einmal über die Motive im klaren, mit denen Sie Tag für Tag Menschen in den Tod geschickt haben.»

«Sie irren.»

Damit verfiel der Richter in Schweigen. Aber seine letzten Worte wirkten so zwingend, daß es selbst dem amerikanischen Priester die Sprache verschlug. Jedenfalls verzichtete er auf die Fortsetzung seiner Anklage.

Das Schweigen wurde immer drückender. Einmal hatte sich Begum Roshan schon ruckartig vorgebeugt, als wolle sie ihrerseits eine Bemerkung zu dem Thema machen, da sagte der Richter, als habe er sich eines besseren besonnen:

«Es gab da einen Fall, der so weit zurückliegt, daß ich ihn wohl erzählen kann, ohne damit ernsthaften Schaden anzurichten. Nach Ihrer Meinung, Father, empfinden wir Richter keinerlei Gewissensbisse, wenn wir jemanden zum Tode verurteilen können. Einen von dieser Sorte hat es tatsächlich einmal gegeben, einen ehemaligen Kollegen oder, um genauer zu sein, einen Polizeirichter in Justizdiensten, den ich einst kannte. Dieser Mann schickte die Leute tatsächlich fröhlich in den Tod.»

Der Heilige, der bisher gelassen und mit gekreuzten Beinen auf seinem Sessel gesessen hatte, beugte sich plötzlich mit einem Ruck nach vorn, ähnlich wie Begum Roshan kurz zuvor.

Ghote dachte einen Moment lang, er wolle etwas sagen.

Aber es wurde dann doch wieder nur ein Blick. Allerdings einer ohne das bekannte Lächeln, das wärmende, strahlende, beruhigende. Es war unverkennbar ein flehender Blick.

Aber die Bitte galt, mutmaßte Ghote, mehr Sir Asif, er möge die Geschichte, auf die er da anspielte, lieber nicht erzählen. Doch dann schüttelte er den Kopf. Seine Phantasie ging mit ihm durch. Man kann doch aus einem Blick nicht solche Folgerungen ziehen. Oder etwa doch?

Aber der Richter hatte sich inzwischen abgewendet und schaute mit reglosem Gesicht hinaus auf die weiten, ausgedörrten Gärten.

«Es wäre eine völlig überflüssige Vorsichtsmaßnahme, wenn ich den Namen des Mannes verschwiege. Er ist seit vielen Jahren tot. Sein Nachruf stand in der *Times of India*, und er war absolut nichtssagend.»

«Vater ...» unterbrach ihn Begum Roshan.

Der Richter fuhr herum. «Wenn ich deinen Kommentar brauche, Roshan, werde ich es dich wissen lassen.»

Danach schwieg er wieder lange. Sie hatte Gelegenheit zu sagen, was sie sagen wollte und mehr als das, vorausgesetzt, sie brachte den Mut dazu auf. Aber sie sagte nichts.

«Der Mann hieß Farqharson-Wetherby. Er war schon einige Jahre Polizeirichter gewesen und wurde dann zum Richter ernannt, aber nicht von der Justizbehörde, sondern von der Verwaltung. Er war, was man einen ‹Koi-hai› nennt, und in seinem Fall war das sogar sehr passend. Er beherrschte natürlich Tamil, aber sobald er im Club war oder im Richterzimmer, kam kein indisches Dialektwort über seine Lippen, nur eben dieses ‹Koi-hai?›. Wer da? Und sobald sich ein Diener zeigte, wurde er um Whisky geschickt. Wenn wir allein im Richterzimmer saßen, ohne ihn, sprachen wir immer über ihn.»

Die so sorgsam artikulierende alte Stimme schwieg. Und wieder sandte der Heilige einen unverkennbar flehentlichen Blick in seine Richtung.

Ghote war diesmal absolut sicher. Der Blick besagte: «Verschone uns mit dieser Geschichte.»

Aber der Richter hatte die Augen längst wieder auf das dürre Buschwerk der Gärten gerichtet. «Unsere Lieblingsgeschichte handelte davon, was Farqharson-Wetherby tat, wenn er von einer Hinrichtung kam.»

Sir Asif wandte den Kopf und schaute in die Runde.

«Sie wissen, daß es zu den Pflichten eines Richters gehörte, allen Hinrichtungen in den Gefängnissen seines Distrikts beizuwohnen. Ich selbst habe mich dieser Pflicht in jüngeren Tagen relativ häufig unterziehen müssen. Die Hinrichtungen finden jeweils um acht Uhr früh statt, das ist verbindlich festgelegt. Und je nachdem, wie weit es bis zu dem betreffenden Gefängnis ist, steht man früher auf als gewöhnlich, man frühstückt, man verläßt das Haus ...»

«Hoffentlich haben Sie immer gut gefrühstückt.» Father Adam hatte seine Augenbrauen mittlerweile zornig zusammengezogen. Ghote hatte ihn noch nie so wütend erlebt.

Sir Asif seufzte. «Beim erstenmal hatte ich Schwierigkeiten, ein paar Schluck Kaffee hinunterzukriegen. Später habe ich dann immer eine ganz normale Mahlzeit zu mir genommen.»

Father Adam schien im Augenblick keine weiteren Einwürfe zu planen.

«Man kommt also im Gefängnis an», nahm Sir Asif den Faden wieder auf, «der Superintendent begrüßt einen. Gewöhnlich ist man vor lauter Angst, zu spät zu kommen, viel zu früh da. Also führt einen der Superintendent noch durch sein Reich. Meist gilt sein besonderer Stolz dem Gefängnisgarten. Den durchdringenden Geruch, der über allem liegt, selbst über diesem doch vergleichsweise frischen Stückchen Land, nehmen sie alle nicht mehr wahr: diesen Geruch aus Desinfektionsmitteln und nicht gargekochten *chapatti,* den es allerdings erst gibt, seit es das Regelgewicht für Gefängnis-*chapatti* gibt. Seither werden sie nämlich nicht mehr so lange erhitzt, wie sie eigentlich sollten, und erreichen dennoch das vorgeschriebene Gewicht.»

Ghote kannte diesen Geruch von seinen eigenen Besuchen im Gefängnis. Der Richter hatte ihn schockierend genau beschrieben.

«Schließlich wird einem dann auch noch die Todeszelle gezeigt, und man steht unvermittelt vor dem Delinquenten, der oft genug gerade noch sein Henkersmahl verzehrt. Nach einer alten Tradition kann er sich für diese letzte Mahlzeit bestellen, was er will.» Ein tiefer Seufzer. «Es ist nicht selten eine Schüssel Quark.»

Offenbar interessierte sich niemand dafür, warum das so war.

«Dann begleitet man den Unglücklichen zum Richtplatz. Manchmal hat er schon resigniert, manchmal ist er so von Angst geschüttelt, daß man ihm irgendein Sedativum geben muß. Manche versuchen auch, herausfordernd zu singen. Aber für alle ist dieser Weg einmal zu Ende. Der Henker postiert den Delinquenten so, daß er mit den Füßen links und rechts von dem breiten Schlitz in der Fallvorrichtung zu stehen kommt. Es wird ihm noch Gelegenheit gegeben, sich seinem Gott zu empfehlen. Dann wird ein schwarzer Sack über den Kopf gezogen und darüber das Seil, das so befestigt ist, daß der Knoten genau unter dem Kinn liegt. So ist eine rasche Unterbrechung der Halsschlagader gewährleistet. Dann ist alles bereit. Aber oft genug ist es zu diesem Zeitpunkt noch nicht genau acht Uhr, es verbleiben vielleicht noch drei, vier, auch mal fünf Minuten. Und der Henker betätigt den Hebel nicht, bevor der Richter das Zeichen gibt.»

Wieder machte Sir Asif eine Pause. Die Umsitzenden waren von einer solchen Spannung ergriffen, als seien sie selbst die gesetzlich vorgeschriebenen Zeugen einer Hinrichtung.

«Ich habe das Zeichen natürlich immer sofort gegeben», fuhr der Richter fort. «Allerdings, beim erstenmal, ich erinnere mich noch ganz genau daran, schossen mir doch diese und jene Gedanken durch den Kopf: vielleicht kam im letzten Augenblick noch eine Begnadigung, wie man es in Büchern immer liest. Aber das war reine Phantasie, und bei den folgenden Gelegenheiten habe ich dieser Überlegung keinen Raum mehr gegeben. Man kann nicht einen Menschen volle fünf Minuten auf seinen Tod warten lassen, noch dazu mit diesem schweren schwarzen Sack über dem Kopf. Indes ...» Und damit blickte er Father Adam an, «indes pflegte dieser Farqharson-Wetherby solche Verzögerungen geradezu zu erzwingen. Und er brüstete sich auch noch damit. Es hieß von ihm, er habe das Gefängnis nie verlassen, ohne diese Melodie von Sullivan vor sich hinzusummen, zu der William Schwenk Gilbert den Text geschrieben hat:

Ich hörte vor Tagen
Einen Gentleman sagen:
Wenn der Schurke erst mal
Vermittels von Stahl
Befreit sei von Qual,
Sei sein Tod sehr banal.
Er spüre im Herzen
Durchaus keine Schmerzen.

Ich will ihn deswegen nicht einmal kritisieren; die Psyche spielt uns alle möglichen Streiche. Aber ich werde ihm nie vergeben können, daß er die Delinquenten warten ließ. Der Mann genoß die Qualen, die er ihnen zufügte. Er war völlig ungeeignet für das Richteramt.»

Die Augen in dem steinernen Gesicht waren unverwandt auf den Priester gerichtet.

«Ich möchte hinzufügen, und darauf kommt es mir an, daß Farqharson-Wetherby bei seinen Kollegen, und zwar bei allen, herzlich unbeliebt war.»

Father Adam biß sich auf die Unterlippe. «Sie meinen, er war der einzige von dieser Sorte. Das kann man glauben oder nicht.»

Sir Asif ließ ein scharfes Grunzen hören. «Ich mache mir keine Hoffnungen, Sie zu überzeugen. Aber ich hielt es für sinnvoll, diesen Mann ins Gedächtnis zu rufen. Er hat sich übrigens mir gegenüber im Richterzimmer einmal so abscheulich benommen, daß ich diesen Ort von da an gemieden habe, wenn er da war. Für mich ist er der Prototyp einer bestimmten Sorte von Leuten, die unter dem Vorwand der Pflichterfüllung lediglich Macht ausüben wollen. Macht über andere. Dies und nichts anderes wollte ich mit meiner Geschichte sagen.»

«Sie haben völlig recht, Sir.»

Ghote hatte eigentlich gar nichts sagen wollen.

Er war sich zwar bewußt, daß er hier nur Gast war und daß es nicht seine Sache war, sich in einen Disput zwischen seinem Gastgeber und einem anderen Gast einzumischen, erst recht nicht in einem Augenblick, in dem dieser Disput in einen Streit auszuarten drohte. Aber er hatte sich einfach nicht zurückhalten können. Die Schilderungen des Richters hatten allzu lebhafte Erinnerungen an seine eigenen Erfahrungen in den Gefängnissen ausgelöst. Und was der Richter mit einiger Anstrengung und Selbstüberwindung hatte beweisen wollen, war so schnöde zurückgewiesen worden, daß er einfach etwas hatte sagen müssen.

Der Richter hatte sich, bestimmt ohne es beabsichtigt zu haben, als ein Mann erwiesen, für den die Pflicht kein Vorwand war, kein Deckmantel, unter dem er seiner wie auch immer ausgeprägten Anlage zur Grausamkeit hätte frönen können. Er hatte sich als ein Mann erwiesen, der die Frage nach der Pflicht bei jedem Fall neu stellte und gewissenhaft beantwortete.

Ghote hatte gar nicht anders gekonnt, als seine Partei zu ergreifen. Er hatte lediglich gesagt, was ihm auf die Zunge getreten war.

Und nun saß er ob der Taktlosigkeit, die ihm über die Lippen gekommen war, wie erstarrt in seinem Sessel und harrte der Zurechtweisung durch den Richter.

18

Auf dem Messingtisch krümmten sich die Gurkensandwiches in der Hitze, und der Zuckerguß lief von den Keksen. Alle starrten einander an, vielmehr: aller Augen waren nach diesem überraschenden Einwurf, dieser Beistandserklärung für Sir Asif, auf Ghote gerichtet. Begum Roshan schien ihrerseits kurz vor einer kleinen Explosion zu stehen. Mr. Dhebar schien sich zu dem Entschluß durchringen zu wollen, diesen Doktor der Philosophie um einen Beitrag für die streitbaren Spalten des *Sputnik* anzugehen. Father Adam schaute drein, als habe er eben einen weiteren leibhaftigen Feind des Sozialismus erblickt. Der Heilige lächelte wieder sein altes, strahlendes, durchdringendes, beruhigendes und gleichwohl verwirrendes Lächeln. Selbst Raman, der kaum etwas von dem Streit mitbekommen hatte, schaute ihn an, als habe er innerhalb weniger Sekunden eine andere Gestalt angenommen.

Der Richter fand als erster die Sprache wieder.

«Dr. Ghote, es tröstet mich ungemein, Ihre Billigung zu besitzen. Andererseits darf ich Ihnen versichern, daß ich meine Angelegenheiten auch ohne Ihre Beihilfe verfechten kann.»

Was Ghote einen Stich versetzte und ihn an den biegsamen Rohrstock erinnerte, mit dem sein erster Lehrer ihm das Nagari beibrachte. Er suchte noch nach einer Entschuldigung für seinen Mißgriff, als der Richter erneut das Wort ergriff.

«Aber Ihre Tasse ist leer, Doktor. Raman, was zum Teufel ist los mit dir? Bist du blind? Gib die Tasse Begum Roshan, aber etwas fix.»

Raman duckte sich unter dieser Attacke, die in Urdu über ihn hereinbrach, setzte sein Hufeisenlächeln auf, knipste es sogleich wieder aus, nahm die Tasse und trug sie, die arg klirrte und wackelte, zu Begum Roshan hinüber.

Ghote war klar, daß er die Tasse bis zum Grund würde leeren müssen, auch wenn der Tee inzwischen so voller Gerbsäure war, daß er ungenießbar war.

Aber noch etwas anderes war ihm inzwischen klar geworden.

Er wußte nun, wie er sich diesen Einwurf von vorhin erklären mußte. Er war ein spontanes, unbewußtes Zeichen gewesen für seine eigene, völlig veränderte Haltung gegen den Richter. Bevor er hierher gekommen war, hatte man ihn eindringlich vor ihm gewarnt: der Mann, den er beschützen sollte, würde dieser Aufgabe die größten Hindernisse in den Weg legen. Sie hatten alle die Vorstellung gehabt, er solle als Keil fungieren, als Keil des Deputy Commissioner, der ins Zentrum dieses obstinaten Mannes zu treiben war. Sie hatten so etwas vor sich gesehen wie einen eisenharten Stamm aus Teakholz, den es, wenn möglich, zu spalten galt. Das Unternehmen war natürlich fehlgeschlagen. Das Holz, aus dem der Richter geschnitzt war, war so hart, daß sich irgendwelche aus Bombay herangeschafften Keile als zu schwach erweisen und abgleiten mußten. Und dennoch war dieser Keil immer weiter vorangetrieben worden. Ghote war auf die erwartete Gegnerschaft gestoßen, und er hatte seinen Kampf gekämpft.

Aber die Erzählung von diesem längst verstorbenen britischen Beamten hatte den halsstarrigen alten Mann schlagartig in einem anderen Licht erscheinen lassen. Er hätte nur die Augen aufmachen müssen, um den Richter von Anfang an so zu sehen wie er war. Tatsache war, daß er nicht dem Bild entsprach, das er sich ursprünglich von ihm gemacht hatte. Der Mann war nicht einfach von Natur aus widerspenstig. Der

Mann, der die Geschichte über Farqharson-Wetherby erzählt hatte, tat erst dann seine Pflicht, wenn er wußte, worin sie bestand. Aber dann ließ er auch nicht mehr davon ab.

Dies alles ging ihm durch den Kopf, während Raman vor ihm die Platten abräumte. Die Reaktionen des Richters auf die wiederholten Todesdrohungen mußten ganz anders beurteilt werden, als er es bisher getan hatte. Der Mann hatte wohl schon, als der erste Drohbrief aufgetaucht war, das Für und Wider der Situation erwogen, hatte zweifellos schon damals präzise Vorstellungen davon entwickelt, wer der Absender war. So wie es jetzt aussah, war er schon damals entschlossen gewesen, die Drohung absolut ernst zu nehmen und davon auszugehen, daß er am Jahrestag der Urteilsverkündung zu sterben habe. Und dann war er, wiederum unter Abwägung aller Umstände – aller zur Verfügung stehenden Beweise, hätte er wohl gesagt –, zu der Schlußfolgerung gelangt, daß er gar nicht wünschte, weiterzuleben. Wahrscheinlich hatte er sich gesagt, daß das Leben in seinem Alter ohnehin nicht mehr sehr viele Freuden bereithielt. Warum also sollte er es nicht opfern und damit zum letztenmal seine Überzeugung untermauern, daß die Urteile, die er am Ende des Madurai-Prozesses gefällt hatte, rechtens waren und dieses Opfer rechtfertigten?

Gothes Tasse war noch halb voll. Der Tee war in der Tat beängstigend dunkel. Er hob sie an die Lippen und nahm einen Schluck.

Das Verhalten des Richters war nicht von Vorurteilen und vorgefaßten Überzeugungen diktiert gewesen. Er hatte vielmehr die Bedingungen seiner jetzigen Situation sorgfältig gegeneinander abgewogen und sich entschlossen, das Risiko seines fast sicheren Todes einzugehen. Ob das irgendwelche Rückschlüsse auf den Verfasser der Drohbriefe zuließ, war im Moment gleichgültig. Die Frage war, ob er, Inspector Ganesh Ghote vom CID Bombay und außerdem ein Mensch, diese Entscheidung nicht zu respektieren hatte.

Er würde sie respektieren. Woraus sich einige ganz klare Konsequenzen ergaben. Als erstes mußte er dem Richter dies auf irgendeine Weise zu verstehen geben. Er selbst, nicht der Richter, hatte eine halsstarrige Haltung an den Tag gelegt. Und er war damit gescheitert. Er war mit der absurden Absicht in dieses einsame Haus gekommen, daß man den Richter erst einmal einschüchtern oder sonstwie überlisten müsse, damit er sich nicht gegen den ihm verordneten Schutz wehrte. Und er hatte die Ermittlungen für absolut notwendig gehalten. Er war dieser fixen Idee verfallen gewesen, und das hätte ihm nie passieren dürfen. Er hätte sich statt dessen erst einmal sorgfältig nach allen Begleitumständen der Sache erkundigen müssen, um erst danach, also ausgerüstet mit einigen Kenntnissen, zu handeln.

Genau dies wollte er jetzt nachholen.

Einfach würde es nicht werden.

«Richter Sahib», begann er mit einiger Erleichterung, denn seine Tasse war inzwischen doch noch fast leer geworden, «könnte ich Sie vor dem Drink noch einmal für ein paar Minuten sprechen? Ich habe da noch ein paar Sachen auf dem Herzen. Wegen der Memoiren.»

Der Richter schaute ihn steinern und wie immer mit plattgedrückter Nase an. «Ich dachte, was die Memoiren anlangt, so hätten wir alles bis ins Detail geklärt, Dr. Ghote.»

«Sir, da ist ein neuer Punkt aufgetaucht, auf den ich gerne Ihre Aufmerksamkeit gelenkt hätte.»

Das Gesicht blieb so steinern, die Nase so platt wie zuvor. «Schön, Dr. Ghote. Wenn Sie sicher sind, daß es etwas Wichtiges ist ... Sagen wir, in zehn Minuten?»

Zehn Minuten später saßen sie in der Bibliothek. Die Dämmerung hatte bereits begonnen, auch war es inzwischen etwas kühler geworden. Ein Diener war dabei, die verblaßten, bräunlichen Bambus-Rollos vor den Fenstern hochzurollen, um die Abendluft hereinzulassen. Der Richter hatte eine Miene aufgesetzt, als habe er einen jungen Anwalt vor sich, der noch nicht ganz trocken hinter den Ohren war, nur daß sich die Szene nicht vor den Schranken des Gerichts abspielte, sondern im Privatissimum seines Arbeitszimmers.

«Inspector, Sie haben diese Angelegenheit schon verschiedentlich zur Sprache gebracht – was mich bereits ziemlich viel Energie gekostet hat. Aber ich bin ein alter Mann, ich muß mit meinen Kräften haushalten. Ich dachte, ich hätte schon längst unmißverständlich klargemacht, daß ich, was dieses Thema betrifft, alles, was ich zu sagen habe, bereits gesagt habe.»

«Sir, ich will Sie auch gar nicht mit Fragen behelligen. Ich möchte Ihnen etwas sagen.»

«So? Ich hoffe, es ist etwas, von dem ich profitieren kann.»

Dessen war sich Ghote leider nicht so sicher.

Aber er nahm all seinen Mut zusammen.

«Sir, es handelt sich um folgendes. Ich habe mich entschlossen, mich zurückzuziehen. Es ist mir inzwischen klar geworden, daß Sie das Recht haben, sich gegen die Anwesenheit eines Polizisten in Ihrem Haus zur Wehr zu setzen, vorausgesetzt, Sie wünschen dies wirklich nicht. Die Taktik, die ich bisher verfolgt habe, war falsch. Ich glaube, ich sollte sie wechseln.»

Sir Asif schaute ihn lange an, ohne ein Wort zu sagen. In dem Raum mit den riesigen Bücherregalen wurde es jetzt rasch dunkel. Die Minuten verrannen.

«Ich gratuliere Ihnen, Inspector», sagte er endlich. «Es gibt nicht viele Menschen, die dazu fähig sind, eine Haltung, die sie lange Zeit eingenommen haben, aufzugeben. Sie sollten mein Haus aber dennoch nicht gleich verlassen. Bleiben Sie hier und seien Sie mein Gast. Ich nehme außerdem an, Ihre Vorgesetzten beruhigt es, wenn sie wissen, daß Sie weiterhin hierbleiben.»

Ghote mußte an den Deputy Commissioner denken; er hatte nur mit äußerstem Unwillen einen Mann für diese abwegige und undankbare Aufgabe abgestellt. Er mußte an die vielen nützlichen Dinge denken, die er in Bombay hätte erledigen können. Überall in der City wurden in letzter Zeit ausländische Autos gestohlen. In dieser Angelegenheit hätten sie in der Zwischenzeit bestimmt Fortschritte machen können. Oder die Fälscherbande, die unter dem Namen Lokmanya Wohnungsbau-Gesellschaft ihr Unwesen trieb. Noch ein paar Tage, und sie hätten eine Spur gehabt, die zu verfolgen sich lohnte. Und er war der einzige, der Zeit dafür übrig gehabt hatte.

Dennoch: der Deputy Commissioner wäre sicher nicht entzückt, wenn er noch vor dem Jahrestag der Madurai-Urteile wieder in Bombay auftauchte. Und wenn er hier blieb, konnte er immer noch sein Möglichstes tun, um den Anschlag auf das Leben des Richters zu verhindern. Vielleicht war das nicht übertrieben logisch, aber das Leben war nun einmal nicht logisch.

«Sir», sagte er, «es wäre mir eine große Ehre, wenn ich bleiben dürfte.»

«Ausgezeichnet, mein Lieber. Das ist also soweit klar. Und von nun an keine weiteren unsinnigen Verdächtigungen meiner anderen Gäste und meiner Tochter?»

«Nein, Sir, das ist ein für allemal erledigt.»

Damit begann für Ghote eine seltsame Zeit. Jetzt, da sein aufreibender Kampf mit dem Richter zu Ende war, fand er den gemächlichen Rhythmus des Lebens in diesem Haus, über den er sich bis dahin grün und blau geärgert hatte, weil er selbst darin ein Machtmittel gesehen hatte, das der Richter gegen ihn einsetzte, plötzlich ganz kommod und angenehm. Die Mahlzeiten mit ihren umständlichen Präliminarien und Nachspielen, die ihm vordem so quälend überflüssig erschienen waren, hatten mit einemmal eine sinnvolle Funktion gewonnen: sie unterteilten die langen Tage, sie nahmen erfreulich viel Zeit in Anspruch. Und während man bei Tische saß, gingen die Stunden relativ annehmlich vorüber.

Die Morgen waren noch vergleichsweise kühl. Mit Ungeduld wartete er in seinem Zimmer auf das *chota hazri*, das erste Frühstück – Tee mit Feigen. Und er nahm sich viel Zeit dazu. Warum auch nicht? Er wurde nirgends erwartet. Dann kam der lange Vormittag; die Sonne entfaltete allmählich ihre volle Kraft. Aber Ghote hatte es längst aufgegeben, durch das Haus zu streichen, in der Hoffnung, zum Beispiel den Heiligen irgendwann einmal allein anzutreffen und gar noch an einem Tag, der nicht dem Schweigen geweiht war.

Der hatte sich übrigens gleich am ersten Tag dieser neuen Phase von ihnen verabschiedet, war so plötzlich und so ohne Aufhebens verschwunden wie ein dürres Blatt, das der leiseste Windhauch davonträgt. Wohin er unterwegs war, erfuhr Ghote am nächsten Tag von Raman: jenseits der Stadt fand ein Treffen statt, bei dem er zu einigen seiner Jünger aus der Umgebung sprechen sollte. Doch erwartete man seine baldige Rückkehr. Ghote nahm die Neuigkeit gelassen auf; dazu war das Behagen, mit dem er das geruhsame Leben im Haus genoß, bereits viel zu groß geworden.

Die wenigen kühlen Stunden am Morgen endeten jeweils mit dem zweiten Frühstück, das im großen Eßzimmer eingenommen wurde. Man frühstückte englisch, trank allerdings statt des Tees Kaffee. Doch gab es Spiegeleier, Toast, Marmelade und, für den Richter, zum Abschluß Porridge.

Auch Ghote war gefragt worden, ob er Porridge wolle, aber er hatte nach ausgiebiger Prüfung der grauen, klebrigen Masse dankend abgelehnt.

Die Tage begannen mit einer Mahlzeit; dann wanderten die trägen Stunden, und am Ende stand wiederum eine Mahlzeit. Deren Beginn markierte der «Drink vor dem Abendessen». Das Ganze zog sich gemächlich in die Länge. Sir Asif schlürfte sich in aller Ruhe auf den Grund zweier Gläser mit Whisky und Soda. Die anderen saßen um ihn herum und machten Konversation. Dann kam das Abendessen selbst, das auf dem weiträumigen Flachdach des Hauses eingenommen wurde. Die Luft war schwer und samten. Am tiefblauen Himmel standen riesig die Sterne. Und das Licht der Kerzen in den großen, dunkelblauen Gläsern war kaum weniger stetig als das der Sterne. Man saß an einer langen Tafel, und die Gespräche waren nun etwas lebhafter. Winzige Spritzer im trockenen Flußbett der Zeit, die sich bald wieder verloren. Und bei dieser Gelegenheit war das Essen – Mughlai-Schüsseln – ausgezeichnet, im Gegensatz zum Mittagessen, das seine Gräßlichkeit die ganze Zeit über beibehielt: dunkelbraune, trübe, nach Öl schmeckende Suppe, Brathähnchen, kümmerlich und zäh, ohne jeden spezifischen Geschmack, «zweiter Toast», bestehend aus drei Streifen versalzenen Fischs aus der Büchse auf gummiartigen, mit Öl getränkten Toastbroten.

Gelegentlich wurde Ghote allerdings auch an den Zweck seines Hierseins erinnert, der längst nicht mehr existierte. Aus Bombay kam eines Tages ein Brief mit der Antwort auf seine Anfrage wegen Mr. Dhebar und auf sein Telegramm wegen Father Adam. Gegen beide lag nichts vor. Aber das zählte nicht mehr. Es zählte überhaupt nichts mehr. Ghote wartete nur noch auf den nicht mehr allzu fernen Tag, an dem sich das Ende des Madurai-Prozesses zum dreißigsten Mal jährte und an dem der Richter sterben sollte – oder aber weiterleben, als ob nichts geschehen sei.

Dann aber wurde die ruhige Abfolge der Tage plötzlich durch einen Mißton unterbrochen, und zwar, wie Ghote überrascht feststellte, am Tag vor dem «Jubiläum». Man saß beim Tee – Sir Asif wie immer in sehr aufrechter Haltung, Father Adam hingegen extrem unpriesterlich hingelümmelt. Der Heilige, der so unerwartet zurückgekehrt war wie er gegangen war, hatte die Beine unter sich gekreuzt. Er aß nichts, sprach auch nichts. Begum Roshan führte wie immer das Kommando über die silberne Teekanne.

Zunächst war da nur ein Scharren, ein lautes, ausdauerndes Scharren.

Ghote drehte sich automatisch um. In dieser trägen, reglosen Atmosphäre zogen bereits kleine Anzeichen von Unruhe die Aufmerksamkeit über Gebühr auf sich. Dabei erlebte Ghote diese Atmosphäre längst nicht mehr als langweilig; er empfand die Störung also nicht etwa als willkommene Abwechslung, sondern eher als etwas, was auf angenehme Weise den Fluß der Zeiten deutlich machte.

Es war einer der Boys, ein kleiner, wuschelköpfiger Bursche, der nichts am Leib hatte außer zerlumpten Khaki-Shorts. Er versteckte sich hinter einer der Säulen, und das Scharren kam von seinen nackten Füßen.

Sogleich rannte Raman auf ihn zu, um ihn zu verscheuchen. Worauf der Junge um die Ecke verschwand. Raman ging ihm nach, erschien aber bereits ein paar Sekunden später wieder auf der Bildfläche.

«Richter Sahib, da ist jemand.»

«Jemand? Wo? Was zum Teufel soll das? Drück dich gefälligst verständlich aus, wenn du mich schon anredest.»

«Ja, Sir. O ja, Sir. Da ist ein Mensch mit einer Botschaft.»

«Einer Botschaft? Was für einer Botschaft? Warum kommt der Mensch nicht her, wenn er eine Botschaft für mich hat?»

Ob es sich um einen Drohbrief handelte? Es war, seitdem sich Ghote als seiner Pflichten entbunden betrachtete, keiner mehr abgegeben worden. Vielleicht kam jetzt wieder einer. Obschon es sich dann um eine ungewöhnlich offene Form der Ablieferung handelte.

Jedenfalls ging die Sache nur den Richter etwas an.

«Nein, Sir, das nicht.»

«Nicht? Was nicht, Menschenskind? So sprich doch und steh hier nicht herum wie ein Idiot. Was nicht?»

«Es ist nicht für Sie, Richter Sahib. Es ist eine Botschaft für Dr. Ghote, Richter Sahib.»

Der Richter warf Ghote einen strengen, ja mißbilligenden Blick zu. Was diesen für einen Augenblick verstimmte, da er sich völlig schuldlos fühlte. Aber er beruhigte sich sogleich wieder. Es war nichts als ein leichtes Kräuseln auf der stillen Oberfläche dieses Tages.

Er stand auf.

«Ich gehe vielleicht besser hinaus und schaue mir den Mann an.»

«Ja, ja, und der Tee?»

Der Richter nahm einen langen Schluck aus seiner Tasse, als würde ihn dieses ungeheure Ereignis fürderhin daran hindern, jemals wieder Tee zu sich zu nehmen.

Der Bote, der außer Sichtweite gewartet hatte, entpuppte sich als ein Polizist, der vorsichtigerweise in Zivil gekommen war. Er hatte einen Brief vom Superintendent der örtlichen Polizei bei sich.

Ich bedaure, Ihnen mitteilen zu müssen, daß Unbefugte einen Teil des Gelatinedynamits, das für die Sprengungen an der Uferbefestigung vorgesehen war, die an die Gartengrundstücke Sir Asif Ibrahims grenzen, entwendet haben. (Die Sprengung unterbleibt vorläufig auf Grund einer gerichtlichen Verfügung.) Ferner muß ich Ihnen leider mitteilen, daß sich die Sprengmasse, soweit ich unterrichtet bin, in instabilem Zustand befindet.

Noch während er las, war es ihm, als risse ein plötzlicher, ungestümer Windstoß den Schleier von der sanft verrinnenden, ihn sanft umhüllenden Zeit, und in seinem Kopf wimmelte es mit einemmal von Einfällen und Ideen, von Handlungsmöglichkeiten und Schlußfolgerungen, von Wenn und Aber. Wenn der Sprengstoff wirklich gestohlen war, dann doch wohl zu dem Zweck, Sir Asif damit umzubringen. Tod also durch einen Sprengstoff-Anschlag für den Mann, der die Sprengstoff-Attentäter von Madurai verurteilt hatte? Und wenn das so war: bei welcher der Herrschaften, die dort beim Tee saßen, handelte es sich mit größerer Wahrscheinlichkeit um den Dieb, respektive: wer hatte den Diebstahl arrangiert? Und entlastete die Tatsache, daß einer der Dieb war, alle anderen?

Aber dann mußte er plötzlich wieder an den Tag denken, an dem – er lag noch gar nicht so lange zurück – Sir Asif ihnen klarzumachen versucht hatte, daß er nicht Farqharson-Wetherby war. Damals war ihm auch deutlich geworden, daß der Richter auf die Art und Weise zu sterben wünschte, die er für die richtige hielt.

Er steckte den Brief in die Tasche, bedankte sich bei dem Polizisten und kehrte zum Teetisch zurück.

«Raman, Dr. Ghotes Tasse ist leer. Was bildest du dir eigentlich ein, wozu du da bist? Du hast darauf zu achten, daß die Herrschaften nicht vor leeren Tassen sitzen. Nichts anderes ist deine Pflicht. Hast du mich verstanden?»

Das scheue Hufeisenlächeln kam und ging.

Für Ghote begann der Zwischenfall allmählich zurückzusinken: ein kleiner Wirbel im sanften Strom des Lebens in diesem Haus. Der Tee trat wieder in seine Rechte. Er nahm sich einen Keks, obschon sich der Zuckerguß unter der Hitze bis an den Rand verteilt hatte. Aber dann stand ihm plötzlich die ganze Bedeutung dessen, was er da gelesen hatte, wieder vor Augen.

... die Sprengmasse, soweit ich unterrichtet bin, in instabilem Zustand befindet.

Das Zeug war gefährlich. Mehr als gefährlich. Und nicht nur für das Opfer, dem es zugedacht war. Auch nicht nur für die, die es zur Zeit in den Händen hatten. Es bedeutete für jedermann in dem großen Haus eine ungeheure Gefahr.

19

Ghote wartete, bis alles vorüber war, die jeweils zweite Tasse Tee ausgetrunken, der letzte Keks mit dem längst zerflossenen Guß dankend abgelehnt. Der Richter war langsam aufgestanden, hatte sich auf den schwarzen Stock mit dem Silberknauf gestützt und war in Richtung auf die Bibliothek davongegangen, wo er die Zeit zwischen dem Tee und dem «Drink vor dem Abendessen» zubrachte. Gleich danach war auch Ghote aufgestanden, um ihm zu folgen. Im Gehen zog er die Warnung des District-Superintendent aus der Tasche.

«Sir», sagte er leise, «ich glaube, Sie sollten das lesen.»

Der Richter runzelte mißbilligend die Stirn.

«Meinen Sie wirklich, Doktor? Ich dachte, wir wären übereingekommen, daß weitere Konsultationen wegen dieser lächerlichen, äh, Memoiren überflüssig seien.»

Er machte ein so steinernes Gesicht, daß sich Ghote einen Ruck geben mußte bevor er weitersprach.

«Sir, ich fürchte, die Situation hat sich geändert. Wenn Sie das hier sehen, werden Sie mir recht geben. Bitte lesen Sie.»

Damit streckte er dem Richter das grobe, bräunliche Papier entgegen, das in seiner Hosentasche mehr als nur ein wenig gelitten hatte. Der Richter nahm es und glättete es. Dann las er.

«Instabiler Zustand, Sir. Das bedeutet, es kann bei der leisesten Erschütterung explodieren. Schon ein Funke genügt.»

Der Richter schaute schweigend und düster auf das zerknitterte Papier, das er in der Hand hielt.

Endlich sagte er: «Also schön. Bitte seien Sie so freundlich und begleiten mich in die Bibliothek.»

Langsam gingen sie durch das im Dämmerlicht liegende, mit Möbeln überfüllte Gesellschaftszimmer, durch den langen Gang, durch die weite, luftige Halle mit der großen, geschnitzten Treppe und schließlich durch den anderen, nicht minder langen Gang. Und der ganze Weg bis in den hohen, ringsum mit Büchern gesäumten Bibliotheksraum war begleitet von dem unregelmäßigen, nervenaufreibenden Tack-Tack des Spazierstocks.

Das Schneckentempo, mit dem alles hier seinen Lauf ging, erfüllte Ghote plötzlich mit hilfloser Wut. Hier war etwas Einschneidendes passiert, und man mußte sofort darauf reagieren. Etwas, was diese schreckliche Ruhe in Frage stellte und nach einer raschen Antwort verlangte. Und dieser alte Mann beharrte, als sei nichts geschehen, darauf, sich in aller Ruhe in der Bibliothek niederzulassen, bevor er der Angelegenheit seine Aufmerksamkeit zu widmen gedachte.

Aber was würde er sagen, wenn es soweit war? Würde er überhaupt verstehen, wie sehr sich die Lage verändert hatte? Daß es von lebenswichtigem Interesse war, herauszufinden, wer den Sprengstoff hatte – Ghote sah die gelblichen, ölschwitzenden Stäbe förmlich vor sich – und sie ihm wegzunehmen, bevor das ganze alte Haus wegen eines winzigen Fehlers in einem grell orangenen Feuerball in die Luft flog?

Endlich war es soweit: der Richter saß in seinem Sessel.

Ghote hatte inzwischen seine Geistesgegenwart wiedergewonnen. Sein erster Blick galt dem Rauchtischchen mit den Einlegearbeiten aus Elfenbein: vielleicht lag da ein neuer Drohbrief. Er hatte sich nicht getäuscht. Da war er: ein grobes Blatt Papier, wie bei den früheren Gelegenheiten, einmal gefaltet und unter den Fuß der Lampe geklemmt. Jeder konnte es dorthin gelegt haben, jeder, der wußte, wie die Tage in diesem dem immerwährenden Gleichmaß verpflichteten Haus abliefen.

«Entschuldigen Sie, Sir.»

Er beugte sich über die knochigen Beine des Richters, die in makellos weißen Seidenhosen steckten, und zog das Papier unter dem Lampenfuß hervor.

«Ich nehme an, es ist für Sie, Sir.»

Er machte gar nicht erst den Versuch, es aufzufalten. Der Richter schaute ihm einen Augenblick lang zu, dann nahm er das Papier mit einem Grunzen entgegen.

Ghote wartete gespannt auf seine Reaktion. Wenn er es nach der Lektüre in die Tasche steckte wie die anderen oder wenn er es, was noch schlimmer war, wegsteckte, ohne es gelesen zu haben, bedeutete das, daß er weiterhin eisern an seiner Überzeugung festhielt, daß die ganze Angelegenheit nur ihn betreffe und sonst niemanden.

«Inspector, wir sollten das vielleicht gemeinsam interpretieren. Vielleich hilft Ihnen das weiter.»

«Ja, Sir.»

Der Richter entfaltete das Papier.

»Ich verurteile Sie hiermit.»

«Mein Briefpartner», sagte Sir Asif, «befleißigt sich eines lobenswert ökonomischen Stils.»

«Ihr Briefpartner, Sir? Heißt das, diese Person hat für Sie noch keinen Namen?»

Wußte der Richter denn nicht schon längst, wer diese Briefe schrieb? Offenbar wollte er sein Geheimnis immer noch nicht preisgeben.

«Aber nein, Inspector, woher denn? Ich habe nicht die leiseste Ahnung. Seien Sie versichert, ich würde Ihnen den Namen sagen, wenn ich ihn kennte. So wie die Dinge jetzt stehen.»

«Ja, Sir. Aber wünschen Sie denn nun, daß ich Nachforschungen anstelle? Ich meine, Nachforschungen aller Art?»

«Genau das wünsche ich, Inspector. Wir können nicht zulassen, daß Unschuldige getötet werden, nur weil irgendein unbekannter Mensch hier seiner Privatrache gegen mich frönt.»

«Nein, Sir, natürlich nicht. Aber würden Sie mir zustimmen, wenn ich sage, daß der Kreis der in Frage kommenden Personen sehr begrenzt ist?»

«Ja, Inspector. Personen, die Schreibmaschine schreiben können und Zugang zu diesem Tisch haben.»

Der Richter streckte die abgezehrte, stark geäderte Hand aus und pochte einmal auf das Tischchen mit der komplizierten Elfenbein-Intarsie, was einen dumpfen Ton gab.

«Ja, Inspector. Und ich kann sie auch beim Namen nennen. Mein derzeitiger Gast, Father Adam, Priester der römisch-katholischen Kirche und Bürger der Vereinigten Staaten von Nordamerika. Mein gelegentlicher Gast, Mr. Dhebar, Herausgeber eines äußerst auflagenschwachen Periodikums, in dem meine *obiter dicta* zu veröffentlichen ich mich entschlossen habe. Mein alter Freund, der nun ein umherwandelnder Heiliger von eigenen Gnaden ist, Anand Baba. Und, um keine Möglichkeit außer acht zu lassen, meine eigene Tochter, trotz ihres, wie sich nun herausstellt, weisen Entschlusses, Sie am Weggehen aus diesem Haus zu hindern.»

«Die gesuchte Person kann in der Tat nur aus diesem Kreis kommen, Sir, mit einer Ausnahme allerdings.»

Ghote zögerte. Der Richter fuhr an seiner Stelle fort.

«Ach ja, richtig. Sie haben wahrscheinlich gesehen, daß Anand Baba gelegentlich meinen armen Sikander besucht und vermuten jetzt, daß die beiden gemeinsame Sache machen könnten. Gut, setzen Sie Sikander mit auf Ihre Liste.»

«Danke, Sir. Und ...»

«Ja, Inspector?»

«Könnten Sie mir alles über diese Personen sagen, was Sie von ihnen wissen?»

«Aber natürlich, Inspector. Was genau möchten Sie wissen?»

Ghote dachte kurz nach. «Im Augenblick interessiert mich Anand Baba am meisten. Wieso ist er überhaupt hier? Und stimmt es, daß er zu der Zeit der Madurai-Verschwörung Ihr erbittertster Feind war?»

«Das ist absolut richtig. Anand Baba, wie er sich nun nennt, und ich waren in unseren jungen Jahren Kommilitonen; er war der begabteste von uns allen. Wir waren trotz unseres verschiedenen Glaubensbekenntnisses zunächst Freunde, sogar sehr enge Freunde. Später trennten sich unsere Wege. Er ging in die Politik, ich blieb der Justiz treu. Er wurde das, was man heute einen Terroristen nennen würde, und nahm irgendwann einmal auch Sikander, der schon damals nicht mehr ganz gesund war, unter seine Fittiche. So gerieten wir in einen Gegensatz, wie man ihn sich krasser kaum vorstellen kann. Im Lauf der Jahre hat er dann der Gewalt abgeschworen und zu predigen begonnen. Wir versöhnten uns wieder. Er besucht mich nun regelmäßig, wenn er in der Nähe ist. Ich glaube, einfach, weil er meine Gesellschaft mag und um sich um Sikander zu kümmern, denn er fühlt sich verantwortlich für ihn.»

«Ich verstehe. Und halten Sie es für möglich, daß die beiden gemeinsame Sache machen?»

«Nein, Inspector, bestimmt nicht. Aber während meiner Richterzeit war ich oft genug mit Verhaltensweisen konfrontiert, die kein Mensch für möglich gehalten hätte. Der Mensch hat eine fast unerschöpfliche Fähigkeit, sich völlig absurd zu verhalten.»

«Ja, Sir. Und Ihre Tochter, Sir?»

«Ach, Roshan. Sie meinen, ob Sie deswegen auf Ihrer Anwesenheit bestand, um zu vertuschen, was sie selbst vorhatte? Und ob sie, das vorausgesetzt, einen Vatermord begehen könnte? Ich muß Ihnen sagen, ich weiß es nicht. Vor vielen Jahren habe ich mich einmal verpflichtet gefühlt, ihre Heirat mit einem jungen Hindu zu verhindern. Es schien mir damals, als berge eine Ehe von Angehörigen verschiedener Glaubensbekenntnisse die Katastrophe bereits in sich. Ich nehme an, daß heute ziemlich viele solcher Ehen geschlossen werden und daß die Paare gelernt haben, die Gefahren des Kurses, auf den sie sich einlassen, richtig abzuschätzen. Andererseits habe ich auch da meine Zweifel. Ich bin eigentlich auch heute noch überzeugt, daß ich für mein mutterloses Kind das richtige getan habe. Sie hat mich das in all den Jahren nie fühlen lassen – obwohl ich keineswegs sicher bin, daß sie es mir nicht immer noch übelnimmt. Fest steht, daß diese Enttäuschung damals ihr ganzes Leben entscheidend beeinflußt hat. Ja, doch, ich würde schon sagen, daß sie dazu fähig wäre, mich umzubringen. Oder daß sie sonst etwas tut.»

«Daß sie vielleicht sogar so weit geht, Mr. Dhebar zu heiraten?» fragte Ghote in dem Bewußtsein, damit einiges zu riskieren.

Sir Asif schaute ihn nur kurz an und brach dann in ein Gelächter aus.

Die Tränen rannen ihm links und rechts seiner seltsam plattgedrückten Nase herunter und glitzerten auf seinem alten, ledrigen Gesicht.

«Sir. Sir. Bitte, Sir.»

Der alte Mann würde bald restlos erschöpft sein, wenn er so weiterlachte.

«Es ... es ... tut mir leid, Inspector. Bitte entschuldigen Sie. Aber denkt dieser unerträgliche Dummkopf tatsächlich an so etwas?»

«Ja, Sir, das tut er. Sie halten ihn für einen Dummkopf, aber Mr. Dhebar ist außerdem auch ein Mensch von großer Beharrlichkeit.»

Sir Asif wischte sich eine letzte Träne vom Kinn. «Ein Mensch von einer geradezu abnormen Beharrlichkeit. Wie wäre er sonst mit seinen Fähigkeiten so weit gekommen? Ich konzediere Ihnen also: auch er ist ein potentieller Mörder. Man muß durchaus ein Auge auf ihn haben. Allerdings fürchte ich, ich werde nie das Vergnügen haben, ihn als meinen Schwiegersohn zu sehen – immer vorausgesetzt, wir finden dieses gräßliche Zeug.»

«Natürlich, Sir. Bleibt nur noch Father Adam. Er ist hier, weil Ihr Vetter in der Pakistanischen Botschaft in Washington Sie gebeten hat, ihn während seiner Krankheit bei sich aufzunehmen. Aber gibt es da nicht noch etwas? Und ist er wirklich katholischer Priester?»

Sir Asif mußte wieder lachen. Aber diesmal war es eher ein scharfes, verächtliches Bellen.

«Ja, Inspector, so seltsam es Ihnen erscheinen mag. Und außerdem ist er ein Sozialist, der vor nichts zurückschreckt. Er hat schon in Amerika Schwierigkeiten gehabt, deswegen haben sie ihn ja auch herübergeschickt, als eine Art medizinischen Assistenten. Und mit den hiesigen Behörden steht er ebenfalls auf Kriegsfuß. Ja, auch ihn sollte man im Auge behalten.»

Ghote spürte, wie ihm das Herz sank. Sie waren zu Ende mit ihrer Liste. Sie hatten gemeinsam alle Möglichkeiten durchgespielt. Insgeheim hatte er gehofft, der Richter würde etwas Genaueres über den einen oder anderen Verdächtigen sagen können, etwas, was er selbst nicht wußte. Aber der Alte hatte keinerlei Geheimnisse zurückbehalten. Er hatte nur eben einem Fremden über seine Gäste keinen Klatsch erzählen wollen. Ghote war in der Erwartung in die Bibliothek gegangen, dort präzise Informationen zu erhalten, die ihn zu dem Verfasser dieser Drohbriefe führen mußten. Aber er hatte nichts erfahren, nicht das geringste.

Und morgen schon würde die in Frage stehende Person – er wußte noch nicht einmal andeutungsweise, wer es sein konnte – den Sprengstoff so plazieren, daß er Richter Sir Asif Ibrahim töten mußte, eben «mittels einer Explosion». Und aller Wahrscheinlichkeit nach würde dieser Mordversuch mehr als einen Unschuldigen hier im Haus das Leben kosten.

Ich verurteile Sie hiermit. Ghote starrte unverwandt auf den Brief mit seinen vier Wörtern, der nun geöffnet auf dem Tischchen mit den Einlegearbeiten lag. Ja, der Satz trug unzweifelhaft den Stempel der Endgültigkeit. Er hatte die Wörter förmlich im Ohr. So würde Sir Asif sich ausdrücken, und auch jeder andere Richter, vor völlig lautlosem Gerichtssaal, am Ende der Urteilsverkündung. Genau dies würde er sagen.

Genau dies.

Fieberhaft versuchte er, sich an den Wortlaut der beiden anderen Briefe zu erinnern. Den einen hatte er nicht selbst gesehen; Begum Roshan hatte den Inhalt referiert, aller Wahrscheinlichkeit nach ziemlich verdreht. Aber einen hatte er selbst gelesen, hier in diesem Raum, bevor der Richter erschienen war und ihn in die Tasche gesteckt hatte. Und an diesen konnte er sich Wort für Wort erinnern.

Richter. Nur noch zwölf Tage. Gott sei deiner Seele gnädig.

Ja, so hatte er gelautet. In der Wortwahl unterschied er sich kaum von dem, der jetzt vor ihm lag. Auch dies waren Worte, wie sie ein Richter ausspricht.

«Sir Asif», sagte er erregt. «Ich hätte gern, daß Sie mir etwas bestätigen. Die Sprache dieses Briefs – so spricht doch ein Richter, wenn er sein Urteil fällt?»

«Ja», sagte der alte Mann, «das stimmt.»

«Und die anderen Briefe hatten die gleiche Diktion?»

Sir Asif dachte einen Augenblick nach. «Ja, Inspector. Es war mir bis jetzt noch nicht bewußt geworden, aber Sie haben unzweifelhaft recht. Sie könnten alle von einem Richter stammen.» Der alte Mann runzelte die Stirn. «Aber ich kann mir keinen Richter vorstellen, der solche Briefe schreibt und sie dann hier im Haus abgibt. Wir sind uns doch darüber einig, daß die in Frage kommende Person leichten Zugang zu mir hat. Höchstens, daß Anand Baba ...»

«Nein, Sir», unterbrach ihn Ghote, von seinen eigenen Schlußfolgerungen fortgerissen. «Kein Richter. Wir haben eine völlig falsche Spur verfolgt. Wir sind immer davon ausgegangen, daß vom Bildungsgrad her hier im Haus niemand in Frage kommt außer denen auf unserer Liste, und wir haben darüber hinaus niemand in Erwägung gezogen. Aber das war ein Irrtum. Es bedeutet doch nicht die geringste Schwierigkeit, die Tasten einer Schreibmaschine zu betätigen. Zum Beispiel, um etwas abzuschreiben. Jeder halbwegs intelligente Mensch kann das, er muß nicht einmal richtig Englisch können. Er braucht nur die richtigen Worte abzuschreiben. Die Worte eines Richters.»

Ghote holte tief Atem.

«Zum Beispiel kommt dafür auch der Diener eines Richters in Frage.»

20

Aber als Ghote aus dem Zimmer eilte, um Raman zu suchen, war der nirgends zu finden.

Danach saß der Richter noch Stunden in seinem Sessel in der Bibliothek. Aber er hielt sich augenscheinlich nur mit äußerster Mühe aufrecht. Das ganze Personal, Diener und Gärtner, war angewiesen worden, das Haus und die längst im Dunkeln liegenden Gärten abzusuchen. Aber Raman mußte, das war von Anfang an klar, die Möglichkeit gerochen haben, daß man ihm auf die Schliche kam. Vielleicht hatte er vor dem Fenster der Bibliothek gestanden und hatte gelauscht. Oder er hatte aus dem Besuch der Polizei geschlossen, daß der Sprengstoff-Diebstahl entdeckt worden war. Er hatte sich in aller Ruhe ein Versteck suchen können, in dem er schwerlich gefunden werden konnte. Die Gärten mit ihren wildnisartigen, überwucherten Grasflächen, ihrem verwahrlosten Buschwerk, den riesigen alten Bäumen, die so leicht zu erklettern waren, waren wie geschaffen dafür. Und nicht nur die Boys, auch das übrige Personal fürchtete sich dermaßen vor den Geistern, die im Fort umgehen sollten, daß an eine einigermaßen konsequente Suchaktion nicht zu denken war.

Aber Sir Asif schickte unermüdlich neue Suchtrupps zu immer neuen Plätzen und zwischendurch auch noch einmal zu den alten. Und währenddessen lauschte er mit allmählich nachlassender Geduld Ghotes immer neuen Erklärungsversuchen.

«Ich hätte es längst wissen müssen, Sir. Ich könnte mich ohrfeigen. Als der Brief kam, in dem von den verbleibenden zwölf Tagen die Rede war, ertappte ich ihn draußen vor der Bibliothek. Aber allein schon die Tatsache, daß die ‹zwölf› in Ziffern geschrieben war, hätte mich hellhörig machen müssen. Und dann habe ich in einem der Zimmer an dem Flur, der in die Küche führt, jemanden tippen gehört und Raman anschließend in der Küche gesehen. Ich glaubte damals, er schliefe. Ich dachte ja nicht im Traum daran, daß er es sein könnte. Ich hatte mich auf die fixe Idee festgelegt, es müsse jemand sein, der maschineschreiben kann. Wirklich idiotisch.»

«Ich hatte genau den gleichen Gedanken, Inspector. Die Annahme hatte doch alle Wahrscheinlichkeit für sich.»

«Ich weiß nicht, Sir. Sicher, Raman sprach nur ganz gelegentlich ein englisches Wort, und es klang bizarr genug.»

«Eben. Wir hatten keinen Grund, ihn zu verdächtigen. Und ich verstehe auch jetzt noch nicht, wieso er in der dreißigsten Wiederkehr meiner damaligen Urteile im Madurai-Prozeß seinen *terminus ad quem* sieht. Was soll das für ihn für eine Bedeutung haben?»

Terminus ad quem – das verstand nun Ghote wieder nicht. Er konnte nur vermuten, was es bedeutete: die letzte Stunde. Die letzte Stunde des Richters.

«Der Madurai-Prozeß interessierte ihn überhaupt nicht. Ihm geht es um seinen eigenen Prozeß, der unmittelbar davor stattfand. Sie haben ihn damals freigelassen, auf Grund – welcher Grundsatz war es doch gleich –, auf Grund des Satzes *falsus in uno, falsus in omnibus.* Sie wissen, er war überzeugt, daß Sie ihm nur deshalb die Freiheit geschenkt haben, damit er Ihr Diener werden kann. Und Sie sagten ihm damals auch, daß Sie ihm, wenn es zu einer Verurteilung gekommen wäre, dreißig Jahre gegeben hätten. Da hat sich eben in seinem Kopf festgesetzt, daß seine Zeit in Ihren Diensten auf genau dreißig Jahre terminiert sei.»

«Mein Gott, Sie haben wahrscheinlich recht. Der arme Kerl hat tatsächlich vor ein paar Wochen versucht zu kündigen. Er hat mir umständlich und wortreich erklärt, daß er seine dreißig Jahre abgedient habe und daß er heim wolle, zurück in den Süden. Ich hatte keine Ahnung, was der Unsinn mit den dreißig Jahren sollte. Ich habe ihm gesagt, es wäre eine Dummheit, einen Job aufzugeben, mit dem er so zufrieden ist. Und er war zufrieden. Natürlich habe ich ihn gelegentlich angeknurrt, aber davon hat er nie Notiz genommen.»

«Das stimmt. Sie konnten sagen, was Sie wollten, es störte ihn nicht. Ich habe nie einen geduldigeren Menschen gesehen. Aber der eine Punkt stand für ihn unverrückbar fest: daß er nach dreißig Jahren in seine Heimat zurückkehren würde. Ich nehme an, er stellte sie sich immer noch so vor, wie sie vor dreißig Jahren war.»

«Natürlich. Das hat er oft genug gesagt. Er war nicht vom Gegenteil zu überzeugen.» Der Richter seufzte. «Aber das ändert alles nichts an der Tatsache, daß er nun auf diesem Sprengstoff sitzt. Wir müssen ihn einfach finden, und wenn wir die ganze Nacht aufbleiben müssen. Wir müssen ihn finden, bevor er noch jemand anderen damit umbringt.»

Und sie blieben die ganze Nacht auf. Aber sie fanden weder Raman noch den Sprengstoff.

Doch stießen sie auf seine Spuren.

Die Nacht war schon weit vorangeschritten. In dem riesigen alten Haus herrschte noch eine rege Geschäftigkeit. Diener mit Laternen rannten ziellos durcheinander, knipsten in den Räumen mit elektrischem Licht die Beleuchtung ein und aus. Da fiel Ghote auf einmal ein, wo Raman den Sprengstoff versteckt haben konnte.

Er verließ wortlos die Bibliothek, raste die Treppe hinauf und riß die Tür zu dem seit langem leerstehenden Schlafzimmer auf, das Sir Asif einst mit Lady Ibrahim geteilt hatte. Dort standen hinter dem großen, hohen Bett mit dem steifen Überzug noch immer die Kisten mit den Gegenständen, die sich Lady Ibrahim aus dem fernen Bombay hatte kommen lassen und die nach ihrem Tod wohl nie geöffnet worden waren.

Er hob den Holzdeckel der obersten Kiste hoch, und dort fand er, was er vermutet hatte.

Er fand in den Hobelspänen, die so lange eine einstmals hochmoderne

Tischlampe beschützt hatten, zwar nicht das halbe Dutzend öliger Dynamitstäbe, wohl aber ein fleckige Hülse davon. Es konnte sich um gar nichts anderes handeln. Sie strömte einen schwachen, aber unangenehmen metallischen Geruch aus.

«Eines ist jetzt zumindest sicher», sagte er, als er Sir Asif von seiner Entdeckung berichtete. «Er ist ohne Zweifel hier irgendwo in der Nähe und wartet nur noch auf die Gelegenheit.»

«Ja, mein Lieber, das müssen wir nun wohl so sehen. Aber Sie kennen ja inzwischen das Haus. Hier kann man sich eine Woche lang verborgen halten, ohne entdeckt zu werden.»

«Ja, Sir.» Ghotes Augen brannten plötzlich vor Müdigkeit. Er schaute auf die Uhr. «Ich nehme an, es wird bald hell. Wir werden einiges zu erwarten haben.»

«Ich würde meinen, er wartet, bis es ganz hell ist», sagte Sir Asif. «Die Uhrzeit bedeutet wenig für ihn. Für ihn beginnt der Tag, wenn die Sonne aufgeht.»

«Ja, Sir.»

«Inspector, ich möchte allein gelassen werden, sobald der Tag anbricht. Ist das klar?»

Ghote hatte sofort verstanden. Der alte Mann wollte von allen anderen isoliert sein, damit Raman, wenn sein Anschlag erfolgreich sein sollte, niemanden außer ihm töten konnte.

Es war ein Entschluß von großer Tapferkeit.

Aber Ghote spürte, daß er enttäuscht gewesen wäre, wenn der Richter etwas anderes gesagt hätte.

«Ja, Sir. Ich verstehe.»

«Gut.»

Der alte Mann schaute ihn an.

«Inspector.»

«Ja, Sir?»

«Versuchen Sie ihn trotzdem zu finden. Und sagen Sie diesem törichten Menschen, wenn er tatsächlich im Süden leben will, so kann er das selbstverständlich tun. Und wenn er merkt, daß dort nicht alles so ist, wie er es sich vorstellt, dann kann er zu mir zurückkehren.»

«Gut, Sir.»

Ghote verließ die Bibliothek. Er versuchte, ein wenig System in die immer noch sehr chaotische Suchaktion zu bringen. Aber er wußte, daß man Ramans Versteck nicht finden würde, es sei denn aus purem Zufall. Das Haus war allzu groß. Und auch zu alt. Es gab da viel zu viele Schlupfwinkel und verborgene Ecken, in die nie ein Mensch gekommen war. Man konnte in den zahlreichen leerstehenden Räumen nach Spuren menschlicher Anwesenheit suchen, so wie er selbst zu Beginn der ganzen Affäre es getan hatte. Davon konnte man sich einigen Erfolg versprechen. Wenn sich jemand in irgendeinem Teil des Hauses für längere Zeit aufgehalten hätte, so hätte die begründete Hoffnung bestanden, das herauszufinden. Aber einen Menschen ausfindig zu machen, der die vielfältigen Möglichkeiten, die das Haus bot, nutzte, um mit ihnen Katz und Maus zu spielen, das war eine ganz andere Sache.

Man war also, als diese letzte Nacht, die seltsamste, die das alte Haus seit Jahren erlebt haben mochte, zu Ende ging, keinen Schritt weitergekommen. Durch das Maßwerk der Fenster begann schwach das erste Tageslicht zu schimmern. Von jenseits des Flusses kam das hungrige Blöken des Kalbs; der Milchmann war also bereits wieder samt Kuh unterwegs und würde bald im Küchentrakt erscheinen. Die Lage hatte sich, seitdem Ramans Verschwinden offenkundig geworden war, nicht geändert.

Als Ghote die Bibliothek wieder betrat, saß der alte Mann immer noch in seinem großen Sessel. Er schien die Augen geschlossen zu halten.

Ghote räusperte sich.

Durch den Körper des Richters ging ein Ruck. «Ah, Sie sind es, mein Lieber. Und schon hell. Würden Sie so gut sein und die Lampe ausmachen? Und lassen Sie mich bitte wieder allein.»

«Ja, Sir. Aber ...»

«Ja?»

«Sir, kann ich denn gar nichts für Sie tun?»

«Nein, nein. Wenn Sie nur sicherstellen wollten, daß niemand vom Personal auf die Idee kommt, mir etwas hierher zu bringen. Ich brauche es nicht, gleichgültig, was es ist.»

Die tief eingesunkenen Augen schienen Ghote zuzuzwinkern.

«Ich wage zu sagen, daß ich bald überhaupt nichts mehr brauchen werde.»

«Sir, ich hoffe immer noch, wir erwischen ihn, bevor er Sie erwischt.»

«Bevor dieses verdammte Zeug losgeht und andere tötet, Inspector.»

«Ja, Sir.»

Und damit verließ er die Bibliothek endgültig. Es war nichts mehr zu tun.

Der Morgen nahm langsam seinen Lauf. Ghote veranlaßte, daß die Gärten noch einmal mit aller Sorgfalt durchkämmt wurden und überwachte die Suche persönlich. Er brachte Sikander eigenhändig das Frühstück in sein Verlies unter dem Fort, denn er hatte das Gefühl, daß die Nachforschungen, die er dort in der Nacht angestellt hatte, nicht gründlich genug waren. Aber er fand nichts, was ihm weiterhalf.

Er hatte Befehl gegeben, das Haus zu evakuieren, und nun strich er um das Gebäude herum, in der Hoffnung, Raman abzufangen. Aber er konnte unmöglich alle Zugänge zum Haus überwachen, und er war sich nicht einmal sicher, ob er es wirklich wollte. Vielleicht konnte die Tatsache, daß Sir Asif allein in der Bibliothek saß, Raman ins Freie locken, und dann würde man schon irgendwie mit der Situation fertig werden.

Der Koch stellte das Frühstück bereit wie immer. Aber niemand aß sehr viel, und der für Sir Asif bestimmte Porridge kühlte langsam aus.

Auch das Mittagessen erschien auf dem Tisch wie an allen anderen Tagen. Die gleiche braune, ölige Suppe. Das gleiche zähe Brathuhn. Als Begum Roshan den Wunsch äußerte, ein Tablett mit Speisen in die Bibliothek hinüberzubringen, mußte Ghote sie umständlich davon überzeugen, daß sie mit Sicherheit zurückgewiesen würde.

Aber als das Mittagessen eben vorüber war, tauchte der alte Mann selbst aus seiner Abgeschiedenheit auf.

«Ich gehe hinauf in mein Zimmer», sagte er, «ich werde ein wenig ruhen. In meinem Alter braucht man seine Ruhe, und in der Bibliothek kann ich nicht schlafen. Ghote, mein Lieber, würden Sie darauf achten, daß niemand in die Nähe meines Zimmers kommt?»

«Ja, natürlich, Sir Asif. Sir, er hat bis jetzt nichts unternommen. Das bedeutet doch vielleicht, daß er von seinem Vorhaben abgelassen hat. Meinen Sie nicht, er könnte seine Meinung geändert haben?»

«Nein. Nein, ich denke, er hat weiterhin die Absicht, mich zu ermorden.» Der Richter sprach wie immer mit ruhiger, sorgfältig artikulierender Stimme. «Für ihn bin ich derjenige, der ihm nach dreißigjährigem Gefängnis für einen ganz anderen Mord nicht die Freiheit schenken wollte.»

Damit drehte er sich um. Ghote folgte ihm mit den Blicken, wie er mit langsamem, aber stetigem Schritt den Raum verließ, und der Rohrstock schlug seinen Takt dazu.

Ghote fühlte eine Woge der Bewunderung für diesen alten Mann, der seinem Tod mit solcher Ruhe entgegensah, in sich hochsteigen. Der so genau wußte, was zu tun war, und der so folgerichtig danach handelte. Er stellte sich den Alten vor, wie er Schritt für Schritt die Treppe hinaufstieg und dann langsam den Gang entlang in sein Zimmer ging, das Zimmer, das er seit so vielen Jahren bewohnte, um seinen Nachmittagsschlaf zu halten, wie es zu den unumstößlichen Bräuchen des alten Hauses gehörte. Sein Bett wartete auf ihn. Vielleicht war zum erstenmal seit dreißig Jahren die Bettdecke nicht zurückgeschlagen, denn er hatte keinen Diener mehr. Und wahrscheinlich war auch der Ventilator noch nicht eingeschaltet. Ob auch dieser Ventilator das enervierende rrr-bock, rrr-bock hören ließ, Nachmittag für Nachmittag? Vermutlich. Ghote war ja, als er vor einigen Tagen das Haus durchsucht hatte, auch in diesem Zimmer gewesen, und soweit er gesehen hatte, war der Ventilator . . .

Der Gedanke, der ihn durchzuckte, hatte die Wucht eines Hammerschlages.

Er fuhr hoch und rannte durch den Gang in die Halle. Aber der Richter war weder hier noch auf der Treppe zu sehen. Unter Anspannung aller Kräfte flog er die Treppe hoch. Auf dem oberen Treppenabsatz fuhr er herum, aber auch die Passage im ersten Stock war leer.

Aber die Tür zum Zimmer des Richters hatte sich noch nicht wieder geschlossen. Eine Flut hellen Lichts fiel in den dämmrigen Flur.

«Halt», schrie Ghote.

Er rannte weiter und wäre auf dem geäderten Marmorfußboden um ein Haar ausgeglitten. Dann stand er vor der Tür.

Und vor dem Richter, der sich schwer auf seinen Stock stützte. Seine Hand war bereits nach dem Bakelitschalter ausgestreckt, mit dem er den Ventilator einschalten wollte.

Ghote machte einen letzten Satz und schlug die schwache Hand mit den hervortretenden Adern in dem Moment nach unten, als sie den Schalter berührte.

Er stieß tausend Entschuldigungen und Erklärungen hervor. Dann klettert er auf das hochbeinige, harte Bett, wobei er sich nicht einmal die Zeit nahm, die Schuhe auszuziehen, und nahm den Ventilator unter die Lupe. Es war deutlich zu sehen, daß der schalenförmige Baldachin über dem Motor erst vor kurzem abgenommen und dann wieder angebracht worden war. Die Lücke zwischen seinem oberen Rand und der rissigen Decke war erheblich größer als vordem. Und dann sah er auch ein Stück schmieriges, fleckiges Papier wie das, das er in der Kiste ein Zimmer weiter, in Lady Ibrahims seit langem leerstehenden Schlafzimmer, gefunden hatte.

«Ja», sagte er und trat einen halben Schritt auf dem harten Bett zurück. «Ja, da ist es. Wir haben es gefunden. Es ist alles gut.»

Sir Asifs flachnasiges Gesicht war zu ihm in die Höhe gerichtet, und es trug unverkennbar den Ausdruck von Besorgnis.

«Ausgezeichnet, mein Lieber, ausgezeichnet. Aber Sie werden das Zeug doch nicht selber entfernen wollen?»

Ghote schaute auf ihn hinunter. «O nein, Sir. Irgendwo ist auch für mich eine Grenze.»

979/1

«In der Auflehnung gegen allzu glatte Konstruktionen liegt das Interesse begründet, das man diesem deutschen Krimiautor entgegenbringt, weil er die vertrauten Formen – mitunter auch bis zum Bersten voll – mit einer neuen Wirklichkeit füllt.»

Hessischer Rundfunk

thriller rororo

-ky

Kein Reihenhaus für Robin Hood

Ein Kriminalroman. 192 Seiten. Geb.

In der Reihe rororo-thriller sind erschienen:

Einer von uns beiden [2244]

Von Beileidsbesuchen bitten wir abzusehen [2250]

Stör die feinen Leute nicht [2292]

Ein Toter führt Regie [2312]

Es reicht doch, wenn nur einer stirbt [2344]

Mitunter mörderisch [2383]

Einer will's gewesen sein [2441]

Von Mördern und anderen Menschen [2466]

971/1

358/9